BEATE MAXIAN

Tödliches Rendezvous

D1870686

GOLDMANN
Lesen erleben

Buch

Hilde Jahn, Enthüllungsjournalistin des Wiener Boten, sitzt in einem Café im zehnten Bezirk und beobachtet ein leerstehendes Firmengebäude. Sie fiebert dem Treffen mit einem Informanten entgegen. Sie ist einer hochbrisanten Geschichte auf der Spur, und der ihr unbekannte Mann soll ihr wichtige Unterlagen übergeben. Als Hilde Jahn einen Mann das Gebäude betreten sieht, folgt sie ihm.

Doch das Treffen entpuppt sich als eine tödliche Falle.

Hilde Jahns Assistentin, die junge Journalistin Sarah Pauli, wird auf die Geschichte angesetzt, und schon bald stößt sie auf eine Reihe von mysteriösen Todesfällen unter Wiens Arbeitslosen. Doch je weiter ihre Recherchen fortschreiten, umso näher kommt ihr der Mörder …

Weitere Informationen zu Beate Maxian sowie zu lieferbaren Titeln der Autorin finden Sie am Ende des Buches

Beate Maxian

Tödliches Rendezvous

Der erste Fall
für Sarah Pauli

Ein Wien-Krimi

GOLDMANN

Sollte diese Publikation Links auf Webseiten Dritter enthalten, so übernehmen wir für deren Inhalte keine Haftung, da wir uns diese nicht zu eigen machen, sondern lediglich auf deren Stand zum Zeitpunkt der Erstveröffentlichung verweisen.

MIX
Papier aus verantwortungsvollen Quellen
FSC® C014496

Penguin Random House Verlagsgruppe FSC® N001967

8. Auflage
Originalausgabe April 2011
Copyright © 2011 by Beate Maxian
Copyright © dieser Ausgabe 2011
by Wilhelm Goldmann Verlag, München,
in der Penguin Random House Verlagsgruppe GmbH,
Neumarkter Str. 28, 81673 München
Umschlaggestaltung: UNO Werbeagentur, München
Umschlagfoto: FinePic®, München
KS · Herstellung: Str.
Satz: Buch-Werkstatt GmbH, Bad Aibling
Druck und Bindung: GGP Media GmbH, Pößneck
Printed in Germany
ISBN 978-3-442-47426-4
www.goldmann-verlag.de

Besuchen Sie den Goldmann Verlag im Netz

Der Weg zur Hölle
ist mit guten Vorsätzen gepflastert.

Italienisches Sprichwort

Montag, 12. April

1

Fünf.

Die Zahl passte irgendwie zu ihr.

Natürlich war der erste Mord der schwierigste gewesen, aber dieser heute würde mit Sicherheit der aufregendste werden. Die Frau, die er in den nächsten drei Stunden töten würde, war etwas Besonderes. Sie war intelligent, attraktiv, ehrgeizig, unabhängig und arbeitete hart. Attribute, die er an einer Frau schätzte, die er an jedem Menschen schätzte.

Eigentlich hatte er nichts gegen sie persönlich. Ganz im Gegenteil. Aber das änderte nichts an dem Todesurteil. Sie war einfach zum Risiko geworden. Vor sich hin pfeifend füllte er den Wasserkocher, um sich einen Instantkaffee zu machen. Sein Pfeifen war dissonant und ohne Takt, aber dennoch ein Ausdruck der Selbstzufriedenheit.

Um sich bis zu seinem Aufbruch zu beschäftigen, holte er einen Block hervor und begann, seine Unkosten aufzuschreiben. Ein Mantel, 15 Euro. Eine Brille, zehn Euro. Der Hut aus dem Secondhandladen hatte vier Euro gekostet. Gesamtkosten 29 Euro. Er leckte sich zufrieden über die Lippen und streckte sich. Mehr Geld wollte er in keines seiner Projekte investieren.

Buchhaltung, Statistiken, Analysen, Rechenergebnisse – das waren seine Leidenschaften. Sein Blick streifte die Uhr. Es war bald Zeit zu gehen.

Er erhob sich und zog die Vorhänge zur Seite. An den Fensterscheiben klebten Regentropfen.

Mit größter Sorgfalt kleidete er sich für die vor ihm liegende Aufgabe an. Ein dunkler Anzug, das war er ihr schuldig, ein letzter Akt der Ehrerbietung. Dann zog Albo den neuen Mantel über, Brille und Hut verstaute er in einem Einkaufssackerl, das er bei sich trug, nahm die vorbereitete Aktentasche und einen Schirm und verließ die Wohnung.

Das Spiel hatte begonnen.

*

Für gewöhnlich leben Häuser.

Dieses hier war schon lange tot.

Die Fassade bröckelte, hinter zerbrochenen Fenstern lag trostlose Dunkelheit. Eine grausame Leere nahm das Gebäude in Besitz.

Der Ort des Treffens war somit perfekt gewählt. Niemand war hineingegangen oder herausgekommen. Keine Menschen, keine Zeugen. Publikum konnte sie nicht brauchen.

Ein zufriedenes Lächeln umspielte Hilde Jahns Lippen. Im Geiste notierte sie »12. April«. Die nächste Stufe der Karriereleiter war erreicht. Die Journalistin saß seit einer halben Stunde an einem Tisch beim Fenster in einem drittklassigen Café der Per-Albin-Hansson-Siedlung im zehnten Wiener Gemeindebezirk. Sie hielt eine Kaffeetasse in der Hand, beobachtete die wenigen Gäste, schaute zwischendurch immer wieder durchs Fenster nach draußen in das trübe Aprilwetter.

Schneeregen. Schon seit den frühen Morgenstunden. Dazu kamen launische Windböen, die unentwegt die

Richtung wechselten, Regenschirme umdrehten und sie fluchenden Menschen fast aus den Händen zerrten.

Es war eine hirnrissige Idee gewesen, ausgerechnet heute mit den Öffentlichen zu fahren. Nasse Mäntel, die sich aneinanderquetschten, triefende Schirme, die Handtaschen und Kleidung nass machten, nasse Füße, wenn man wie sie nicht das richtige Schuhwerk trug, waren das Ergebnis eines solchen Morgens. Dazu kamen noch die übellaunigen Benutzer der öffentlichen Verkehrsmittel.

Sie hätte doch das Auto nehmen sollen.

Aber sie wusste genau, warum sie es nicht getan hatte. Sie war vorsichtiger geworden, hatte mit den Jahren dazugelernt.

Vorsicht ist die Mutter der Porzellankiste.

Dieses Haus zu beobachten, war Teil ihrer Porzellankiste, genau wie öffentliche Verkehrsmittel zu benutzen, weil sie sich nur auf ihre Umgebung konzentrieren musste und nicht auf den Straßenverkehr. Sollte sie jemand verfolgen, hätte sie das spätestens nach dem zweiten Mal umsteigen bemerkt. Hilde Jahn, die Queen des Enthüllungsjournalismus, würde heute bei der Redaktionssitzung allen die Show stehlen. Die morgige Ausgabe gehörte mit Sicherheit ihr.

»Möchten Sie noch etwas?«, unterbrach die Kellnerin ihre Gedanken.

Hilde Jahn winkte ab. Die Kellnerin verschwand, und Hilde konnte wieder durchs Fenster starren. Sie durfte das Gebäude keine Sekunde aus den Augen lassen, womöglich Passanten übersehen, die das Haus betraten. Jeder Fehler konnte fatale Folgen haben. In diesem Zusammenhang fiel ihr Sarah Pauli ein. Die junge Journalistin, die ihr zuarbeiten sollte, ihre Assistentin. Es war die Idee des Herausgebers David Gruber gewesen. Aber sie brauchte keine Assistentin, der sie ständig Arbeit zuteilen musste. Hilde Jahn arbeitete immer allein. Obwohl die Kleine zugegebenermaßen sehr amüsant war mit ihrem Aberglauben-Gehabe. Unwillkürlich musste Hilde Jahn grinsen. »Keine wichtigen Treffen am Freitag dem Dreizehnten.« Das hatte sie sich gemerkt, der Rest von Paulis Ratschlägen war im Desinteresse untergegangen. Zum Glück war heute Montag der Zwölfte.

Ein Glückstag? Sie würde die Pauli heute nach der Redaktionssitzung fragen.

Sie lächelte über sich selbst. Dass sie sich jemals mit so einem Schwachsinn auseinandersetzen würde, hätte sie nicht gedacht.

Unglückstage.

Glückstage.

Unglaublich, womit sich vernünftige Menschen beschäftigten.

In ihrem Beruf ging es nicht um Glück, sondern um Wissen und Macht. Eigentlich drehte sich alles um Macht.

Sie hatte bis jetzt ihren Ruf verteidigt, weil sie einfach schneller reagierte, eine heiße Story roch, bevor sie noch von anderen Journalisten wahrgenommen wurde. Das hatte mit Glücks- oder Unglückstagen oder dem Stand der Sterne, des Mondes oder der Sonne rein gar nichts zu tun. In dem verdammten Job war man, wenn man nicht aufpasste, schneller tot als in jedem anderen.

Schneller, erfolgreicher, besser.

Drei Komparative, die sie antrieben. Dafür hatte sie auf ein Privatleben, Familie und eigene Kinder verzichtet.

Das allein war das Geheimnis ihres Erfolges. Hilde Jahn war eine Journalistin ersten Grades, und diese Geschichte würde sie in den Medienolymp heben. In Gedanken sah sie sich ganz oben. Heute war es so weit. Heute würde sie eine Bombe platzen lassen. Der Wiener Bote bekam die Erstveröffentlichung. Aus Solidarität. Zugleich wollte sie die Sache aber groß und überregional aufziehen. Vielleicht sogar ganz zum Fernsehen wechseln. Diesbezügliche Gespräche hatte sie bereits geführt. Hilde Jahn, die Anchorwoman der Zeit im Bild, Österreichs meistgesehene Nachrichtensendung. Keine regionalen Geschichten mehr. Ihr Chef würde verärgert und persönlich enttäuscht sein, ihre Entscheidung aber verstehen.

Hilde Jahn zupfte an ihrer Jacke herum. Natürlich fiel sie hier in ihrem Dolce & Gabbana-Outfit auf. Die anderen Gäste trugen schlichte Alltagskleidung. Kaufhausware von der Stange. Daran, sich dezenter zu kleiden, hatte sie nicht gedacht. Diese Stadtrandsiedlung war eine typische Arbeitergegend, benannt nach dem schwedischen Ministerpräsidenten Per Albin Hansson. Die Schweden hatten eine Anlage zur Ziegelerzeugung nach Wien gebracht und damit wesentlich zum Aufbau der Wohnhausanlagen nach dem Zweiten Weltkrieg beigetragen. Seither waren immer mehr Gemeindebauten und Wohnkomplexe dazugekommen. Eine kleine Stadt innerhalb der Stadt. Ähnlich wie Alt-Erlaa. Gegenden, in die sie selten kam und mit denen sie nicht vertraut war. Vor Jahren hatte sie einmal an einer Serie über die Entwicklung von Randbezirken geschrieben. Aber das war's dann auch schon. Wirklich interessiert hatte sie sich nie dafür.

Sie verschwendete keinen Gedanken mehr an ihre Kleidung. Mein Gott, würden sich die Leute halt daran erinnern, dass eine teuer gekleidete Dame das altertümliche Café besucht hatte. Die Leute hier brauchten Tratsch, das machte ihr eintöniges Leben erträglicher, da war sich Hilde sicher.

Der Schneeregen ließ allmählich nach. Jetzt kam die Sonne heraus und ließ den nassen Asphalt leuchten. Sie blickte zum wiederholten Mal auf die Armbanduhr. Dreiviertel acht. Um zehn musste sie bei der Redaktionssitzung antanzen. Sie dachte an die Unterlagen, die bereits in ihrem Safe lagen. Noch viel zu wenig Stoff und weit entfernt von dem Sprengstoff, den sie brauchte. Aber das würde sich in wenigen Minuten ändern. Wenn sie das hier hinter sich hatte, musste sie sofort Brenneis informieren. Noch bevor alles an die Öffentlichkeit kommen würde. Das war sie ihm schuldig. Immerhin hatte er ihr geholfen, in diesem Fall so weit zu kommen. Auch wenn er nicht wissen konnte, dass seine Informationen mehr waren als nur eine unbedeutende Auskunft. Martin würde sie ebenfalls eine Nachricht zukommen lassen. Zeitverzögert. Dafür legte sie ihm hieb- und stichfeste Beweise auf den Tisch. Der Kriminalinspektor konnte dann gleich nach Erscheinen ihres Artikels zuschlagen. Das würde ihren Bericht puschen und seiner Karriere sicher guttun.

Sie winkte der Kellnerin und zahlte. Aus dem Augenwinkel nahm sie eine Bewegung auf der anderen Straßenseite wahr. Sie drehte den Kopf und sah einen Mann im Trenchcoat, mit einem Aktenkoffer in der Hand und einem Hut auf dem Kopf, in dem Gebäude verschwinden.

Na endlich.

Hilde Jahn verließ eilig das Café und schritt zielstrebig auf das Haus zu.

Sie öffnete die Tür. Vor ihr lag ein Hof, links führte ein Stiegenaufgang in die Etagen hinauf. Auf einem Messingschild waren die verschiedenen Bereiche aufgelistet:

EG, Produktion

1. Stock, Buchhaltung

2. Stock, Sekretariat und Geschäftsleitung

Lager über den Hof.

Der Aktenkoffer stand neben der untersten Stufe. Von dem Mann war weit und breit nichts zu sehen. Wo war sie hier? Im Bermudadreieck?

»Frau Jahn?« Der Mann von vorhin stand plötzlich hinter ihr. Er trug eine Brille mit dicken Gläsern und einem schwarzen Rand im Stil der Krankenkassenbrillen der 1950er Jahre. Er lüftete leicht den Hut. So wie Hilde das noch von ihrem Großvater her kannte, wenn er jemanden auf der Gasse gegrüßt hatte.

Sie glaubte, seine Stimme schon einmal gehört zu haben, konnte sich jedoch nicht erinnern und dachte nicht weiter darüber nach.

»Entschuldigung. Ich wollte Sie nicht erschrecken«, sagte er nun.

»Schon gut«, sagte Hilde. »Ich habe Sie nicht gehört. Sind Sie Herr Albo?« Ihre Stimme klang fremd. Nicht wie die Stimme der selbstbewussten Hilde Jahn, der Frau, die sogar den Mächtigen in diesem Land gefährlich werden konnte, wenn sie wollte.

Er lächelte breit. »Der bin ich. Sehr erfreut, Frau Jahn.« Sie schüttelten sich die Hand. Er zog seine Handschuhe nicht aus, was sie von einem Herrn mit Stil jedoch erwartet hätte.

Unhöflich, registrierte Hilde Jahn in Gedanken.

Eine eigentümliche Energie ging von ihm aus. Das Charisma eines Strategen.

»Gehen wir doch nach oben.« Er deutete ihr mit der Hand voranzugehen. Jetzt ganz Gentleman. Sie entspannte sich, wandte ihm den Rücken zu und ging die Stufen hoch. Er blieb hinter ihr.

»Ich denke, Sie wissen, worauf ich mich da einlasse.«

»Natürlich weiß ich das.«

»Es ist nämlich so, dass ich mit einem Schlag alles verlieren kann.«

»Das werden Sie nicht. Glauben Sie mir. Niemand wird erfahren, dass ich diese Informationen von Ihnen habe. Mein Wort.« Dass sie ahnte, dass Albo lediglich ein Deckname war, erwähnte sie nicht. Sollte er sich doch in Sicherheit wiegen.

»Ein Wort ist schnell gebrochen«, widersprach er.

Ihre Euphorie war mit einem Atemzug verflogen. Was erwartete dieser Typ? Eine eidesstattliche Erklärung, dass sie seinen Namen nie wieder erwähnen würde? Albo. Natürlich hatte sie recherchiert. Es gab in ganz Wien niemanden mit diesem Familiennamen. Wonach sollte die Polizei also suchen, wenn sie ihren Informanten tatsächlich preisgeben würde? Selbstverständlich würde sie den richtigen Namen schon noch herausfinden, sollte das notwendig sein. Aber im Moment vertraute sie darauf, dass die Information und der Name, den sie gleich erhalten würde, echt waren. Somit würden sie einander heute vermutlich zum ersten und letzten Mal begegnen.
»Wenn ich nicht Wort halte, ist mein Ruf als Journalistin bald ruiniert. Was glauben Sie, wie schnell sich das herumspricht, wenn jemand seine Quelle preisgibt?«

Der Gedanke an das Pfefferspray in ihrer Handtasche beruhigte sie.

Sie traten durch die Eingangstür des ersten Stockes und standen in einem kleinen Foyer, von wo aus ein langgezogener Flur zu mehreren Räumen führte. Ein einsamer Tisch stand als vergessenes Relikt mitten im Vorraum. Albo ging darauf zu, stellte die Aktentasche ab. Mit einem Handgriff ließ er den Verschluss aufschnappen.

»Sind Sie auch sicher, dass Sie niemand verfolgt hat?«, hakte er nach.

»Ich bin mir absolut sicher.« Mein Gott, war dieser Typ misstrauisch! »Glauben Sie mir. Es ist alles in Ordnung.«

Vorsicht ist die Mutter der Porzellankiste.

Aber man konnte auch übertreiben. Wer zum Teufel sollte sie stören? Die Polizei glaubte nicht an ihre Theorie und war daher auch nicht interessiert an den Unterlagen.

»Gut.« Er schien zufrieden, griff in die Aktentasche. »Wo ist es denn? Ah, da haben wir's ja.«

Mach schon, dachte sie. Jetzt gleich hast du den Beweis in der Hand. Nur noch wenige Augenblicke trennten sie von ihrem großen Ruhm.

»Wissen Sie, was mich immer wieder fasziniert?«

Wollte er jetzt etwa noch eine Plauderstunde einlegen? Gib den Wisch her und schleich dich, dachte Hilde.

»Keine Ahnung«, antwortete sie ruppiger als sie wollte.

»Was Menschen für ihre Karriere alles tun.«

»Wie meinen Sie das?«

»Sie verraten. Verstehen Sie? Sie tun das Gleiche wie ich für meine Überzeugung.«

Ihr Körper signalisierte Alarmbereitschaft. Unwillkürlich spannten sich ihre Muskeln an. »Verraten? Ist es nicht vielmehr so, dass Sie mit dem, was Sie hier tun, der Wahrheit dienen?«

Er grinste, zog etwas aus dem Aktenkoffer. »Sagen wir so … es ist eine Lüge.«

Hilde Jahn zog die Augenbrauen hoch. Sie verstand kein Wort von dem, was dieser Kerl von sich gab, hoffte aber, dass er es sich nicht in letzter Minute noch überlegte und mit den Unterlagen wieder verschwand. Oder war die ganze Geschichte, an der sie seit Monaten arbeitete, eine Lüge? Das wäre eine Katastrophe! Nein, es konnte keine Lüge sein.

Seine Nervosität war deutlich zu spüren, deshalb trat sie dicht neben ihn, legte ihre Hand beruhigend auf seine. »Sie tun das Richtige. Glauben Sie mir.«

Er seufzte. »Das denke ich auch. Es ist nur so … es ist … wie soll ich sagen?«

»Es ist das erste Mal, dass Sie heikle Informationen aus der Hand geben. Unser Verbindungsmann hat mich informiert. Er hat mir auch gesagt, dass er auf gar keinen Fall will, dass Sie jemals wieder mit dieser Sache behelligt werden. Ich verspreche Ihnen jetzt hoch und heilig, Sie werden nie wieder von mir hören. Aber Sie dürfen sich trotzdem gratulieren, den Schritt gewagt zu haben«, sagte die Journalistin. Jetzt schieb endlich die Papiere rüber, fügte sie in Gedanken hinzu.

»Na gut. Dann bringen wir das jetzt zu Ende.«

Na endlich. Hilde Jahn entspannte sich und passte einen winzig kleinen Moment lang nicht auf.

Plötzlich fasste er mit einer Hand nach ihr, packte sie an den Haaren, zwang sie in die Knie. Er hielt ein Messer in der anderen Hand. Wo zum Teufel kam das auf einmal her? Die Aktentasche. Er musste es mitgenommen haben. Es war zu spät zu reagieren. Zusammen mit der Erkenntnis kroch Verzweiflung ihr den Rücken hoch.

Eigenartig.

Auch daran, heute sterben zu müssen, hatte sie gedacht.

Pfefferspray.

Ein nutzloses Ding, wenn man es nicht ständig in der Hand hielt.

2

Um halb zehn riss Sarah Pauli die Tür zur Redaktion auf und warf ein »Guten Morgen« in den Flur. Die beiden Telefonistinnen hinter der Rezeption im Eingangsbereich grüßten zurück. Herbert Kunz, der Chef vom aktuellen Dienst, der gerade den Gang entlangkam, zeigte wortlos auf seine Armbanduhr. Er war ein hagerer Mittvierziger mit dunkelblonden, kurz geschnittenen Haaren. Durch seine scharnier- und schraublose Silhouette schaute er sie aus graugrünen Augen scharf an. Er war der Einzige, der täglich tipptopp gestylt in Anzug und Krawatte in der Redaktion erschien. Sein Sternbild Jungfrau passte zu ihm, fand Sarah, es stand bekanntlich für Gewissenhaftigkeit, Genauigkeit und Methodik. Sarah analysierte gern über Sternzeichen und freute sich, wenn sie Verbindungen zwischen dem Tierkreiszeichen und der Persönlichkeit fand. Trotzdem war sie im Bereich der Astrologie Laie, sie forschte nur für sich. Dieses Hobby war ein Teil von ihr, genau wie ihr Hang zum Aberglauben. Es bereitete ihr einfach Vergnügen, sich mit Dingen zu beschäftigen, die möglicherweise eine Bedeutung hatten. Zum Beispiel Silvester rote Unterwäsche tragen, die am nächsten Tag entsorgt werden muss, um Glück für das neue Jahr zu bringen. Sarah kaufte vor jedem Jahresende Billigware für diesen Zweck.

»Ich weiß. Bin spät dran, aber immer noch rechtzeitig zur Sitzung«, verteidigte sie sich, bevor Kunz etwas sagen konnte. »Ich musste noch schnell meinen Schmuck abholen, und der Juwelier sperrt erst um neun auf.« Sie zeigte ihm ihre Ohrringe und den Anhänger aus roter Koralle, den sie an einer Kette um den Hals trug.

»Sieht aus, als hättest du dir Chilischoten umgehängt«, erwiderte Kunz gelangweilt.

»Das nennt man Corno«, erwiderte Sarah ernst.

»Corno. Aha. Sehr spannend.«

»Banause«, erwiderte Sarah fröhlich. »Corno heißt Horn, im Neapolitanischen sagt man Curniciello, das Hörnchen. Ist doch nett, nicht wahr? Es hält den bösen Blick ab. Verstehst du?«

»Böser Blick«, erwiderte Kunz sichtlich amüsiert. »Pass nur auf, dass du den bösen Blick von Gruber nicht abkriegst fürs Zuspätkommen.« Er lachte über seinen eigenen Witz. »Glaubst du wirklich an diesen Mist?«

Er wusste Bescheid, die ganze Redaktion wusste Bescheid, dass sie daran glaubte. Sarah zuckte mit den Schultern und lächelte. »Ein bisschen.«

»Böser Blick.« Er schüttelte amüsiert seinen Kopf. »Schwachsinn.«

»Der Aberglaube ist die Poesie des Lebens, deshalb schadet's dem Dichter nicht, abergläubisch zu sein. Goethe«, zitierte Sarah.

»Du bist Journalistin und keine Dichterin.«

»Jeder Mensch hat Schwächen.«

»Komm jetzt«, befahl Kunz und drückte Sarah die Redaktionspost aus dem Nachrichtenfach in die Hand. Sarah war freie Journalistin und musste sich ihre Lorbeeren erst noch verdienen, um einer fixen Redaktion zugeteilt zu werden. Im Moment arbeitete sie abwechselnd für die Ressorts Kultur, Gesellschaft, Allgemeines und Nachrichten. Meistens verfasste sie Berichte über kleinere Veranstaltungen – solche, die für andere Kollegen uninteressant waren – und tippte Berichte über unspektakuläre Ereignisse, forstete APA-Meldungen nach Interessantem durch, tat, was man ihr auftrug. In den letzten Wochen hätte sie vermehrt Hilde Jahn zuarbeiten sollen. Aber die Enthüllungsjournalistin arbeitete lieber allein und teilte Sarah nur in Ausnahmefällen Arbeit zu: Kaffee holen, Telefonnummern raussuchen, Friseurtermine ausmachen. Aufgaben, die normalerweise in Minuten erledigt waren und nichts mit Journalismus zu tun hatten.

In Ermangelung von Arbeit war es schon einmal vorgekommen, dass Sarah die beiden Vorzimmerdamen vertreten hatte.

Sarah Pauli, das Mädchen für fast alle im Haus.

Jeden Montag um zehn Uhr berief David Gruber, der Herausgeber und Boss des Wiener Boten, eine große Redaktionssitzung ein. Den Rest der Woche besprachen sich die Journalisten intern mit ihren Ressortleitern.

Zu spät zu kommen brachte Minuspunkte, es hatte sie schon einmal den Job gekostet. Damals hatte sie Tag und Nacht mit Chris für seine Matura gelernt. Sarahs Eltern waren ein Jahr zuvor bei einem Autounfall ums Leben gekommen, und ihr acht Jahre jüngerer Bruder war zu ihr gezogen. Natürlich hatte er nach dem Tod ihrer Eltern Schwierigkeiten in der Schule gehabt. Dort wurde jedoch auf diese Umstände keine Rücksicht genommen. Bevor das Schulsystem auf die Schüler achtet, schneit es im August, hatte schon ihre Mutter gesagt.

Chris hatte es dennoch geschafft und die Matura bestanden – und Sarah verlor ihren damaligen Job bei einem Wochenmagazin. Inzwischen studierte Chris Medizin und wohnte noch immer bei ihr.

Sarah schüttelte ihr dunkelbraunes schulterlanges Haar, schob eine widerspenstige Strähne aus dem Gesicht, gähnte und warf einen kurzen Blick auf die Briefe in ihren Händen. Auf den ersten Blick nichts Ungewöhnliches. Während sie dem Chef vom aktuellen Dienst in den großen Besprechungsraum folgte, sortierte sie grob die Post nach Namen. Eine ihrer Aufgaben war es, Einladungen, Pressemitteilungen und Briefe den zuständigen Journalisten zu übergeben. Eine allgemeine Meldung der APA segelte auf den Boden. Sarah bückte sich, hob den Zettel auf.

»Wow«, entfuhr es ihr. »Hast du gewusst, dass die Zahl der Arbeitslosen um 20 Prozent gestiegen ist?«

»Wenn du dich nicht beeilst, können die noch ein halbes Prozent dazurechnen«, brummte Herbert Kunz.

»Heute bist du aber wieder voll positiver Energie, mein Lieber.«

»Ja, ich hab den bösen Blick, Sarah.«

»Jugendliche und ältere Arbeitnehmer sind besonders betroffen. Vor allem weibliche Arbeitnehmer.«

»Was?« Herbert Kunz blieb stehen, wandte sich ihr zu. Er hatte schon nicht mehr zugehört.

»Da.« Sie hielt ihm die Pressemeldung unter die Nase. Aber er schenkte dem Blatt Papier keine Beachtung.

»Sag ich doch, und die Nächste bist du. Jetzt komm! David wartet nicht gern.«

Im Vorbeigehen holte sich Sarah einen Becher Kaffee aus dem Automaten. Kunz ging voraus. Sarah betrat zeitgleich mit David Gruber das bereits volle Sitzungszimmer. Der Wiener Bote beschäftigte rund 250 Mitarbeiter, Onlineredakteure, freie Journalisten und Verwaltungspersonal mitgerechnet.

Gruber war Anfang 40, groß gewachsen und hatte eine sportliche Figur.

»Er joggt regelmäßig«, hatte ihr Gabi, seine Sekretärin, verraten.

Silberne Fäden durchzogen sein dunkles Haar. Sein Wesen passte ebenfalls zu dem, was man seinem Sternzeichen Widder nachsagte. Er war ungeduldig, stur, selbstbewusst. Geduld und Einfühlungsvermögen gehörten nicht zu seinen Stärken. Ein Carneol würde ihm mehr Wohlgefühl und Naturverständnis geben. Aber Gruber war nicht der Typ Mann, dem man einfach so einen Heilstein schenken konnte.

Sarah mochte ihn. Er hatte sie eingestellt. Ihr keine leeren Versprechungen gemacht, sie immer fair behandelt.

Die Ressortleiter und mehrere Journalisten der Abteilungen Sport, Kultur, Freizeit, Gesundheit und Wirtschaftsteil waren anwesend. Das Gesellschaftsressort fehlte. Wahrscheinlich entschuldigt, denn die Anwesenheit bei der Montagssitzung war Pflicht. Auf dem Konferenztisch lag die aktuelle Ausgabe des Wiener Boten, umgeben von Konkurrenzblättern. Die Zeitschriften wurden abwechselnd von den Redakteuren quergelesen, die Artikel mit denen des eigenen Mediums verglichen. Dabei stellten sie sich immer wieder dieselben Fragen: Hatte die Konkurrenz bessere Informationen, waren die Beiträge womöglich genauer recherchiert?

Die Fenster im Raum waren weit geöffnet. Drei Journalisten standen davor, zogen ein letztes Mal gierig an ihren Zigaretten, bliesen den Rauch ins Freie und dämpften dann hastig die angefangenen Glimmstängel in den Aschenbechern auf dem Fensterbrett aus. David war Nichtraucher und hatte, als die Debatte um rauchfreie Büros begann, sofort die gesamte Redaktion zur Nichtraucherzone erklärt. Zum Leidwesen jener Kollegen, die gern ihre Geschichten umgeben von blauem Dunst in den PC hämmerten. Sarah war froh über Davids Entscheidung, denn auch sie konnte den stinkenden Glimmstängeln nichts abgewinnen.

»Was haben wir?«, fragte David und sah beiläufig in die Runde. Alle nahmen Platz und holten ihre Unterlagen hervor.

Damit hatte die Redaktionssitzung begonnen.

Sarah hörte nur mit einem Ohr zu. Von ihr erwartete man weder Ideen noch dass sie sich sonst irgendwie einbrachte, nur, dass sie der Sitzung schweigend beiwohnte, um danach einer Abteilung zugeteilt zu werden.

Doch dieser Sitzungstag sollte anders verlaufen als sonst.

»Wir brauchen noch etwas für die Wochenendbeilage«, sagte Gruber. »Nicht die übliche Promischeiße oder Modekram. Ich hätte gern wieder einmal eine echte Reportage, etwas zu lesen.« Er schaute sich im Raum um. »Wo ist Hilde?«

Abrupt wandten sich die Blicke der Anwesenden dem leeren Stuhl zu.

»Ihr Auto steht auf dem Parkplatz hinterm Haus«, sagte ein Kollege von der Sportredaktion.

Gruber musterte Sarah streng, so als wäre sie allein dafür verantwortlich, dass Hilde Jahn nicht auf ihrem

Platz saß. »Sarah, du arbeitest doch im Moment hauptsächlich für Hilde, oder?«

»Ähm.« Sarah räusperte sich. »Zum Teil.«

»Was heißt zum Teil?« Sein Kopf fuhr herum. »Herbert!«

»Hilde meinte …«

»Verdammt«, unterbrach Gruber den Chef vom Dienst und schlug mit der flachen Hand auf den Tisch. Dann sprang er aus seinem Sessel auf, durchquerte den Raum und griff nach dem Hörer des Telefons, das auf einem Beistelltisch neben der Tür des Konferenzraumes stand. Er drückte auf zwei Nummern. Ein internes Gespräch, registrierte Sarah. Von ihrem Platz aus hatte sie nicht sehen können, welche beiden Zahlen er gedrückt hatte, Hildes Durchwahl oder die Klappe des Portiers.

»Ist Hilde Jahn schon im Haus?« Gruber lauschte mit gerunzelter Stirn. Sarah musterte ihren Chef. Sein hellblaues Hemd hing lässig über dem Bund seiner Jeans. Dazu trug er dunkelblaue Docker Sneakers. Legere Kleidung bedeutete: kein wichtiger Termin außer Haus. Anzug und Krawatte trug er nur bei offiziellen Anlässen.

»Danke.« Er knallte den Hörer auf die Gabel, klopfte seine Hosentaschen ab. »Wer hat ein Handy dabei und Hildes Nummer eingespeichert?«

Sarah hob ihre Hand.

»Ruf sie an!«

Sarah drückte sich durch das Adressenregister, bis sie zu Hildes Nummer kam. Sie wählte. Sofort sprang die Mailbox an. »Ausgeschaltet.«

Im Konferenzsaal war es still geworden. Jeder konnte Grubers Nervosität spüren. Irgendetwas stimmte hier nicht. Der Herausgeber öffnete die Tür des Raumes. »Die

Sitzung ist beendet.« Mit hochgezogenen Brauen blickte er auf die Journalisten, die sich zögernd erhoben. »Ich verlass mich auf euch! Ich will morgen keine langweiligen Dreizeiler mit großen Fotos von irgendwelchen Pseudopromis in meiner Zeitung haben. Ich will Storys, gut recherchierte Storys!«

Es kam Bewegung in die Runde.

»Herbert, Sarah. In mein Büro. Sofort.«

Mit klopfendem Herzen folgte Sarah den beiden Männern. Sie spürte, wie Adrenalin durch ihren Körper schoss. Was war hier los? Warum war Hilde Jahn nicht zur Konferenz erschienen, und warum wurde deshalb gleich die Sitzung abgebrochen? Wurde sie entlassen? Blödsinn. Es gab keinen Grund dafür. Sie war nicht Hilde Jahns Kindermädchen.

»Gabi, ich will in den nächsten Minuten keine Störung. Hilde Jahn ist die Einzige, die Sie reinschicken oder durchstellen dürfen.«

Grubers Sekretärin warf Sarah einen fragenden Blick zu. Aber die zuckte nur mit den Achseln.

Im Büro setzte sich Gruber hinter seinen Schreibtisch. An der Wand dahinter hingen Bilder, auf denen er, Seite an Seite mit prominenten Schauspielern, Schriftstellern, Malern und Politikern, in die Kamera lachte.

Die gegenüberliegende Wand bestand aus einer südseitigen, bis zur Zimmerdecke reichenden Glasscheibe. So schön der Ausblick auf die Mariahilfer Straße von hier aus auch war – im Sommer, wenn es in Wien an die 40 Grad hatte, musste der Raum unerträglich heiß sein. Die cremefarbenen Vertikaljalousien konnten dagegen sicherlich nicht viel ausrichten.

Sarah und Herbert Kunz nahmen auf den Besucherstühlen Platz.

»Kannst du mir bitte sagen, was hier los ist?«, kam Kunz ohne Umschweife zur Sache. »Seit wann machst du so ein Theater, wenn Hilde bei einer Sitzung fehlt? Ist ja nicht das erste Mal.«

Gruber trommelte mit den Fingern auf den Tisch. »Hilde war gestern Abend bei mir im Büro«, begann er. »Sie hat mir von einer ganz heißen Story erzählt, wollte aber noch keine Details verraten. Kennst sie ja. Heute Morgen wollte sie einen Informanten treffen, der ihr brisantes Material versprochen hat, den notwendigen Beweis, um an die Öffentlichkeit zu gehen.«

»Was für ein Beweis? Was für eine Story?«, fragte Kunz.

Gruber antwortete nicht. »Meinst du, dass sie mit der Konkurrenz plaudert, während wir hier auf sie warten?« Er wandte sich an Sarah. »Hat sie dir irgendwelche Unterlagen anvertraut? Hat sie etwas gesagt? Denk nach!«

»Ich weiß nichts. Tut mir leid«, antwortete Sarah ehrlich.

Bei ihrem letzten Zusammentreffen hatte Hilde Jahn sie aus dem Büro geworfen. »Such dir eine andere, der du auf die Nerven gehen kannst. Ich hab jetzt keine Zeit, Nachwuchs auszubilden, ich muss arbeiten«, hatte sie die junge Redakteurin abgewimmelt. Aber das würde Gruber nicht interessieren. Er erwartete kurze Infos, im Schlagzeilenstil, das wusste sie von Gabi. Lange Erklärungen waren ihm ein Gräuel.

Hilde Jahn war eine jener Journalistinnen, die ihre Position allein ihrem Verstand zu verdanken hatte und ihrer schroffen, hartnäckigen Art. Sie hatte sich an die

Spitze des Wiener Boten geschrieben. Hilde Jahn war tough, arbeitete hart, und viele hatten Angst vor ihr. Sie war auch die Einzige, die unentschuldigt bei den Montagssitzungen fehlen durfte.

»Was für eine Story?«, wiederholte Kunz seine Frage. »Ich weiß nichts davon, und immerhin bin ich ihr Chefredakteur. Und was soll die Frage nach der Konkurrenz, David? Hilde würde dir niemals in den Rücken fallen.«

Gruber lehnte sich in seinem Sessel zurück und seufzte laut. »Ich weiß es einfach nicht. Du kennst sie doch, Herbert. Hilde ist eine verdammte Einzelkämpferin. Sie traut niemandem, nicht einmal sich selbst. Siehst ja. Nicht einmal dir hat sie von der Story erzählt.« Er stützte seinen Kopf in die Hände. »Scheiße. Dieses verdammte Misstrauen kostet sie noch mal den Kopf.«

Sarah war verwundert. So aufgeregt kannte sie Gruber nicht. Was sie noch mehr verwunderte war, dass man sie noch immer nicht hinausgeschickt hatte. Sarah Pauli gehörte nicht zum fixen Team, hatte nicht den Status einer vertrauenswürdigen Angestellten. Warum besprachen die beiden das nicht unter sich?

Gruber hob den Kopf. »Sarah sollte ihr den Kleinkram abnehmen. Hat sie das nicht begriffen?«

»Bei den Themen, die Hilde behandelt, ist Geheimhaltung nun mal wichtig und Grundvoraussetzung für den Erfolg. Das weißt du genauso gut wie ich, David. Wenn die Konkurrenz etwas spitzkriegt, kannst du die ganze Sache vergessen. Das war sicher auch der Grund, warum sie Sarah als fixe Assistentin abgelehnt hat. Und was noch dazukommt: Hilde teilt nicht, schon gar nicht den Erfolg.«

»Ich plaudere doch nichts aus«, brauste Sarah auf.

Kunz wedelte beschwichtigend mit den Händen. »So war das nicht gemeint. Das hat nichts mit dir persönlich zu tun. Eher allgemein.«

»Was, wenn jemand von der Konkurrenz Hilde ein Angebot gemacht hat? Was, wenn sie …«, sagte Gruber.

»Ganz ruhig, David. Wir wissen beide nicht, woran sie gearbeitet hat. Wahrscheinlich sitzt sie noch bei ihrem Informanten. Das kennen wir doch alle, dass Termine oder Interviews länger dauern als geplant.« Sein Blick erinnerte Sarah an ihre Beinahe-Verspätung heute Morgen. »Mach dir also mal keine Gedanken. Wahrscheinlich spaziert sie …«

»Ich mach mir aber Gedanken«, schnitt Gruber Kunz das Wort ab. »Sie hat von einer Bombe gesprochen, die sie unbedingt heute bei der Sitzung hochgehen lassen wollte. Und du weißt verdammt gut, dass Hilde niemals eine Sitzung sausen lässt, auf der sie der bejubelte Star gewesen wäre.«

»Hat sie erwähnt, worum es geht? Irgendwas? Eine kleine Andeutung gemacht?«, fragte Kunz.

»Es geht um mehrere tote Frauen, die nicht eines natürlichen Todes gestorben sind. So ähnlich hat sie es ausgedrückt. Jedenfalls will ich über diese angebliche Sprengladung nicht in einem anderen Blatt lesen müssen.«

3

Sarah schaute sich Unterlagen an, überflog Interviews, studierte Statistiken, notierte sich Wesentliches, versuchte, eine Geschichte hinter all den Informationen zu erahnen. Das versuchte sie nun schon seit Stunden. Immer und immer wieder. Aber irgendwie bekam sie nichts auf die Reihe. Hilde Jahn war eine Koryphäe in ihrem Fach, brachte etliche Jahre mehr Berufserfahrung mit als Sarah. Wie also sollte sie, eine 28-Jährige, die bisher nur unwichtige Artikel verfassen durfte, da mithalten können?

»Kann das nicht besser jemand anders machen?«, hatte sie Gruber gefragt.

»Könnte deine Einstandsarbeit werden. Du willst hier doch einen festen Job?«

Sie hatte genickt.

»Dann streng dich an und zu niemandem ein Wort, sonst stehst du schneller auf der Straße, als du dir vorstellen kannst.«

Das war nicht gut, gar nicht gut. Sarah hatte als Einstandsgeschichte eher an eine Story in der Größenordnung von »Gute Laune, die durch den Magen geht« gedacht. Zwei Spalten über glücklich machende Lebensmittel. Informativ. Harmlos.

Sie fasste ihre Haare mit einem Band zusammen.

Hildes Büro war 25 Quadratmeter groß, hatte hohe

weiße Wände und nichts Persönliches. Keine Bilder, kein Zierrat, keine Dekoration.

Die Bücherregale waren voll gestopft mit Ordnern, Büchern und Papier. Auf dem Schreibtisch stand ein Computer. Ein Fernsehmonitor mit integriertem DVD-Player hing an der dem Schreibtisch gegenüberliegenden Wand. Hilde hatte sich neben einem Zeitungsarchiv auch eine große Sammlung an DVDs von Nachrichten- und Wirtschaftssendungen zugelegt. Immer auf der Suche nach einem Skandal oder nach verdächtigen Machenschaften.

Sarah kämpfte sich gerade durch die handschriftlichen Aufzeichnungen aus der Briefablage mit der Aufschrift »In Arbeit«, als Conny, die Löwin, ihren Kopf zur Tür hereinsteckte. Den Spitznamen hatte die Gesellschaftsreporterin wegen ihrer Haarpracht: eine kupferrote Lockenmähne, die ihr bis zu den Hüften reichte.

»Hey. Hab schon gehört, dass du dich durch den Aufdeckungsdschungel wühlst. Wenn Hilde dich erwischt, bist du einen Kopf kürzer.« Sie grinste boshaft. Conny hieß eigentlich Cornelia Sößer, nannte sich aber Conny Soe, weil das moderner klang. Sie war Mitte 40, etwa 1,78 groß, was sie aber nicht daran hinderte, auf High Heels durchs Leben zu laufen. Immerhin war sie das ihrem Ruf als Society-Löwin des Wiener Boten schuldig, und sie war durchgeknallter als all die Schatzis, Mausis und Schicki-Mickis, die sie auf Partys küsste und interviewte. Immer dicht hinter ihr war Sissi, ihr kleiner Mops. Es war das hässlichste Tier, das Sarah je gesehen hatte, aber zugleich das süßeste Wesen und der Liebling der ganzen Redaktion.

»Auftrag vom Chef«, erwiderte Sarah. »Er braucht Unterlagen, die Hilde angeblich auf dem Tisch hat.«

Während Conny sich dem Schreibtisch näherte, sprang Sissi an Sarahs Bein empor und forderte ihre gewohnten Streicheleinheiten ein. Sarah kam dem gern nach.

»Spar dir das, Schätzchen«, unterbrach Conny kühl. »Die ganze Redaktion spricht von nichts anderem als von Hildes Verschwinden. Ist doch alles sehr mysteriös. Oder warum ist David sonst so blass geworden und wie ein Wahnsinniger aus dem Sitzungsraum gestürmt?«

Der Wiener Bote ist ein Dorf, dachte Sarah. Sie konnte sich nicht erinnern, Conny bei der Sitzung gesehen zu haben. Und David war keineswegs wie ein Wahnsinniger aus dem Raum gestürmt. Vielmehr hätte sie ihn zu diesem Zeitpunkt noch als gefährlich ruhig beschrieben.

»Ich kann mich nicht daran erinnern, dich bei der Sitzung gesehen zu haben.«

»Ich hatte einen wichtigen Interviewtermin. Trotzdem erfahre ich alles, was in diesem Haus passiert.«

Das glaubte Sarah ihr aufs Wort. »Hilde wollte ihm etwas Wichtiges geben, wahrscheinlich hat sie es vergessen. Deshalb soll ich ja jetzt danach suchen.«

»Und warum ruft er sie nicht einfach an und fragt, wo die ach so wichtigen Unterlagen liegen, sondern lässt ausgerechnet dich, eine Freie, danach suchen?«, fragte Conny mit Betonung auf dem Wort Freie. »Sarah, ich hab gehört, dass David für Hilde ganz schön viel Platz für die morgige und die folgenden Ausgaben reserviert hat. Und wir sprechen hier nicht von irgendwelchen Seiten, sondern von den Seiten zwei und drei und von dem Titel. Was sagt uns das? Es war eine Reihe geplant, keine Einzelstory. Da hab ich halt mal eins und eins zusammengezählt und denke, dass Hilde ein großes Ding aus dem Hut zaubern wird.« Sie beugte sich über den Schreibtisch, legte ihre Hand auf Sarahs Arm. »Also, was ist los? Warum musstet ihr, Herbert und du, sofort in sein Büro?«

Das mit der Platzreservierung hatte Gruber nicht erwähnt, ärgerte sich Sarah stumm und zog ihren Arm unter Connys Hand weg. Die Löwin richtete sich wieder zur vollen Größe auf.

»Warum interessiert dich das? Ist doch nicht dein Ressort«, meinte Sarah.

Die Löwin lächelte breit. Ihr knallroter Lippenstift brachte das Weiß ihrer gebleichten Zähne optimal zur Geltung. Wie lange mochte es morgens dauern, bis man so perfekt aufgetakelt war?

»Du weißt doch, dass wir von der Society neugieriger sind als alle anderen. Vielleicht ist Hilde ja mit einem Liebhaber durchgebrannt. Vielleicht mit einem prominenten Politiker oder einem Schauspieler oder gar einem Nachrichtenchef, der ihr eine eigene Sendung im Hauptabendprogramm versprochen hat. Das alles wäre mein Ressort.« Sie lachte bösartig.

»Weißt du etwas, das wir nicht wissen?«

Conny antwortete nicht, sah ihr nur einige Sekunden schweigend in die Augen. »Nein, ich denke, ein prominenter Liebhaber wird es wohl nicht sein. Eher schon ein unauffälliger Ehemann, dessen Leben so langweilig geworden ist, dass er es inzwischen aufregend findet, mit einer öden Journalistin zu vögeln. Nein, Hilde hat wirklich nicht das Zeug, um auf die Society-Seite zu kommen.«

Diese Frau war und blieb eine bösartige Schlange.

»Ich weiß nicht mehr als du. Ich soll nur ihre Unterlagen sortieren«, behauptete Sarah. Und wenn ich es wüsste, wärst du die Letzte, der ich es sagen würde, fügte sie in Gedanken hinzu.

»Vielleicht arbeiten Hilde und ich ab und an zusammen? Hast du daran schon mal gedacht? Was glaubst du, wie viele Fotos ich in der Schublade habe, auf denen Politikerhände auf fremden Ärschen zu sehen sind?«

Simon Friedmann kam durch die Tür, grüßte die beiden Frauen und machte sich kommentarlos an die Arbeit. Er war Fotograf und auch der Computerspezialist des Wiener Boten und sollte Hildes Passwort knacken. Er war Anfang 20, hatte halblange braune gewellte Haare, die meistens von einem schwarzen Kapperl verdeckt waren, und trug ausschließlich Skatermode: Burton, Volcom und Element.

Conny beobachtete sein Treiben einige Sekunden misstrauisch. »Er knackt ihren Computer?«, fragte sie niemand Bestimmten, verabschiedete sich rasch mit einem Luftbussi und verschwand durch die Tür, hinter ihr Sissi. Die Löwin hatte etwas gewittert. »Du rufst bei mir durch, wenn du was weißt?«, rief sie Sarah vom Flur aus zu.

»Natürlich«, rief Sarah zurück.

Sie erinnerte sich, wie Conny sie beschrieben hatte, als sie gerade mal einen Monat in der Redaktion arbeitete: funktionell. Die Pauli kann man mitsamt ihrer Kleidung in die Waschmaschine stecken und bei 40 Grad waschen. Conny hatte damit auf Sarahs Standard-Outfit angespielt: dezentes Make-up, Jeans, T-Shirt, flache

Schuhe. Letzteres fand die Löwin unmöglich bei Sarahs Größe von gerade mal 1,67.

Sarah widmete sie sich wieder ihrer Arbeit. Doch irgendwie hatte sie der Besuch der Löwin gänzlich aus dem Konzept gebracht. Enttäuscht warf sie den Stift auf den Schreibtisch. »Das ist doch alles Mist!«

»Ich hab's gleich«, kam es hinter dem Computer hervor.

»Dich mein ich nicht, sondern das hier.« Sie klopfte mit der Hand auf die Zettel, die auf dem Tisch verteilt lagen.

*

Gruber hatte noch zwei Stunden gewartet, Gabi unentwegt auf Hildes Handy anrufen lassen und dann mit der Polizei telefoniert, das hatte ihr Gabi erzählt, als sie einander zufällig auf der Toilette getroffen hatten. Aber die Polizei konnte erst nach einer bestimmten Zeit eine Suchaktion starten und wusste auch nicht, wo sie anfangen sollte. Es gab keinerlei Anhaltspunkte. Der Portier hatte gesehen, wie Hilde ihr Auto abstellte. Sie war aber nicht in die Redaktion gekommen, sondern hatte den Parkplatz über die Zufahrt zu Fuß verlassen. Das war auf den Kameraaufzeichnungen deutlich zu sehen. Danach verlor sich ihre Spur.

Hilde hatte keine Familie, nur eine Handvoll Freunde und die Kollegen von der Presse. Die waren alle schnell befragt. Sie hatte niemandem außer Gruber von dem Termin heute Morgen erzählt, noch wusste irgendwer etwas über den Artikel, an dem sie derzeit arbeitete. Gruber und Kunz hatten nichts anderes erwartet.

Sarah hoffte, dass sich Hildes Verschwinden als harmloses Missverständnis entpuppen und ihre Kollegin in den nächsten Minuten fröhlich durch die Tür spazieren würde. Mit einer Story in der Tasche, die sie alle vom Hocker fegte. An ihre Reaktion, wenn sie Sarah und Simon hinter ihrem Schreibtisch in ihren Unterlagen wühlend vorfand, wollte sie im Moment nicht denken.

»Scheiß Enthüllungsjournalismus!«, schimpfte Sarah. Erschöpft ließ sie den Kopf in ihre Hände sinken.

»Kaffee?« Herbert Kunz kam durch die offene Tür und reichte ihr einen Becher über den Tisch.

»Danke.« Sarah griff danach und strich eine Strähne zurück, die sich aus dem Haarband gelöst hatte.

»Und, schon was gefunden?«

Sie schüttelte den Kopf, und die Strähne fiel wieder nach vorne.

»Nichts, was nur im Entferntesten an eine heiße Story erinnert. Nicht einmal den Hauch einer Fährte. Die Leute vom Secret Service sind Anfänger gegen Hilde, wenn's ums Verschleiern geht.« Sie warf einige kleinere Notizzettel in die Luft. »Nur belangloses Zeug. Interviews mit irgendwelchen arbeitslosen Frauen. Pressemappen und Kataloge der Arbeiterkammer.« Sie nahm ein dünnes Heft in die Hand. »Schwarzbuch Arbeitswelt. Das kann nicht die Story sein. Ist alles zu abgelutscht. Die Themen wurden in den letzten Monaten schon tausendmal durch die Presse gezerrt. Steigende Arbeitslosigkeit. Unternehmer, die das Arbeitsrecht verletzten, psychologische Gutachten über das Krankheitsbild von Arbeitslosen. Nichts, wofür Hilde sich im Moment interessieren würde.«

Sie machte eine kurze Pause. »Und? Gibt's an der Front schon etwas Neues?«

Kunz schüttelte den Kopf. »Nichts. Keine Spur. David fährt gerade zu ihrer Wohnung. Vielleicht sperrt ihm der Hausmeister auf.«

»Glaubst du, dass sie zu Hause Unterlagen aufbewahrt?«

»Es geht nicht nur um Hildes Notizen. David macht sich echt Sorgen um sie. Er hofft, dort einen Hinweis zu finden, wohin sie heute Morgen gegangen ist.« Kunz grinste. »Die Aktion ist sicher umsonst, aber ...« Er machte eine wegwerfende Handbewegung. »Ich kenne Hilde nun schon seit Jahren. Sie wird sich den Termin nicht zu Hause auf den Küchenkalender notiert haben.« Er wandte sich zum Gehen, hielt dann inne. »Hilde behält viel Wichtiges im Kopf. Vor allem Termine mit Informanten, deren Namen nicht bekannt werden dürfen. Sie ist richtig gut darin, vergisst nie etwas. Ein Gedächtnis wie ein Elefant, sag ich dir. Die kann dir sagen, mit wem sie sich am Freitag, dem 5. Mai vor vier Jahren getroffen hat und worüber gesprochen wurde.«

»Warum baut mich das jetzt nicht auf?«

Kunz lachte laut. »Ich drück dir die Daumen, dass du bald etwas findest, was dich weiterbringt.«

Sarah grinste. »Abergläubisch?«

»Schwachsinn. Das ist nur so ein Spruch.«

»Klar. Nur so ein Spruch.« Sarah stand auf und nahm ihre Jacke von der Stuhllehne. »Ich fahr einfach mal zu den beiden Frauen, die sie in den letzten Tagen interviewt hat. Mal sehen, ob ich vor Ort mehr erfahre.« Sie nahm eine Liste vom Tisch. »Wenigstens hat sie die Adressen dieser Gesprächspartnerinnen in einem Ordner abgeheftet.«

»Schau doch auch mal bei diesem Brenneis vorbei.

Der ist irgendwas beim AMS und hat Hilde öfter unterstützt. Vielleicht weiß der ja was. Und noch etwas, das du dir merken solltest. Nichts, was Hilde tut, ist bedeutungslos. Keine Frage überflüssig, keine Notiz nur mal so nebenbei aufgeschrieben. Alles hat irgendeinen Sinn.«

Sarah nickte. »Ist klar.«

Bevor sie das Büro verließ, warf sie noch einen Blick auf Simon, der völlig in seine Arbeit versunken war. Diese Computerfreaks konnten wahrscheinlich alle ohne großen Aufwand einen Computer knacken. Auch so etwas, das sie beunruhigend fand.

*

Das Wohnhaus, ein alter Jugendstilbau, lag in der Nähe der Schönbrunner Straße im zwölften Bezirk, einen Steinwurf von Schloss Schönbrunn entfernt. Die Wohnung war bürgerlich, aber nicht teuer eingerichtet.

Laut Hildes stichwortartigen Notizen war Sabine Bender 49 Jahre alt und zeit ihres Lebens Verkäuferin gewesen, fast zehn Jahre bei Freudmann & Co tätig, einem großen Kaufhaus auf der Mariahilfer Straße. Sarah kannte den Laden, er lag in der Nähe der Redaktion. Sie hatte dort schon einige Male eingekauft.

Sabine Benders Mann war Elektriker. Ihre Tochter war 25 und arbeitete als Sekretärin bei einem Baukonzern. Eine Familie wie Tausende andere auch. Sabine Bender war am 15. Juli des Vorjahres entlassen worden. Das war vor neun Monaten gewesen. Seitdem besuchte sie einen Buchhaltungskurs. Im Moment erholte sie sich von einem leichten grippalen Infekt, der in der Stadt grassierte. Deshalb war sie zu Hause geblieben und konnte Sarah gleich empfangen.

Sarah hatte keinen Plan, noch weniger wusste sie, was sie die Frau fragen sollte. Was hatte Hilde hier getan?

»Die Kündigungen werden immer am 15. oder am Ende des Monats ausgesprochen. Eine Art Hinrichtung nach dem Kalender. So sieht es das Gesetz vor.« Die Stimme der Frau klang verbittert. »Bei mir war es knapp vor Ladenschluss. Das habe ich auch schon Ihrer netten Kollegin erzählt.« Sie schnäuzte sich.

»Die musste zu einem Auswärtstermin«, log Sarah, bevor die unvermeidliche Frage nach Hildes Aufenthaltsort kam. »Ich hab die Geschichte von ihr übernommen und wollte mir ein eigenes Bild machen. Wir Journalisten arbeiten nicht so gern mit den Aufzeichnungen der Kollegen.«

»Ach so.« Sabine Bender schenkte Kaffee ein. »Wissen Sie, was ich zu meinem Mann gesagt habe? Vier mit dunklem Holz vertäfelte Wände, ein Mahagonischreibtisch vor einem großen Fenster, davor ein schwerer dunkelroter Perserteppich, das war meine Hinrichtungsstätte. So sieht nämlich das Büro dieses jungen Schnösels aus.«

»Schnösel?«

»Oliver Wallner. Das Co in Freudmann & Co. Wenn Sie mich fragen, ist er die Ausgeburt des Bösen. Er ist Ende 20, trägt meistens so eine Designersonnenbrille und fährt einen schwarzen Audi A4. Der steht auf dem Privatparkplatz der Firma. Ein verwöhntes Schnöselkind, das unter dem Schutz seines Onkels steht.« Sabine Bender hustete.

Sarah dachte an Spionage-, Mafia- und Actionfilme, weil auch dort die Bösen dunkle Autos fuhren und Sonnenbrillen trugen. Oliver Wallner. Der Name tauchte auf jeder High-Society-Seite auf. Auch im Wiener Boten. Es gab kaum eine Party, auf der der Sprössling des Kaufhausclans nicht erschien. Im Gegensatz zu seinem Onkel liebte er die Öffentlichkeit.

»Auf der Uni haben sie ihm das mit dem Wegrationalisieren beigebracht.« Sabine Bender machte eine wegwerfende Handbewegung. Die Wut zeichnete hässliche Falten auf ihre Stirn. »Alles nur Theorie. Wenn Sie mich fragen, dann sollten diese ganzen Doktoren und Magister dieser Wirtschaftsunis zum Abschluss einen roten Stift geschenkt bekommen. Als Symbol für das Blut, das sie vergießen, wenn sie Entlassungen unterschreiben und damit teilweise Existenzen vernichten. Mein Mann sagt immer, früher haben acht Leute gearbeitet und einer war für die Verwaltung zuständig. Heute, wo alle studieren und keiner mehr was von der Praxis versteht, ist es umgekehrt. Das bringt uns irgendwann um.«

Sarah nickte und nahm sich fest vor zu verschweigen, dass sie Publizistik studiert hatte. »Warum wurden Sie denn gekündigt?«

»Weil ich zu alt geworden bin. Das Kaufhaus will sich jung und dynamisch darstellen. Das ist, glaube ich, auch der neue Werbeslogan. Freudmann & Co, Ihr junges, dynamisches Kaufhaus. Oder so ähnlich. Das war Wallners erste Tat. Einen Werbeslogan kreieren.«

Jung und dynamisch, wiederholte Sarah in Gedanken. Mit 49 war man doch heutzutage nicht alt. Außerdem sah Sabine Bender keinesfalls alt aus. Auch im Jogginganzug und rekonvaleszenten Zustand. Ein Pagenkopf umrahmte ihr schmales Gesicht. Die mahagonifarbenen Haare wirkten natürlich. Nur ein kleiner Ansatz verriet, dass es sich nicht um Sabine Benders echte Haarfarbe handelte. Ihre Konfektionsgröße schätzte Sarah auf 40. Ihre Nägel waren mit einem hellen Nagellack lackiert.

»Das ist doch kein Kündigungsgrund.«

»Wie alt sind Sie, wenn ich fragen darf?«

»Achtundzwanzig.«

Sabine Bender lächelte milde. »Natürlich war das nicht der offizielle Kündigungsgrund. Kennen Sie den ältesten Trick, den ein Unternehmen in einem Fall wie meinem anwendet?«

Sarah kannte ihn nicht. Sie war froh, dass Sabine Bender eine Frau war, die gern und viel redete, denn wenn sie ehrlich war, hatte sie noch immer keine Ahnung, welche Fragen sie stellen oder in welche Richtung sie das Gespräch lenken sollte.

»Sie setzen einen fingierten Dieb ein, also einen Hausdetektiv oder sonst wen. Der spielt dann sozusagen den Dieb. Kommt ab und zu ins Geschäft, kauft ein, und irgendwann einmal stiehlt er etwas. Sie übersehen es und ...« Sie runzelte die Stirn. »Kurz danach werden Sie ins Büro gerufen. Frau Bender, es tut uns leid, Ihnen sagen zu müssen ... bla bla bla.« Ihre Stimme hob sich am Ende des Satzes, klang wie eine Melodie, verließ die Lage und klang wieder ernst wie zuvor. »Die Drecksarbeit ließ Freudmann immer seinen Neffen erledigen. Der Pöbel ...«, sie zeigte auf sich, »... also wir, sahen Bernhard Freudmann natürlich nur zu besonderen Anlässen. Weihnachtsfeiern oder Jubiläumsfeste. Und auch da nur kurz. So wie einen Popstar am Fenster seines Hotels. Ganz kurz, hinter Gardinen. Wissen Sie ... wie hieß doch der, der seine Kinder aus dem Fenster gehalten hat? Der, der jetzt auch schon tot ist ...« Erneutes Schnäuzen. Sarah hoffte, sich nicht anzustecken. Eine Erkältung konnte sie im Moment gar nicht brauchen.

»Sie meinen Michael Jackson.«

»Genau. Michael Jackson.« Sie hielt Sarah einen Teller mit Marmorgugelhupf hin. »Nehmen Sie doch bitte.« Sarah nahm ein Stück, biss ab. Jetzt erst fiel ihr auf, dass sie noch nichts gegessen hatte.

»Das Büro liegt im obersten Stockwerk des Kaufhauses. Wer will, kann sich nach der Kündigung gleich vom Dach stürzen. Das hat Wallner mal zu unserer Betriebsrätin gesagt. Nicht direkt, eher so unterschwellig. Er meinte, dass der Blick vom Dach des Kaufhauses sehr schön sei, und wenn man den Kopf reckt, kann man sogar den Volksgarten sehen. Arschloch.« Sie errötete, legte die Handfläche auf ihre Lippen. »Entschuldigen Sie.«

»Kein Problem.«

Sie machte eine Pause, schloss die Augen und seufzte. »Irgendwann ist dann eine von uns gesprungen.«

Sarah horchte auf. War das die Geschichte, nach der sie gesucht hatte?

»Nicht vom Dach des Kaufhauses.« Sabine Bender schluckte. »Brigitte sprang aus dem Fenster ihrer Wohnung. Sechster Stock.« Sie tupfte mit der Serviette Tränen aus den Augenwinkeln. »Vor einem halben Jahr.« Sie fuhr sich mit einer plötzlichen Handbewegung durch die Haare.

»Aber nein!«, entfuhr es Sarah. »Eine Kündigung ist doch kein Grund, sich das Leben zu nehmen.«

Sabine Benders mildes Lächeln erreichte nicht ihre Augen. »Natürlich nicht, wenn man 28 ist, aber mit 53 kann es ein Grund werden. Obwohl, das habe ich auch Ihrer Kollegin gesagt, Brigitte war nicht der Typ für

Selbstmord. Gut, sie war geschieden, lebte allein, aber da war ja noch …« Sie unterbrach sich. »Sie hatte eine Tochter. Man bringt sich doch nicht um, wenn man ein Kind hat.«

»Meinen Sie?« Sarah wollte ihr nicht widersprechen oder ihr erklären, dass Menschen, die sich das Leben nehmen, sich in einem Ausnahmezustand befinden. Depressionen stießen manche in ein großes schwarzes Loch, das rationales Denken und Handeln unmöglich machte.

»Ja, das meine ich«, antwortete Sabine Bender langsam. Sie wischte unsichtbare Brösel vom Tisch. »Wissen Sie, wie schwer es da draußen auf dem freien Markt ist ab einem gewissen Alter? Die Chance, einen Job zu bekommen, ist gleich null.«

»Haben Sie denn den Dieb nicht bemerkt?«, fragte Sarah.

»Welchen Dieb?« Sabine Bender war mit ihren Gedanken völlig abgeschweift.

»Den, der die Ware gestohlen hat. Der Grund für Ihre Entlassung.«

»Nein, den habe ich nicht gesehen. Wissen Sie, was grotesk ist? Da arbeiten Sie fast zehn Jahre für ein Unternehmen, Sie identifizieren sich damit. Die Firma ist irgendwann nicht nur ein Teil Ihres Lebens, sondern ein Teil Ihrer Familie. Und dann … gekündigt wegen einer Suppenschüssel und zwei Desserttellern! Gut. Es war jetzt nicht unbedingt die billigste Ware. Das Geschirr war aus der Serie Thomas von Rosenthal und ein Champagnerglas von Ritzenhof. Aber man kann ja nicht immer und überall sein«, versuchte Sabine Bender zu erklären. »So ein Kaufhaus ist doch versichert.«

»Glaub ich auch«, sagte Sarah.

»Es tut mir leid.« Sabine Bender stand auf, reichte der Journalistin die Hand. Was war jetzt los? Instinktiv schlug Sarah ein und dachte an Bakterien.

»Das war's!«, sagte die ehemalige Verkäuferin. »Ein Handschlag nach fast zehn Jahren.« Sabine Bender setzte sich wieder hin. »Das Gespräch mit Wallner hat nicht länger als zehn Minuten gedauert, in denen eigentlich nur Wallner gesprochen hat und ich damit beschäftigt war, meine Gedanken zu ordnen. Zehn Minuten für fast zehn Jahre.« Sie tippte sich an die Stirn. Eine Geste, die nicht zu ihr passen wollte.

Bender war die geborene Verkäuferin: höflich, nett anzusehen, hilfsbereit, und sie hatte immer diesen Ausdruck sanften Lächelns im Gesicht. Sogar jetzt, trotz Grippe.

»Wissen Sie, auch wenn ein großer Teil der Kunden herumgenörgelt hat und ich ab September Weihnachtsmusik ertragen musste und im Jänner bereits Ostern im Kaufhaus einzog, habe ich den Umgang mit den Menschen geliebt. Was heißt hier lieben, ich brauchte ihn, er war Teil meines Lebens.«

Nun war Sarah klar, weshalb Bender seit einer Stunde bei Kaffee und Kuchen saß und einer völlig fremden Journalistin bereitwillig Details aus ihrem Leben erzählte und ihre Gefühle offen auf den Tisch legte, ihre Wut, Verzweiflung und Enttäuschung.

»Das müssen Sie sich einmal vorstellen. Wissen Sie, was ich mich frage? Wie lange dauert eine Kündigung, wenn man nur ein Jahr in dem Unternehmen beschäftigt war? Eine Minute? Wurden Sie schon einmal gekündigt?« Sie hustete und schnäuzte sich.

Sabine schüttelte den Kopf. Sie hatte keine Lust, ihre eigene Geschichte zu erzählen.

»Aber egal. Jetzt besuche ich einen Kurs, der wird vom Arbeitsamt bezahlt. Buchhaltung.« Sie lachte laut auf. »Die wollen doch tatsächlich eine Buchhalterin aus mir machen. Solche Kurse schlagen sie dir gleich bei deinem ersten Antrittsbesuch beim AMS vor. Ein Kurs«, wiederholte sie. »Weil damit fällt man aus der Arbeitslosenstatistik raus. Statistiken … auch so ein schön frisiertes Instrument unserer kaputten Gesellschaft.« Bender schenkte Kaffee nach. Sarah hoffte, diese Nacht ruhig schlafen zu können, denn das Getränk war stark, außerdem trank sie selten Kaffee. Ablehnen wollte sie auch nicht, weil sie Angst hatte, dass sie damit Sabine Benders Redefluss unterbrechen würde. Auch wenn sie sich bis jetzt noch immer im Unklaren darüber war, was sie hier herausfinden wollte. Die APA-Meldung von heute Morgen fiel ihr ein: 20 Prozent mehr Arbeitslose.

Und noch etwas fiel ihr ein. »Sie haben vorhin eine Kollegin erwähnt. Brigitte. Was war mit ihr?«

Sabine Bender sah sie verständnislos an. »Was soll mit ihr gewesen sein?«

Sarah rückte ihren Stuhl zurecht. »Sie haben doch vorhin erwähnt, dass sie sich aus dem Fenster gestürzt hat, gleichzeitig behaupten Sie, dass diese Brigitte kein Typ für einen Selbstmord war.«

»Mein Gott. Man sagt viel«, sagte Bender lapidar, stand auf, öffnete ein Fenster. Warme Frühlingsluft erfüllte den Raum. Die Temperatur war innerhalb weniger Stunden gestiegen. Keine Spur mehr von dem Schneetreiben heute Morgen. Aprilwetter. Sabine Bender wandte sich um, lehnte sich gegen das Fensterbrett.

»Wir waren ein verdammt gutes Team. Eigentlich waren wir mehr als das. Wir waren Freundinnen. Und jetzt …«

»Wen meinen Sie mit wir?«

»Brigitte, Katharina und ich.«

»Katharina?«

»Katharina Mohn. Sie arbeitete als Kellnerin im Restaurant Anima im obersten Stockwerk, direkt unterm Dach.«

»Gehört das Restaurant auch Freudmann?«

»Nein. Nicht direkt. Der Pächter heißt …« Sie überlegte. »Weiß ich jetzt gar nicht. Ist so eine Kette. Die mieten sich in fast allen großen Kaufhäusern ein.«

Sarah bückte sich zu ihrer Tasche, die auf dem Boden stand, holte die Liste hervor. »Katharina Mohn, Ausstellungsstraße. *Die* Katharina Mohn?«

»Ja.«

»Mit ihr hat meine Kollegin auch ein Interview geführt, oder?«

»Ja. Ihre Kollegin hat mit ihr auch ein Interview geführt«, wiederholte Sabine Bender langsam. »Sagen Sie … Hilde Jahn hat uns gesagt, dass sie eine Story über arbeitslose Frauen über 40 machen wollte. Darüber, wie man bei Vorstellungsgesprächen behandelt wird, teilweise laden sie einen gleich am Telefon aus. Zu alt. Verstehen Sie?« Sie stieß sich vom Fensterbrett ab, trat an den Tisch und nahm Sarahs Visitenkarte in die Hand. »Das müssten Sie doch wissen, wenn Sie die Geschichte von ihr übernommen haben, oder?« Sabine Bender schaute sie misstrauisch an.

Autsch. Jetzt hatte sie einen Fehler gemacht. Denk nach, Sarah. Denk nach. Was erzählst du der Frau?

»Meine Kollegin ist … aber ich bitte Sie, das muss jetzt

unter uns bleiben. Also, meine Kollegin ist abgängig.« Die Wahrheit war ihr einfach so herausgerutscht.

Sabine Bender wurde blass. »Wie? Abgängig?«

»Sie ist heute Morgen nicht zur Redaktionssitzung erschienen und auch bis jetzt nicht aufgetaucht.« Das musste reichen. »Wahrscheinlich hatte sie einen Termin, von dem die Redaktion nichts weiß. Vielleicht bei der Konkurrenz«, versuchte Sarah das Gesagte zu entschärfen.

»Vielleicht.«

»Na dann, Frau Pauli. Hat mich gefreut, dass Sie mich noch einmal befragt haben, würde mich freuen, wenn Sie mal etwas über die reale Situation am Arbeitsmarkt bringen würden. Nicht immer die getürkten Zahlen.« Sie schaute auf ihre Armbanduhr. »Was? So spät schon? Ich muss Sie leider bitten zu gehen. Ich habe noch einen Arzttermin.«

Sarah verabschiedete sich und wünschte Sabine Bender eine gute Besserung. Als sie kurz danach auf der Straße stand, wischte sie sich ihre Hände mit Feuchtpapier ab. Sie wunderte sich, dass Sabine Bender sie so plötzlich aus ihrer Wohnung komplimentiert hatte. Den Bruchteil einer Sekunde dachte sie daran, den Kaufhauserneuerer Oliver Wallner anzurufen. Aber was sollte sie ihm sagen? Die Lüge, einen Artikel über das Unternehmen schreiben zu wollen, würde er ihr nicht abnehmen. Derartige Geschichten liefen über die Marketingabteilung und waren im Grunde genommen immer so etwas wie eine bezahlte Anzeige. Ohne Geld lief da nichts, es sei denn, die Zeitung konnte über einen handfesten Skandal berichten. Aber dann würde Wallner ihr kein Interview gewähren. Und was hätte sie ihn fragen sollen? Stimmt es, dass Sie Frauen über 40 kündigen? Das war nicht strafbar. Auch wenn er ihnen eine Falle stellte, um einen Grund angeben zu können. Sie nahm sich jedoch vor, den Typen im Auge zu behalten. Sie holte den Zettel mit den Adressen aus ihrer Handtasche und tippte die Telefonnummer von Katharina Mohn in ihr Handy.

Es meldete sich der Anrufbeantworter.

Sarah hinterließ eine Nachricht.

4

Katharina Mohn sah auf ihre Armbanduhr. Herrgott, es war fast vier Uhr. Sie war später dran als sonst. Ausgerechnet heute hatte der Kurs länger gedauert, weil die Abschlussarbeiten mit den Teilnehmern durchgegangen wurden. Heute Morgen hatte Katharina noch gehofft, früher gehen zu können.

Der Sozialmarkt in der Wallgasse hatte vor zwei Stunden zugesperrt. Sie musste ihre Einkäufe am Mittwoch erledigen, da war der Markt bis fünf Uhr abends geöffnet. Heute musste sie halt in den sauren Apfel beißen und im normalen Supermarkt einkaufen. In Gedanken überschlug sie den Betrag, der sich noch in ihrem Portmonee befand. Geschätzte 24 Euro. Die Banken hatten auch schon zu, eine Bankomatkarte besaß sie nicht. Als Sozialhilfeempfängerin bekam sie keine.

Sie überlegte, was sie noch zu essen zu Hause hatte. Reis, etwas Gemüse im Tiefkühlfach. Damit war das Abendessen gesichert: Gemüsereis. Fehlte nur die Milch für ihren Kaffee. Auf dem Weg zur U-Bahn sprang sie schnell in einen Supermarkt und kaufte einen halben Liter Milch.

Danach fuhr sie direkt in ihre Wohnung. Sie hatte genau eineinhalb Stunden, um eine Kleinigkeit zu essen und sich fertig zu machen. Der Mann, den sie heute Abend treffen würde, legte Wert auf Pünktlichkeit.

»Zeit ist Geld«, pflegte er jedes Mal zu sagen, wenn sie sich verspätete. Im Grunde genommen war er nichts anderes als ein Kontrollfreak, der es gewöhnt war, dass alle nach seiner Pfeife tanzten. Katharina störte das nicht. Ganz im Gegenteil, sie hatte es gern, wenn ein Mann in der Beziehung die Führung übernahm, ihr sagte, was sie anziehen, welchen Sekt sie einkaufen sollte. Dass sie eine Beziehung niemals offen leben würden, war genauso selbstverständlich wie die Tatsache, dass er niemals zu ihr in die Wohnung kam und sie niemals in seine. Eine kleine Wohnung war ihr Domizil. Und egal, was andere über ihn sagten – das Verhältnis mit ihm hatte ihr jede Menge wertvoller Kontakte eingebracht.

In der Wohnung warf sie ihre Jacke über die Garderobe. Das rote Licht ihres Anrufbeantworters blinkte. Sie drückte auf Wiedergabe, hörte die Stimme einer Frau. »Hallo, hier ist Sarah Pauli vom Wiener Boten. Ich würde gern mit Ihnen reden. Es geht um die Geschichte, die meine Kollegin Hilde Jahn begonnen hat. Ich mache noch einige Interviews in diesem Zusammenhang. Würden Sie mich bitte zurückrufen?« Katharina Mohn notierte die Nummer auf dem kleinen Block, der neben dem Telefon lag, schaltete den Anrufbeantworter aber nicht aus. Nur für den Fall, dass diese Journalistin noch einmal anrufen würde. Sie stand einige Sekunden nachdenklich vor dem Telefon. Warum rief eine fremde Redakteurin an? Warum nicht Hilde Jahn selbst? Sie musste gleich mal mit Sabine reden. Vielleicht wusste die mehr. In diesem Moment läutete ihr Handy. Am Display leuchtete der Name ihrer Freundin auf.

»Hallo, Sabine. Das war Gedankenübertragung.« Sie

erzählte ihr von der Nachricht auf ihrem Anrufbeantworter, während sie in die Küche ging.

»Deshalb ruf ich dich an«, erwiderte Sabine Bender.

Katharina Mohn klemmte das Handy zwischen ihre Schulter und das Ohr, holte einen Topf hervor, gab zwei Tassen Wasser hinein und stellte ihn auf den Herd. »Was hat das zu bedeuten?«

»Hilde Jahn ist verschwunden.«

Katharina Mohns Kinnlade klappte nach unten, sie schnappte nach Luft. »Wie … verschwunden? Aber das ist doch …«

»Kommt er heute zu dir?«, unterbrach Sabine Bender.

Katharina Mohn hörte sie husten. »Ist deine Erkältung noch nicht besser?«

»Ein bisschen. So was dauert halt. Aber ich komme sicher nächste Woche wieder in den Kurs.«

»Du musst viel trinken. Am besten Salbeitee. Ist gut für den Hals.«

»Weiß ich. Was ist nun? Kommt er, oder kommt er nicht?«

Katharina Mohn ging ins Badezimmer, streifte ihre Kleidung vom Körper, während sie ihr Handy ständig von einem Ohr zum anderen wechselte, und ging in Slip und BH zurück in die Küche.

»Er kommt immer montags, das weißt du doch. Montag und Donnerstag sind seine Tage.«

»Großer Gott. Ich bin ganz durcheinander. Ich konnte nicht ruhig bleiben … hab sie quasi rausgeschmissen.«

»Wen?«

»Na, diese Journalistin.«

»Hat sie was gesagt? Was will sie von mir?« Das Wasser kochte. Katharina Mohn salzte, ließ eine Tasse Reis hineinrieseln und schaltete die Herdplatte kleiner.

»Das kann ich dir nicht genau sagen. Sie hat mich eigentlich nicht richtig befragt. Ich hatte eher das Gefühl, dass sie einfach nur zugehört hat. Wenn du mich fragst, hat sie keine Ahnung.«

»Und was hast du ihr erzählt?« Wieder klemmte Katharina Mohn das Handy ein, holte das Gemüse aus dem Gefrierfach und taute es in einem kleinen Topf mit einer Handvoll Wasser auf.

»Das mit Wallner, von Brigitte und so halt.«

»Du hast ihr von Brigitte erzählt?« Katharina hielt in der Bewegung inne.

»Nur, dass sie gesprungen ist. Nein, eigentlich habe ich ihr gesagt, dass ich nicht an Selbstmord glaube.«

»Und hast du ihr auch gesagt, warum?« Sie zerrte eine Pfanne hervor.

»Nein.«

»Und was soll ich ihr erzählen?«

»Ich weiß es nicht, Katharina. Vielleicht sollten wir … vielleicht die Wahrheit … Ach, was weiß ich.«

»Sabine, dreh jetzt nicht durch. Ich bin die Hysterische, denk dran. Du bist die mit dem klaren Kopf.«

»Du musst ihn fragen«, kam es im Befehlston.

»Mein Gott. Natürlich frage ich ihn, wie jedes Mal, wenn er zu mir kommt. Glaubst du …?«

»Nein«, unterbrach Sabine Bender. »Sie passt nicht in sein Profil. Aber wir müssen jetzt endlich wissen, ob er dafür verantwortlich ist.«

»Profil«, wiederholte Katharina Mohn. »Bist du jetzt Profiler bei der Polizei? Jede passt in sein Profil, jede, die ihn stört.«

Sie schwiegen beide sehr lange. Katharina Mohn zog den Topf mit dem Gemüse beiseite, wechselte ins Schlafzimmer, legte ihre Kleidung für das bevorstehende Date zurecht. »Wenn es mich nicht gäbe, wüssten wir genauso wenig wie alle anderen«, sagte sie.

»Ich weiß. Und manchmal frage ich mich, ob es nicht besser wäre, nichts zu wissen.«

»Das ist nicht dein Ernst, Sabine, oder?«

»Nein, natürlich nicht. Wie lange willst du das eigentlich noch machen?«

»Wie lange noch?«, fragte Katharina Mohn verwundert. »Das weißt du doch. So lange, bis ich was anderes gefunden habe. Ich habe es halt nicht so gut wie du.« Sie unterbrach sich. »Entschuldigung. So war das nicht gemeint. Aber es ist halt schwer, immer allein zu sein, mit all den Sorgen und finanziellen Problemen.«

»Schon gut. Ich versteh dich ja. Glaub mir, eines Tages geht's wieder bergauf. Dann kannst du damit aufhören.«

»Ganz bestimmt. Du, ich muss jetzt …«, sagte Katharina. »Ich will noch eine Kleinigkeit essen, duschen muss ich mich auch noch.«

»Alles klar.«

»Ich rufe diese Sarah Pauli an, mach mir einen Termin aus, und dann werden wir ja sehen. Und du leg dich ins Bett.«

»Frag ihn!«

»Mach ich.«

5

Der Bluff war einfach gewesen und hatte großen Spaß gemacht.

Menschen zu betrügen, ihnen etwas vorzuspielen, war wirklich keine große Herausforderung. Sie glauben, was sie sehen. Oder besser, sie glauben zu sehen, dachte er. Diesmal hatte er einen wunderbaren Namen verwendet, ein Pseudonym. Der Ausdruck gefiel ihm, hatte etwas von einem Künstler. Und so verstand er auch seine Tätigkeit: Er gestaltete ein Kunstwerk, wenngleich sein Tun nur im weitesten Sinn etwas mit Kunst zu tun hatte. Vielmehr war es ein Handwerk, das man sehr gewissenhaft ausüben musste, mit großem Respekt für sein Gegenüber.

Ein Handwerk. Nur mit dem Unterschied, dass er der Gesellschaft einen unentgeltlichen Dienst erwies. Er befreite diese Stadt von Unrat, Gerümpel, Nutzlosem.

Er tötete.

Er rieb sich das linke Handgelenk. Er hatte die Kraft unterschätzt, die nötig gewesen war. Fast hätte er zu lachen begonnen, als sie ihn mit diesem neuen fremden Namen angesprochen hatte.

»Sind Sie Herr Albo?«

Albo: die Liste, das Register.

Italienisch war eine schöne Sprache. Sie hatte Melodie und Charme.

Der Chianti Rufina Riserva, den er sich als Honorar gönnte, hatte 13,5 Prozent Alkohol und duftete fantastisch.

Er hatte nicht viel vorbereiten müssen: die Brille, den Hut und den Mantel.

Die Verkleidung hatte er inzwischen entsorgt. Das Risiko, dass ihn jemand beobachtet hatte, als er das Gebäude betrat, war einfach zu groß. Und irgendwann würden sie diese aufdringliche Journalistin suchen und wahrscheinlich auch finden. Dann würde die Polizei nach Zeugen suchen, und sicher hatte irgend so ein asoziales Arschloch am Fenster gestanden, eine Zigarette geraucht und gesehen, dass ein Mann mit Hut durch die Einfahrt verschwunden war. Für sein nächstes Projekt musste er neue Kleidung besorgen.

Hilde Jahn hinters Licht zu führen war leichter gewesen, als er es sich vorgestellt hatte. Eine Enthüllungsjournalistin ihres Formats hätte er sich misstrauischer vorgestellt. Jede Wette wäre er eingegangen, dass sie ihr Gegenüber überprüfen ließ. Ihr Spezialfach war doch die Lüge. Warum also diese Vertraulichkeit? Sie hatten bis auf diesen einen Moment niemals persönlich miteinander zu tun gehabt. Er schnaubte verächtlich, schüttelte ungläubig den Kopf. Das war unprofessionell. Neugierde hatte schon viele das Leben gekostet. Das leer stehende Firmengelände war ihm zufällig aufgefallen. Er hatte etwas in der Per-Albin-Hansson-Siedlung zu tun gehabt und war daran vorbeigefahren. Er hatte die Gegend anschließend zu verschiedenen Tages- und Nachtzeiten aufgesucht, um herauszufinden, ob sich Obdachlose oder Jugendliche einquartiert hatten. Eines Nachts war er dann durch den unversperrten Eingang gehuscht und hatte die Hallen entdeckt.

Erst danach hatte er begonnen, seinen Plan in die Tat umzusetzen.

Für die nächste Aktion musste er den Bezirk wechseln und in eine andere Identität schlüpfen. Franz Münch, Geschäftsmann. Mag. Peter Brunner, Abteilungsleiter. Seine Mission war perfekt vorbereitet. Kein Name zwei Mal, kein roter Faden, kein Muster, keine Zusammenhänge, kein religiöser Hintergrund. Nichts, woran man eine Serie erkennen konnte. Individualität hieß das Geheimnis seines Erfolges.

»Individualität – das Geheimnis des Erfolges«, wiederholte er laut. Was für ein großartiger Werbeslogan. Nur leider konnte er mit seinem Unternehmen nicht an die Öffentlichkeit treten.

Er war sicher, dass seine nächsten Opfer ebenfalls leicht zu überlisten waren. Er war höflich, stets freundlich, half, wo es nur ging – und er war ein guter Zuhörer. Frauen erzählten gern und viel. Viel zu viel.

Zuerst Belangloses über ihre Hobbys und Vorlieben. Gefolgt von Auszügen über ihre Ängste und ihr früheres Leben. Und wenn sie sich so weit geöffnet hatten, folgten Beschwerden über ihr derzeitiges Leben, Männer und Familie, und sie endeten mit Details über sich selbst. Den Verlauf der Gespräche und die Richtung konnte er inzwischen nach wenigen Minuten vorhersagen.

Albo hatte sein Gedächtnis trainiert. Er musste sich Einzelheiten merken, sie der richtigen Person zuordnen. Auf Kleinigkeiten achten, die er nutzen konnte, nachhaken, wo es passte, und die Frauen an den richtigen Stellen reden lassen. Eine Kunst, die die wenigsten Männer beherrschten. Nur manchmal machte er sich Notizen. Und auch nur dann, wenn es kein Misstrauen erweckte.

Mit Bedacht las er die Liste wie ein Priester die Bibel. Ließ jeden Namen auf sich wirken. Das Läuten der Türglocke riss ihn aus seinen Gedanken. Er überlegte.

Egal.

Er hatte keine Eile. Die nächste Runde war eröffnet.

Das nächste Ziel war erfasst.

6

Der Brunnenmarkt im 16. Bezirk war seit geraumer Zeit fest in türkischer Hand. Er galt als Paradebeispiel für das Miteinander verschiedener Kulturen. Genau genommen war es ein friedliches Nebeneinander von Türken und Österreichern. Wenn man die Brunnengasse zwischen Thaliastraße und Yppenplatz entlangschlenderte, konnte man sich des Gefühls nicht erwehren, auf einem orientalischen Bazar zu wandeln, das Feilschen an den Marktständen inbegriffen. Die Lokale um den Yppenplatz wurden von ortsansässigen, vor allem österreichischen Künstlern und Sozialromantikern frequentiert, Touristen verirrten sich selten hierher.

Sarah Pauli lebte gern in diesem Grätzl. Jedes Mal, wenn sie den Marktplatz überquerte, vorbei an den Buden und Verkaufsständen, um zu ihrer Wohnung zu gelangen, war es ein wenig wie Urlaub in der Türkei.

Männer standen vor den Geschäften, diskutierten lautstark und tranken türkischen Kaffee aus kleinen Tassen.

Vom Yppenplatz aus konnte Sarah Licht in ihrer Wohnung sehen. Chris war also zu Hause. Sie hoffte, dass ihr Bruder nicht wieder eine Studienkollegin mitgebracht hatte. Sie war müde, wollte die Schuhe von den Füßen streifen, den Jogginganzug anziehen, sich ein Bier aufmachen und in Gedanken das Gespräch mit Sabine

Bender rekapitulieren. Die Wohnung war ihre Oase, ihr Ruhepol, ihr Rückzugsgebiet. Aber darauf nahm Chris leider selten Rücksicht. Sein Frauenverschleiß war anstrengend. Sarah bekam die Namen und Gesichter nicht mehr auf die Reihe. Sie hoffte nur, dass Chris Kondome verwendete.

Ihr kleiner Bruder. Der Frauenschwarm. Kurze dunkle Haare, schwarze Augen, ein ebenmäßiges Gesicht und einen Charme, der Widerstand zwecklos machte.

Ihre Wohnung lag im vierten Stock. Regelmäßig ignorierte Sarah den Aufzug und benutzte die Treppe. Sie konnte sich königlich über jene Großstädter amüsieren, die sich damit brüsteten, wie oft und lange sie durch die Parkanlagen joggten und dann mit dem Lift in den ersten Stock fuhren.

Schon vor der Wohnungstür schlug ihr der angenehme Geruch von gekochtem Essen entgegen. Allem Anschein nach verwöhnte Chris seine derzeitige Flamme kulinarisch. Ihr Bruder kochte gern und verdammt gut. Auch Sarah kochte gern und gut, nur fehlte ihr meistens die Zeit dazu.

Sie sperrte die Tür auf. Kubanische Klänge empfingen sie. Buena Vista Social Club. An der Garderobe hing eine rote Frauenjacke.

Marie kam ihr mit aufgestelltem Schwanz entgegen. Sarah hatte die schwarze Halbangora völlig verwahrlost in einem Müllcontainer in der Brunnengasse gefunden, sie, ohne zu zögern, mitgenommen und nach einem der Aristocats benannt. Das war vor vier Jahren gewesen. Seitdem konnte sie sich ein Leben ohne Katze nicht mehr vorstellen. Schwarze Katzen brachten außerdem Glück ins Haus.

»Guten Abend, meine Süße.« Sie ging in die Knie und strich über das weiche Fell des Tieres. Augenblicklich begann Marie laut zu schnurren. »Kannst du mir sagen, wer bei Chris ist? Ist sie nett? Hat sie dich gestreichelt?«

Marie drehte sich herum und lief durch die offene Tür in die Küche. Ein eindeutiges Zeichen dafür, dass sie Hunger hatte. Wie einfach doch so ein Katzenleben war.

Sarahs Blick fiel auf das Plakat, das die Wand neben der Tür zu ihrem Schlafzimmer zierte. Chris hatte es ihr geschenkt, als sie vor Jahren, nach dem Lernmarathon vor seiner Matura, ihren ersten Job als Journalistin verloren hatte. Es zeigte das Innenleben eines Menschen: Skelett, Muskeln, Gelenke, das Herz-Kreislauf-System. Ein Plakat für Medizinstudenten und Arztpraxen. Chris hatte mit einem blauen Marker in fetten Buchstaben darüber geschrieben: »Journalisten klopfen einem ständig auf die Schulter, auf der Suche nach der Stelle, wo das Messer am leichtesten eindringt.«

Ein Zitat des deutschen Moderators Robert Lembke.

Zögernd ging Sarah Richtung Küche. Sie wollte nicht stören, aber ihr Magen knurrte. Und verdammt, eigentlich war das hier ihre Wohnung. Chris bezahlte weder Miete, noch beteiligte er sich übermäßig an den Betriebs- und Lebensmittelkosten. Und sie hatte den ganzen Tag, außer dem Kuchen der Bender, nichts gegessen.

»Gabi?« Sarah war überrascht. Die Sekretärin ihres Chefs saß auf der Eckbank und sah ihrem Bruder beim Kochen zu. Seit wann gehörte Gabi zu Chris' Frauentyp? Eigentlich bevorzugte er Dunkelhaarige und Braunäugige. Gabi hingegen hatte kurze blonde Haare, blaue Augen, sie erinnerte Sarah an die Schauspielerin Meg Ryan und war um fünf Jahre älter als Chris. Seit wann kannten die beiden einander?

»Hallo, Sarah«, begrüßte Gabi sie. »Dein Bruder hat …«

»Hallo, Süße.« Chris hauchte Sarah einen Kuss auf die Wange. »Gabi wollte zu dir, und ich habe heute frei. Und was macht ein liebender Bruder in so einer Situation? Ich habe deine Freundin zum Essen eingeladen.«

Fast hätte Sarah erwidert, dass Gabi nicht ihre Freundin sei, sondern nur eine Arbeitskollegin. Besann sich dann aber. Irgendwie waren sie ja doch Freundinnen, wenn auch bisher nur im Büro. Immer wenn sich Zeit fand, tranken sie in der Cafeteria der Redaktion eine Tasse Kaffee miteinander und plauderten.

Sarah lächelte. »Du bist der Beste. Was gibt's?« Auf dem Tisch standen eine offene Flasche Rotwein und zwei gefüllte Gläser. Chris reichte ihr ein leeres Glas. »Schenk dir ein. Das Essen ist gleich fertig. Spaghetti mit meiner speziellen Tomatensauce.« Speziell bedeutete Unmengen an Rotwein. Sarah sah schweigend in das Glas, so als erwarte sie darin eine Antwort auf die Frage, ob sie nicht doch lieber ein Bier trinken wollte.

Marie machte sich inzwischen über ihr Trockenfutter her. Über ihrem Fressnapf hing ein Warnschild: »Attenti al gatto!«

Ihr Bruder liebte derartige Albernheiten.

Chris nahm Sarah die Entscheidung ab und schenkte ihr ein. Dann richtete er seine dunklen Augen auf sie und fragte, die Flasche noch in der Hand, mit italienischem Akzent wie Al Pacino in »Der Pate«:

»Und, was hat meine kluge Schwester herausgefunden? Waren es die Bottinis? Glaub mir, Bella. Wir schlagen zurück. Ich setz die Jungs drauf an. Die machen kurzen Prozess. Hai capito?« Er stellte die Flasche auf den Tisch zurück und durchschnitt direkt vor seinem Hals die Luft mit der Hand.

»Ich hab ihm von Hilde erzählt«, sagte Gabi.

»Das war ein Fehler.« Sarah grinste. »Mein Bruder steckt noch mitten in der Pubertät.« Sie gab ihrem Bruder einen freundschaftlichen Klaps auf die Schulter. Dafür musste sie sich strecken, denn Chris war viel größer als sie.

»Sicher. Und Sarah vergisst manchmal, dass sie erst ...«, er malte mit seinen Fingern Anführungszeichen in die Luft, »... erst 28 ist.« Er wandte sich um, verteilte Spaghetti auf drei Teller, goss Sauce darüber und stellte sie auf den Tisch.

»Bon Appétit.«

»Ein Sprachengenie, was?«, sagte Gabi, während sie Nudeln um die Gabel wickelte.

»Du sagst es«, antwortete Sarah. »Aber sag mal. Was wolltest du von mir?«

Gabi wurde ernst.

»Ich weiß nicht, mit wem ich sonst reden soll.«

»Worüber?«

»Gruber reißt mir den Kopf ab.«

Es läutete.

»Hier geht's zu wie im Taubenschlag«, sagte Chris.

Sarah machte eine eindeutige Kopfbewegung.

»Ich geh schon.« Ihr Bruder stand auf und ging zur Tür. Kurz darauf kam Markus in die Küche, Chris' bester Freund. Groß, blonde Locken, leichte Solariumsbräune. »Hallo, Mädels!«

»Willst du auch einen Teller?«, fragte Sarah und deutete auf die Spaghetti.

»Nein. Wollte nur Chris abholen. Hoffe, du kommst allein klar.« Er grinste.

»Ich bin ein großes Mädchen, und im Notfall schläft Gabi bei mir.«

Das Grinsen wurde breiter.

»Ich kann deine schmutzigen Gedanken lesen«, sagte Sarah.

»Ich studiere Medizin, interessiere mich für Menschen«, antwortete er mit einem unschuldigen Augenaufschlag.

»Und euer Lieblingsfach ist weibliche Anatomie, stimmt's?«

Chris kam durch die Tür. »Du hast es erfasst, Schwesterchen. Markus und ich werden die ganze Nacht dem Studium widmen. Also macht euch einen schönen Abend, redet nicht nur über eure Arbeit.« Er stopfte sich noch eine Gabel mit Nudeln in den Mund. »Ich war heute am Grab, hab die ersten Frühlingsblumen hingebracht«, berichtete er kauend.

Sarah fuhr mit der Hand zum Mund. »Ach. Das hab ich völlig vergessen.«

»Hast ja mich«, grinste Chris. »Hab Märzenbecher genommen. Passt doch, oder?«

Gelb war gut. Die Farbe stand für Sonnenschein, Fröhlichkeit und Freude, und Märzenbecher waren ihre liebsten Blumen im Frühjahr.

»Passt. Danke.«

»Schon gut. Waren auch meine Eltern.« Er küsste Sarah auf die Wange, gab Gabi die Hand. »Ciao. Hat mich gefreut.« Er bedachte sie mit diesem ganz bestimmten intensiven Blick, der die Frauen reihenweise verrückt werden ließ. Zum Glück schien Gabi im Moment dafür nicht empfänglich. Sie reagierte nur mit einem kurzen Nicken.

Sarah wedelte ungeduldig mit ihrer Hand. »Und tschüss.«

»Entschuldige bitte. Eigentlich sind die beiden sehr nett und charmant«, sagte Sarah zu Gabi, nachdem die Tür ins Schloss gefallen war. Sie klang wie eine Mutter, die über ihre Söhne sprach. »Jetzt können wir uns wenigstens in Ruhe unterhalten.« Sie schenkte Rotwein nach.

»Deine Eltern sind tot?«, fragte Gabi.

Sarah nickte, war sich aber nicht schlüssig, wie viel sie erzählen sollte. Bisher wusste niemand im Büro Bescheid, auch Gruber nicht. Sarah sprach nicht gern über Privates. Aber vielleicht war jetzt der richtige Augenblick gekommen, damit zu beginnen. Nur eine kleine Dosis. Gerade so viel, dass der Schmerz erträglich blieb. Die Erinnerung ihr keine Träume bringen würde. »Ein Autounfall vor etwas mehr als drei Jahren. Chris war gerade in der Siebten. Ein Jahr vor der Matura. Ich habe schon hier gewohnt. War keine leichte Zeit.« Sie schüttelte den Gedanken ab. »Reden wir über etwas anderes.« Sie hatte keine Angst, von ihren Eltern zu träumen. Sie hatte Angst aufzuwachen und sie erneut zu verlieren. »Warum sollte Gruber dir den Kopf abreißen? Er ist zwar manchmal etwas ruppig und kurz angebunden, aber getötet hat er bis jetzt noch niemanden. Glaub ich jedenfalls.« Das sollte witzig klingen, aber Gabi blieb ernst.

»Ich weiß nicht, ob es wichtig ist, Sarah. Ich hab nur so ein ungutes Gefühl. Mein Gott.« Gabi beugte sich nach vorne, legte die Ellbogen auf den Tisch, vergrub das Gesicht in den Händen und begann fürchterlich zu weinen.

»Was ist denn los?« Sarah legte den Arm um ihre Arbeitskollegin.

Gabi hob den Kopf, wischte die Tränen mit dem Handrücken ab, kramte in ihrer Tasche und holte ein Taschentuch hervor. Sie tupfte sich die restlichen Tränen von der Wange und schniefte laut, bevor sie antwortete.

»Ich glaube, ich bin schuld an Hildes Verschwinden.«

»Um Gottes willen, Gabi!«

Es war schon erstaunlich, wie oft man das Wort Gott im Zusammenhang mit schrecklichen Ereignissen in den Mund nahm. »Wie kommst du auf so eine verrückte Idee?«

Gabi wühlte erneut in ihrer Handtasche, holte ein Foto hervor, legte es auf den Tisch. Es war in einem öffentlichen Schwimmbad aufgenommen worden. Es zeigte Gabi, wie sie heute aussah. Sie hatte sich bei einer Frau eingehakt. Die beiden strahlten um die Wette. Im Hintergrund sah man Badende. Sarah besah sich das Foto eine Weile.

»Wer ist das?«

»Meine Mutter.«

Sarah begriff nicht. Was wollte Gabi ihr sagen? Sollte sie die Frau auf dem Bild kennen? Sie schaute noch einmal darauf. Erkannte aber weder die Frau noch sonst etwas auf dem Bild, das ihr auf die Sprünge helfen konnte.

»Ist deine Mutter krank?«

Gabi schüttelte den Kopf. »Tot.«

»Um Gottes willen!« Da war es wieder: Gott. Sie musste damit aufhören. »Das tut mir leid. Wann ist sie gestorben?« Sie umarmte ihre Kollegin. »O Gott.« Nicht schon wieder. Fiel ihr denn gar nichts anderes ein?

»Vor sechs Monaten.«

Sie schob Gabi ein Stück von sich. »Vor einem halben Jahr?«

Einen Moment lang schwiegen sie beide.

»Du fragst dich sicher, warum ich damit zu dir komme.«

»Das tu ich wirklich.«

Gabi reichte Sarah einen Zeitungsartikel. Er war nicht vom Wiener Boten.

Sarah las stumm:

»Selbstmord aus Verzweiflung.

Am Samstag sprang die dreiundfünfzigjährige Brigitte H. aus dem sechsten Stock ihres Wohnhauses in der Ottakringerstraße im 16. Bezirk. Die Mutter einer erwachsenen Tochter war sofort tot. Kurz zuvor hatte die Frau ihren Arbeitsplatz verloren. Die Nachbarn beschreiben sie als lebenslustige Frau. Der geschiedene Ehemann und die Tochter stehen unter Schock, so der Leiter der Ermittlungen, Martin Stein. Die Exekutive schließt Fremdverschulden aus.«

Die Erkenntnis traf Sarah wie ein Blitz.

Den Rest des Artikels ersparte sie sich, öffnete eine zweite Flasche Rotwein, schenkte ihnen beiden ordentlich ein und nahm einen kräftigen Schluck. Denn den brauchte sie jetzt.

»Brigitte H.? War sie deine Mutter?«

Gabi zögerte. Die Antwort schien ihr schwerzufallen. »Ja. Brigitte Hauser.«

»Das ist echt ein Zufall.« Sie erzählte Gabi von dem Gespräch mit Sabine Bender.

»Und wer ist jetzt Sabine Bender?«, fragte Gabi, nachdem Sarah geendet hatte.

»Sabine Bender behauptete, mit deiner Mutter befreundet gewesen zu sein.«

Gabi zuckte die Achseln. »Ich kenne sie zwar nicht, aber möglich ist das schon. Meine Mutter und ich hatten getrennte Wohnungen im selben Haus. Wir haben uns oft gesehen, aber ich kannte nicht alle ihre Freundinnen.«

»Die Ottakringerstraße ist ja quasi bei mir ums Eck. Dass wir uns da nicht öfter gesehen haben?«, sinnierte Sarah. »Und deine Mutter hat dir gegenüber nie den Namen Sabine Bender erwähnt?«

Gabi überlegte, schüttelte dann den Kopf. »Ich glaube nicht, jedenfalls kann ich mich daran nicht erinnern.«

»Warte mal. Ich hab mir noch andere Namen notiert.« Sarah kramte ihre Liste hervor. »Sabine und Katharina.« Sie ließ den Zettel sinken. »Mit Katharina Mohn habe ich heute telefoniert. Bei ihr schau ich morgen vorbei. Sagen dir diese Namen etwas?«

»Nein.«

»Okay. Warum glaubst du eigentlich nicht an einen Selbstmord?«

»Meine Mutter hat keinen Abschiedsbrief hinterlassen. Sie hätte sich niemals umgebracht, ohne mir eine Erklärung dafür zu geben. Verstehst du? Meine Mutter und ich haben fast über alles miteinander getratscht. Natürlich hatte sie Probleme, weil sie arbeitslos war. Aber sie war ein positiv denkender Mensch. Ich glaube einfach nicht daran, dass sie sich umgebracht hat.«

»Verstehe ich. Und was hat deine Mutter mit dem Verschwinden von Hilde zu tun?« Sarah spürte, wie ihre

Schläfen pochten. Sie bekam Kopfschmerzen, löste ihr Haarband, schüttelte das Haar. Das tat gut, nahm etwas den Druck.

»Ich bin mit diesem Zeitungsartikel zu Hilde gegangen.« Sie klopfte auf den Ausschnitt. »Sie ist doch Enthüllungsjournalistin, und ich habe sie gebeten, einmal bei Martin Stein nachzufragen, was über den Tod meiner Mutter in den Akten steht. Sie hat ja immer wieder mit ihm zu tun.«

»Denkst du, dass …«

»Noch einmal, Sarah«, unterbrach Gabi. »Meine Mutter hat sich nicht umgebracht.«

»Das glaubt Sabine Bender auch.«

Gabis Gesicht hellte sich auf. »Siehst du, ich bin nicht die Einzige.«

»Mich musst du nicht überzeugen. Ich kannte deine Mutter nicht und beschäftige mich erst seit wenigen Stunden mit Hildes Story.«

»Hilde hat mir versprochen, sich darum zu kümmern. Das hat sie auch getan. Vor ein paar Tagen kam sie zu mir. Sie sagte, meine Mutter sei ermordet worden. Sie habe bald die Beweise.«

Es wurde Zeit, dass Simon endlich Hildes Passwort knackte. Sarah hatte schon den ganzen Nachmittag auf seinen Anruf gewartet. Aber der war nicht gekommen.

Dienstag, 13. April

7

Sarah hatte nur drei Stunden geschlafen. Sie und Gabi hatten in der Nacht noch weitere Flaschen Rotwein vernichtet. Sie hatten viel geredet und einander in der Hoffnung bestärkt, Hilde heute Morgen frisch und gewohnt ruppig im Büro anzutreffen, grantig darüber, ihre Geschichte auf die Sonntags- oder Montagsausgabe verschieben zu müssen, weil sie es gestern nicht zeitgerecht geschafft hatte. Daran, dass etwas Schreckliches passiert sein könnte, trauten sie sich nicht einmal zu denken.

Gegen vier Uhr morgens war dann Chris nach Hause gekommen. Zum Glück allein. Sie hatten mit ihm ein weiteres Glas Wein geleert, dann war Gabi mit dem Taxi nach Hause gefahren, sie und Chris waren schlafen gegangen.

Es war gerade mal halb acht, und sie stand bereits in der Ausstellungsstraße vor Katharina Mohns Wohnhaus. Das Gebäude war durch einen schmalen Vorgarten zu erreichen, wo mehrere Terrakottatöpfe mit Oleanderbüschen am Zaun entlang drapiert worden waren. Dahinter standen ein kleiner Tisch und vier Sessel. Wilder Wein hatte die Fassade fast zur Gänze in Besitz genommen. Das Gebäude wirkte gepflegt und einladend. Die Haustür war verschlossen. Sarah drückte auf den Klingelknopf, auf dem in Computerschrift der Name

»Mohn« stand. Kurz darauf ertönte ein Summton und eine Stimme: »Ja bitte?«

»Sarah Pauli vom Wiener Boten. Wir haben telefoniert, Frau Mohn.«

»Ja. Vierter Stock.«

Sarah betrat das Haus, kämpfte sich die Stockwerke hoch. Katharina Mohn stand in der offenen Tür und wartete auf sie. Sie trug Jeans und einen langärmeligen weißen Pulli. Ihr Parfüm roch intensiv.

»Guten Morgen«, sagte Sarah.

»Guten Morgen.«

Sie schüttelten sich die Hände.

»Tut mir leid, dass ich Sie so früh herbitten musste. Aber der Kurs beginnt pünktlich um neun Uhr, und wer zu spät kommt, den bestraft das Arbeitsamt. Aber bitte, treten Sie doch ein. Ich hoffe, Sie haben noch nicht gefrühstückt.«

»Nein, das habe ich noch nicht. Eine Bekannte hat mich gestern Abend besucht, da ist es spät geworden. Ich wollte später in der Redaktion frühstücken.«

Katharina Mohns Wohnung war geräumig, spartanisch, aber gemütlich eingerichtet. Nicht teuer, aber mit Stil und einem Händchen für Dekoratives. Im Wohn-Ess-Zimmer stand ein Tisch in der Nähe des Fensters, darauf eine weiße Tischdecke. Es war aufgedeckt. Kaffee, Brot, Butter, Milch, Marmelade, zwei Teller, zwei Tassen und eine Zigarettenpackung.

Die Stühle waren mit weißen Hussen überzogen. Im Eck stand ein blaues Dreiersofa mit einem weißen niedrigen Lacktischchen davor. Gegenüber stand ein nicht mehr neuer Fernseher auf einem gemauerten Sockel, der mit bunten Mosaikfliesen verziert war.

»Bitte, nehmen Sie Platz!«

Sarah setzte sich an den Tisch. Katharina Mohn nahm ihr gegenüber Platz, schenkte Kaffee ein.

»Sabine hat mich gestern Abend noch angerufen und mir erzählt, dass Sie bei ihr waren. Sie hat mir auch erzählt, dass Ihre Kollegin verschwunden ist. Das ist ja schrecklich.«

»Wahrscheinlich gibt es dafür einen triftigen Grund.«

»Wahrscheinlich«, wiederholte Katharina Mohn wenig überzeugt. »Aber was kann ich für Sie tun?«

»Ich will ehrlich sein, Frau Mohn.«

»Bitte, nehmen Sie doch.« Sie deutete auf das aufgeschnittene Brot.

Sarah griff nach einem Stück, beschmierte es mit Butter und Marmelade. »Wir wissen, dass Hilde Jahn derzeit an einer sehr brisanten Story arbeitet. Wir wissen aber nicht genau, woran.« Sarah wählte bewusst das Präsens und nicht die Vergangenheit, wenn sie über Hilde Jahn sprach. »Deshalb suche ich ihre letzten Interviewpartner auf und hoffe, Antworten zu bekommen, die mich weiterbringen.«

Katharina Mohn sah sie kauend an. »Und da kommen Sie ausgerechnet zu mir?« Sie nahm einen Schluck Kaffee.

»Laut der Aufzeichnungen hatte Hilde Jahn mit Ihnen und Sabine Bender öfter Kontakt.«

»Ja, das stimmt schon. Und Sie erreichen Ihre Kollegin nicht einmal übers Handy?«

Katharina Mohn legte ihr Messer quer über den Teller. Sie hatte ihr Frühstück offenbar nach nur einem Marmeladebrot beendet.

Sarah überlegte kurz, womit sie beginnen sollte.

»Worüber hat Hilde Jahn mit Ihnen gesprochen?«

»Über nichts Besonderes. Mein Leben halt.«

»Ihr Leben?«

»Sie hat mich gefragt, wie lange ich meinen ehemaligen Beruf ausgeübt habe. Sie müssen wissen, ich war Kellnerin.«

Sarah erinnerte sich, in Hildes Aufzeichnungen gelesen zu haben, dass Katharina Mohn 52 war. Ihr kurzes blondes Haar und die sportliche Figur ließen sie etwas jünger erscheinen. Natürlich hatten das Alter und die jahrelange Arbeit als Bedienung ihrem Körper viel abverlangt, und der Rauch hatte ihrer Haut sichtlich zugesetzt, sie war grobporig geworden. Aber Sarah fand sie hübsch.

»Warum? Hatte sie vor, ein Porträt über Sie zu machen?«

»Glaube ich nicht. Es ging um etwas anderes.«

Sarah setzte alles auf eine Karte.

»Ging es um Brigitte Hauser?«

Katharina Mohn griff nach der Zigarettenpackung, fingerte eine hervor, steckte sie an. »Stört Sie doch nicht?«

Sarah schüttelte den Kopf.

Katharina Mohn stand auf, ging zum Fenster, öffnete es und blies den Rauch in die Morgenluft, so wie Sarahs Kollegen in der Redaktion.

»Hat sie mit Ihnen über Brigitte Hauser gesprochen?«, hakte Sarah nach.

»Ja«, kam es leise zurück. »Brigitte ist vor einem halben Jahr gestorben«, sagte sie dann so, als ob das alles erklären würde.

»Es war Selbstmord.«

»Sagt man«, erwiderte Katharina Mohn.

»Glauben Sie nicht daran?«, fragte Sarah.

Die ehemalige Kellnerin stand schweigend vor dem geöffneten Fenster mit Blick auf das Riesenrad. Großstadtlärm drang in den Raum. Die Ausstellungsstraße wurde um diese Zeit vermehrt von Menschen in Autos belebt, die entweder auf dem Weg zur Arbeit waren oder ihr Vergnügen beim Spiel und bei den Ausstellern im Wiener Prater suchten. Die ersten Spielhallen hatten bereits geöffnet. Am Abend würden wieder busweise Touristen hierhergekarrt.

Das Rad drehte sich langsam weiter.

»Als Anrainer fühlt man sich manchmal wie ein Teil dieser künstlichen Welt, wenngleich uns nicht so viel Beachtung geschenkt wird wie dem Riesenrad, dem Watschenmann oder dem Calafati.«

Sie dämpfte die Zigarette in einem Aschenbecher aus, schloss das Fenster, kam zurück an den Tisch und setzte sich wieder.

»Ich glaube daran, dass jemand tot ist. So wie meine Eltern. Mein Vater war Wirt und gleichzeitig sein bester Kunde. Das hat einen hohen Tribut gefordert. Meine Eltern hatten ein kleines Gasthaus am Rand von Wien. Der Grund, warum ich meinen Traum, Innenarchitektin zu werden, nicht leben durfte. Ich war die Tochter eines Wirtes und musste im Gastgewerbe bleiben.« Sarah hörte die Verbitterung, die in diesen Sätzen steckte, deutlich heraus. Innenarchitektin, dachte sie. Das erklärte die geschmackvolle Zusammenstellung der Einrichtung.

»Er hat leider alles versoffen. Meiner Mutter waren nach seinem Tod nur noch Schulden geblieben.« Sie seufzte. »Das hat sie dann auch ins Grab gebracht. Sind sie deshalb Selbstmörder?«

»Aber das ist doch ein Unterschied. Brigitte Hauser hat sich weder zu Tode gesoffen, noch ist sie an Gram zerbrochen. Sie ist aus dem Fenster ihrer Wohnung gesprungen.«

Katharina Mohn runzelte die Stirn. »Sagt man.«

»Was denken Sie?«

»Über Brigittes Tod?«

»Ja.«

»Ich denke gar nichts. Ich sage nur, dass Brigitte nicht gesprungen ist.«

Was war das hier? Die Verdrängung einer Tatsache? So wie Sarah selbst lange Zeit den Gedanken verdrängt hatte, dass ihre Eltern gestorben waren? Wie lange hatte sie daran geglaubt, dass, wenn das Telefon läutete, ihre Mutter anrufen würde? Und dann war es nur das Beerdigungsinstitut, ein Lehrer von Chris oder sonst wer gewesen.

»Glauben Sie, dass jemand Brigitte Hauser gestoßen hat?«

Katharina Mohns Kopf fuhr ruckartig herum. »Das habe ich nicht behauptet«, antwortete sie schroff.

Da hatte Sarah offensichtlich einen wunden Punkt angesprochen. Nur nicht lockerlassen, dachte sie. Du bist am richtigen Weg. Ein Mord, der wie ein Selbstmord aussieht. Sarah spürte, wie ihr Körper vermehrt Adrenalin ausschüttete. Das wäre genau Hildes Geschichte gewesen. Sarah war sich sicher, endlich eine Spur gefunden zu haben. Ihr Herzschlag erhöhte sich. Dranbleiben. Dranbleiben.

»Aber hat denn die Polizei nicht …«

»Die Polizei?«, kam es schrill zurück. »Die Polizei hat uns nicht einmal zugehört.«

»Uns?«

»Sabine und mir.«

Sarah ärgerte sich, dass sie gestern das Thema Brigitte Hauser so schnell fallen gelassen hatte. Aber da hatte sie noch keinen Zusammenhang erahnt. Erst Gabis Besuch hatte sie auf diese Spur gebracht. »Was haben Sie denen erzählt?«

Katharina Mohn zögerte. Den Bruchteil einer Sekunde zu lange, wie Sarah fand.

»Das Gleiche wie Ihnen. Dass wir nicht an Selbstmord glauben.«

»Wem haben Sie das erzählt?«

»Na, diesem Polizisten. Wie hieß der gleich noch mal? Irgendwas mit S.«

»Vielleicht Martin Stein?«

Es herrschte einen Moment Stille. »Könnte sein. Möchten Sie noch Kaffee?« Sie schenkte nach, ohne Sarahs Antwort abzuwarten.

»Die Polizei hat sicher nach Beweisen gefragt.«

Katharina Mohn bemühte sich um einen gleichgültigen Tonfall. »Ja. Beweise hatten wir natürlich nicht. Aber schauen Sie. Ich habe jahrelang als Kellnerin gearbeitet. Ich kenne die Menschen.«

»Warum haben Sie aufgehört?«

»Starke Arthritis in den Knien. Seither mache ich eine Umschulung nach der anderen. Alle vom Staat gefördert. Wissen Sie, Frau Pauli, wenn Sie einen Kurs machen, fallen Sie gleich aus der Statistik raus. Sie sind dann nicht mehr langzeitarbeitslos, sondern langzeitbeschäftigungslos.« Sie lachte auf.

Lass sie weiterreden, dachte Sarah. Dranbleiben.

»Wo liegt da der Unterschied?«

»Unterschied gibt es eigentlich keinen. Für die Betroffenen ändert sich nichts. Sie sind immer noch arbeitslos. Aber die Zahlen werden halt schöngefärbt. Journalisten sind noch nicht auf die Idee gekommen, auch nach Langzeitbeschäftigungslosen zu fragen. Sie könnten ja mal damit beginnen.«

»Werde ich«, sagte Sarah. Sie machte sich eine Notiz, obwohl sie wusste, dass sie nicht dranbleiben würde. Arbeitslose im Dickicht der Bürokratie vor der Statistik zu verstecken, war ein altes Spiel. Kein Thema, das Hilde Jahn interessiert hätte.

»Der Unterschied zwischen langzeitarbeitslos und langzeitbeschäftigungslos ist minimal«, fuhr Katharina Mohn fort. »Langzeitarbeitslos sind Sie, wenn Sie länger als zwei Jahre arbeitslos sind, ohne Kurs. Langzeitbeschäftigungslos sind Sie, wenn Sie länger als zwei Jahre arbeitslos sind, mit Kurs.«

Katharina Mohn lächelte zufrieden. Sie hatte einer Journalistin etwas beigebracht. »Aber im Grunde genommen ist es egal, Frau Pauli. Der offizielle Grund für Schulungsmaßnahmen muss Ihnen gleichgültig sein. Denn eines ist klar: Besuchen Sie keinen Kurs, bekommen Sie kein Geld. Und auch wenn es so wie bei mir nur 550 Euro im Monat sind, mit denen ich kaum über die Runden komme. Bei den hohen Kosten von Miete, Strom und Lebensmitteln brauche ich jeden Cent. Heizen im Winter ist bei mir zum Luxus geworden. Aber die Spielregeln bestimmen die, die das Geld haben.«

»Und welchen Kurs besuchen Sie im Moment?«

»Buchhaltung.« Sie zählte an den Fingern ab. »Aufgaben des betrieblichen Rechnungswesens, Sollbuchungen, Habenbuchungen, Kontenformen. Aufwände werden immer im Soll gebucht. Aber egal wie Sie es nennen.« Sie ließ die Hände fallen. »Es ist alles relativ sinnlos. Der Markt fordert jüngere Arbeitnehmer. Frischfleisch. Anfänglich habe ich mich geniert, wenn mich jemand nach meinem Job gefragt hat. Arbeitslos sein klingt doch irgendwie nach Versagen. Da nützt es auch nichts, dass mich eine Krankheit dazu gezwungen hat, eine Krise und damit eine Kündigungswelle über das Land hinwegrollt und sich selbst Experten nicht einig sind, ob es in naher Zukunft eine Erholung geben wird, eine Rezession oder Depression ansteht. Ich habe aufgehört, darüber in den Zeitungen zu lesen. Für mich persönlich ändert sich eh nichts.« Katharina Mohn klang verbittert. Sie schaute auf die Uhr. »Etwa einen Monat nach der Kündigung habe ich das erste Mal unter Schlaflosigkeit gelitten. Das Problem war mir anfangs noch unbedeutend vorgekommen, aber es ist immer schlimmer geworden. Eine Woche ging das so. Ich war unglaublich erschöpft, hab schrecklich ausgesehen. Verquollene Augen, tiefschwarze Ringe und eine aschfahle Haut waren das Ergebnis dieses gestörten Tag-Nacht-Rhythmus. Ich wusste ja selber, was diesen Zustand bei mir ausgelöst hatte, ich kannte die Diagnose.« Sie stand auf, zündete sich erneut eine Zigarette an und stellte sich ans Fenster. »Und meine persönliche Therapie hieß: Ich hörte auf, mir weiter Gedanken zu machen, ging in die Apotheke und kaufte Schlaftabletten.«

»Schlaflosigkeit ist neben Appetitlosigkeit eines der am häufigsten anzutreffenden Symptome bei Arbeitslosen«, sagte Sarah. »Sie sollten das nicht auf die leichte Schulter nehmen.«

Katharina Mohn reagierte nicht.

»Es gibt eigene Studien darüber. Ich habe erst gestern darüber in den Unterlagen meiner Kollegin etwas gelesen. 44 Prozent der Arbeitslosen haben darin über eine Verschlechterung ihres Gesundheitszustandes berichtet. Magen- und Kopfschmerzen.«

Katharina Mohn rutschte unruhig auf ihrem Sessel hin und her und schaute auf die Uhr. »Vergessen Sie's, Frau Pauli. Ich muss dann aber wirklich …«

»Eine letzte Frage noch, Frau Mohn. Wurde Brigitte Hauser gestoßen?«

Katharina Mohn dämpfte ihre Zigarette aus.

»Wollen Sie wirklich wissen, was ich denke?«

Sarah nickte.

»Da draußen läuft jemand herum, der aufräumt.«

»Was meinen Sie mit aufräumen?«

»Irgendjemand tötet Arbeitslose.«

Das war doch der absolute Irrsinn. Sarah konnte nicht glauben, was sie soeben gehört hatte. »Das glaube ich nicht. Wir leben doch nicht in … Wie kommen Sie auf so eine Idee?«

Katharina Mohn verschränkte die Arme.

»Weil es so ist. Lesen Sie Zeitung.«

Sarah runzelte die Stirn. »Das mache ich, Frau Mohn. Aber ich habe noch nie etwas Derartiges gelesen.«

»Werden Sie auch nicht, weil niemand daran glaubt. Nur Ihre Kollegin hat uns geglaubt.«

»Was haben Sie ihr gesagt? Warum hat sie Ihnen geglaubt?«

Katharina Mohn legte den Kopf schief, antwortete

nicht, schaute auf die Uhr. »Es tut mir leid. Ich kann Ihnen nicht mehr sagen, sonst gefährde ich mich selbst. Gehen Sie, Frau Pauli, und finden Sie Ihre Kollegin. Wenn es nicht schon zu spät ist. Ich muss jetzt wirklich gehen. Machen Sie etwas draus, oder lassen Sie's. Mir ist es inzwischen gleich.«

*

Einige Meter von dem Haus entfernt blieb Sarah noch einmal stehen. Ihr Herz pochte wie wild, und in ihrem Kopf herrschte Chaos. Katharina Mohns Vermutung war unglaublich. Konnte sie den Aussagen dieser Frau trauen? Hatte ihr Hilde Jahn wirklich geglaubt? Sarah zweifelte daran. Hilde Jahn war nicht der Typ, der jemandem so eine Aussage einfach abnahm. Warum sollte sie es dann tun, einer Frau vertrauen, die sie 20 Minuten zuvor kennen gelernt hatte?

Herrgott noch mal! Warum rief dieser Simon nicht endlich an? War es wirklich so schwer, das Passwort eines Computers zu knacken? Gestern war sie noch beunruhigt darüber gewesen, dass diese Computerfreaks so ohne Weiteres Passwörter knacken konnten. Sarah zerrte das Handy aus ihrer Handtasche, rief in der Redaktion an, fragte nach Simon. Jemand aus seiner Abteilung sagte ihr, er sei noch nicht im Büro.

»Hat er eine Nachricht für mich hinterlassen?«

»Wie ist Ihr Name?«

»Sarah Pauli.«

Sarah hörte im Hintergrund Papier rascheln. »Nein. Keine Nachricht«, kam die Antwort schließlich. Sarah bedankte sich und beendete das Gespräch.

»Verdammt!«, fluchte sie laut. Was sollte sie jetzt mit

dieser Information anfangen? Ins Büro fahren und Kunz informieren?

Immer mit der Ruhe, ermahnte sie sich. Ein Schnellschuss hatte schon manch eine Falschmeldung zur Folge. Lieber mit Bedacht an die Sache herangehen und Fakten sammeln. Sie wollte zuerst mit diesem Brenneis vom Arbeitsmarktservice reden.

8

Sarah war schon oft an dem Gebäude vorbeigekommen, hatte ihm jedoch nie Beachtung geschenkt. Einige Männer standen in Gruppen vor dem Eingangsportal zusammen, rauchten und redeten. Ab und zu blieb ein Auto oder Kleinlastwagen stehen, der Fahrer winkte einen der Männer zu sich, sprach mit ihm. Danach wurden weitere Männer hinzugerufen, die in den Wagen einstiegen und abfuhren. Hilde hatte ihr mal etwas von einem Arbeiterstrich erzählt. Das hier war er wohl. Ihre Kollegin hatte einen Artikel darüber verfasst und seit damals Kontakt zu einem hohen Beamten des Hauses. Gute Kontakte waren in dieser Branche Gold wert. Jetzt hoffte Sarah, dass er ihr weiterhelfen konnte, auch wenn dieses Arbeitsamt nichts mit Sabine Bender und Katharina Mohn zu tun hatte. Es lag im 16. Bezirk, wäre im Fall des Falles für Sarah selbst zuständig.

Auf dem Schild stand: »Amtsrat Harald Brenneis«. Wie viele Dienstjahre musste man auf dem Buckel haben, um Amtsrat zu werden? 20? 30? »Amtsrat«. Ein in Schilder und auf Visitenkarten gemeißeltes Überbleibsel österreichischen Beamtentums, genau wie die altertümliche Titulierung Hofrat oder Professor. Völlig antiquiert, fand Sarah.

So wie ihr Gegenüber.

Ein mittelgroßer Mann unbestimmten Alters. Er hatte dunkle ausdruckslose Augen und schütteres graumeliertes Haar. Seine Bewegungen zeigten, dass er diesen Job schon lange machte. Routine. Immer die gleichen Handgriffe. Unterlagen entgegennehmen, Daten in den Computer tippen, Daten ausdrucken, Klienten unterschreiben lassen. Zwischendurch kratzte er sich immer wieder mit einem Stift am Kopf.

Erstaunlich.

Auch Amtsräte kratzten sich.

»Was genau wollen Sie wissen? Ich habe wenig Zeit.«

»Danke, dass Sie sich trotzdem die Zeit nehmen. Ich halte Sie auch nicht lange auf. Ich schreibe einen Artikel über die Chance von über 40-Jährigen auf dem Arbeitsmarkt.« Diese Lüge hatte sie sich nach dem Gespräch mit Sabine Bender zurechtgelegt. Auch wenn sie jetzt andere Informationen hatte, wich sie nicht von ihrem Plan ab.

»Das haben Sie schon am Telefon gesagt«, antwortete er ungeduldig und sah sie von der Seite an. »Von welcher Zeitschrift kommen Sie noch mal?«

Sarah legte ihre Visitenkarte auf den Tisch. »Vom Wiener Boten.«

»Aber an so einem Artikel arbeitet doch ...«

»Hilde Jahn«, unterbrach Sarah, »ich weiß. Sie schreibt den Artikel auch selber. Ich mach gerade nur die Laufarbeit für sie«, log sie.

»Frau Jahn ist eine gute Journalistin.«

»Eine verdammt gute«, bestätigte Sarah.

»Der Artikel über den Arbeiterstrich hat mir damals gut gefallen. Sauber recherchiert, gut geschrieben, ohne reißerische Aufmachung. Sie hat beide Seiten durchleuchtet. Die Situation der zumeist ausländischen Schwarzarbeiter, die es sehr schwer auf dem Arbeitsmarkt haben. Aber auch die Häuselbauer, die dann auf derartige Arbeitskräfte zurückgreifen, weil sie es sich nicht leisten können, Baufirmen zu beschäftigen.« Er nickte. »Wirklich eine gute Journalistin.«

»Ja. Und wie gesagt: Ich mache die Interviews für sie. Sie gibt mir die Fragen und ich schreib die Antworten für sie auf.«

»Steht dann eigentlich mein Name in dem Artikel?«

»Normalerweise ja. Aber wenn Sie nicht wollen, können wir ihn auch weglassen oder ändern.«

»Ändern Sie ihn. Es ist nicht gut, wenn man als kleiner Beamter zitiert wird.«

Klar, dachte Sarah. Amtsrat, pragmatisiert. Wer will sich da schon die Finger verbrennen …

»Gut, fangen wir an«, sagte Brenneis wie jemand, der das Unangenehme möglichst bald hinter sich haben wollte. Sarah beschloss daher, vorsichtig zu beginnen. Nicht gleich mit der Tür ins Haus zu fallen. Der Mann sollte sich auf sicherem Terrain wähnen, bevor sie auf den Punkt kam.

»Wie viele Chancen geben Sie Menschen über 40 auf dem Arbeitsmarkt?«

»Das kann man nicht so pauschal beantworten.«

»Wie kann man es sonst beantworten?«

»Differenziert. Es ist kein Geheimnis, dass Menschen über – ich will jetzt eher sagen – 50 es schwieriger haben als … na ja, sagen wir mal, 30-Jährige. Jugendliche haben übrigens auch ihre Schwierigkeiten auf dem Markt. Aber bleiben wir mal bei älteren Arbeitnehmern. Je besser die Ausbildung, desto besser die Chancen. Der Markt bestimmt die Regeln. Wir sind lediglich Vermittler.«

»Und die Kurse? Sind die dazu da, Menschen aus der Statistik zu bekommen?«

Er lächelte und wandte den Blick ab, als müsse er seine Antwort abwägen. »Ich hoffe, dass das nicht Ihre oder Frau Jahns Meinung ist. Diese Kurse sind sehr wichtig. Sie dienen der Weiterbildung und erhöhen damit die Chance, wieder Arbeit zu bekommen. Außerdem dienen sie auch dazu, den Tagesablauf zu reglementieren. Es passiert leider allzu oft, dass Menschen ohne Beschäftigung zum Alkohol greifen oder sonst wie abgleiten.«

»Aber Menschen, die derartige Kurse besuchen, scheinen in der Statistik nicht als arbeitslos auf. Werden sie denn während dieser Zeit vermittelt?«

»Natürlich werden sie vermittelt. Es ist nur so ...«

»... dass man damit die Zahlen der Statistik fälscht«, unterbrach Sarah. Sie gefiel sich in der Rolle der hartnäckigen Journalistin. Die Fragen hatte sie sich nach dem Gespräch mit Katharina Mohn auf dem Weg hierher stichwortartig aufgeschrieben.

»Was meinen Sie mit verfälschen? Die Zahlen sind offiziell«, erwiderte Brenneis.

»Ich meine die Einteilung von Arbeitslosen in eben Langzeitarbeitslose und Langzeitbeschäftigungslose.«

Bedächtig führte er seine Fingerspitzen aneinander. »Frau Pauli. Diese Definition wird bereits seit einigen Jahren angewendet.«

»Können Sie mir genau sagen, seit wann?«

»Seit 2004.«

Autsch. Das war zu lange, um noch eine große Nummer daraus zu machen.

»Diese Bezeichnung dient dazu, die Bürokratie zu vereinfachen, was übrigens im weiteren Sinn auch eine

Steuererleichterung darstellt. Danach ruft ihr Journalisten doch ständig. Weniger Bürokratie. Wir verschleiern doch keine Zahlen. Wir sind doch keine ...wie soll ich sagen ...«, er kramte in der Lade seines Schreibtisches und holte eine Mappe hervor, »... wir sind doch nicht die Mafia!« Er lächelte, während er ihr die Unterlagen überreichte. »Seite zehn. Das ist auch offiziell. Sie haben nicht gut recherchiert, Frau Pauli, oder hat Sie gar die Frau Jahn ins offene Messer laufen lassen? Wenn das so ist, dann sagen Sie ihr bitte schöne Grüße von mir. Ich stehe nicht als Übungsobjekt zur Verfügung.«

Sarah ärgerte sich. Sie hatte einen dummen Fehler gemacht. Regel Nummer eins: immer vorbereitet in ein Interview gehen, und wenn man über ein Thema nicht Bescheid weiß: Klappe halten, das Gegenüber reden lassen. Auf gar keinen Fall provozieren. Dennoch. Sie versuchte Haltung zu bewahren. »Wieso als Übungsobjekt?«

»Als Übungsobjekt für unerfahrene Journalistinnen. Sie wissen schon. Die do's und dont's einer Befragung. Frau Jahn hat nämlich auch so eine Mappe von mir bekommen. Wir beschicken alle Journalisten, mit denen wir jemals zu tun hatten, regelmäßig mit Pressematerial. Sie hätte Ihnen die Unterlagen also geben können. Dann wären Sie mir garantiert nicht mit irgendeiner Verschwörungstheorie gekommen, von wegen wir verstecken Arbeitslose hinter dubiosen Bezeichnungen. Frau Pauli, wir sind hier nicht im Kindergarten, sondern froh über jede Vermittlung, die uns gelingt. Vor allem auch für ältere Arbeitslose. Lesen Sie sich bitte weiter hinten in der Mappe die Maßnahmen durch, die wir setzen, um Frauen und Männer gerade ab 40, 45, 50 wieder in den

Arbeitsprozess einzugliedern. Und noch etwas. Die Gesetze oder Bezeichnungen werden nicht in diesem Haus gemacht. Hier werden sie nur ausgeführt. Und gut ausgeführt. Glauben Sie mir.«

Arschloch, dachte Sarah, wusste aber, dass er Recht hatte. Sie hatte sich wie ein Elefant im Porzellanladen verhalten. Sie hatte das Interview verpatzt. Brenneis würde sie nicht mehr als gleichberechtigte Gesprächspartnerin ansehen, sondern als das, was sie ab sofort in seinen Augen war: eine kleine Redakteurin, die den Auftrag der großen Chefin ausführte. Schlecht ausführte. Nebenbei bemerkt. Es war an der Zeit, die Karten auf den Tisch zu legen.

»Sagt Ihnen der Name Brigitte Hauser etwas?«

Brenneis fuhr sich mit dem Zeigefinger über sein Kinn. »Brigitte Hauser«, wiederholte er. »Nein, sagt mir nichts. Aber warten Sie.« Er tippte den Namen in seinen PC, kurz darauf lehnte er sich zurück. »Die Dame ist gestorben.«

»Hat sich das Leben genommen, würde es besser treffen.«

Der Blick, der sie traf, hätte genauso gut einem Maulwurf gelten können, der das hundertste Loch in den Garten grub. »Und dafür wollen Sie uns jetzt verantwortlich machen?«

»Natürlich nicht, aber ...«

»Das will ich auch hoffen«, unterbrach er sie mit eisiger Stimme.

»Ist mir nur so eingefallen, weil ich heute mit einer Dame geredet habe, die Brigitte Hauser kannte. Eine ehemalige Kollegin bei Freudmann & Co. Womöglich verjüngt Wallner das Personal seines Kaufhauses. So wie im Räumungsverkauf.« Sarah lachte. Brenneis blieb ernst.

Sie räusperte sich. »Sie wissen schon. Altes raus, Neues rein.«

Ihr Handy läutete. Auch das noch. Regel Nummer zwei: während des Interviews Handy aus.

Es war Kunz.

»Entschuldigung«, murmelte Sarah.

»Bitte«, gab sich Brenneis galant und wandte sich seinen Unterlagen auf dem Tisch zu.

»Wo bist du?«, bellte Kunz ins Telefon, in einem Ton, den Sarah in die Kategorie schlechte Nachrichten einreihte.

»Im AMS.«

»Komm sofort in die Redaktion.«

»Ich bin mitten in einem Interview.«

Brenneis hob sichtlich amüsiert die Augenbrauen.

»Ich habe gesagt, sofort. Sie haben Hilde gefunden.«

9

Halb zwölf betrat Sarah die Redaktion.

Menschen mit versteinerten Gesichtern kamen ihr entgegen. Taschentücher wurden auf die Augen gepresst. Eine große dunkle Wolke schwebte über dem Team des Wiener Boten. Sarah ließ den Aufzug links liegen und lief die Stufen zu Grubers Büro hinauf.

»Hilde … tot?«, wiederholte sie kurz darauf die letzten Worte von Herbert Kunz. »Wie?«

»Erstochen«, antwortete der Chef vom Dienst.

»Brauchst die Jacke nicht ausziehen, Sarah. Wir müssen sofort los«, ordnete Gruber an.

Sarah spürte, wie sich ein Elefant auf ihre Brust setzte. Ein Gewicht, das ihr die Luft zum Atmen nahm und das sie seit dem Tod ihrer Eltern nicht mehr erlebt hatte. Ihr Blick streifte Gabi, die in der Tür stand.

Ihre Augen waren geschwollen, ihr Blick leer. Die Haare wirkten stumpf, und sie wirkte insgesamt stumpf. Kein Wunder. Gabi hatte soeben erfahren, dass ausgerechnet die Frau ermordet worden war, die angeblich Beweise für den Mord an ihrer Mutter gefunden hatte. »Gott im Himmel«, stöhnte Gabi und begann augenblicklich hemmungslos zu weinen. »Warum? Warum Hilde Jahn?« Kunz nahm sie in die Arme und drückte sie fest an seine Brust.

Sarah wollte den Mund aufmachen, erzählen, was sie

von Katharina Mohn erfahren hatte. »Mir gegenüber hat eine Interviewpartnerin von Hilde …«

Gruber wedelte ungeduldig mit der Hand. »Jetzt nicht. Später.«

»Kann ich wenigstens erfahren, wohin wir fahren?«

»Favoriten. Per-Albin-Hansson-Siedlung«, sagte Gruber, als wäre es das Normalste auf der Welt, mal eben um diese Zeit in den zehnten Bezirk zu fahren. »Ich will sie sehen, und du begleitest mich.«

»Warum ich und nicht Herbert?« Ihr war nicht wohl bei dem Gedanken, Hildes Leiche sehen zu müssen. Lieber wäre sie bei Gabi geblieben.

Verdammt. Gestern Morgen war sie noch eine unbedeutende Journalistin, die von Ressort zu Ressort gereicht worden war. Und plötzlich, von einer Minute auf die andere, lief ihr Leben völlig aus dem Ruder.

»Herbert muss hierbleiben, Fragen beantworten. Was glaubst du, wie viele Journalisten von den Konkurrenzblättern hier anrufen und wissen wollen, was los ist? Hilde wird im ganzen Land Schlagzeilen machen. Die Meldungen muss jemand steuern.«

Und wer Hilde Jahn gut kannte, wusste, dass sie das am liebsten selber getan hätte, ergänzte Sarah in Gedanken.

Kurz darauf fuhren sie schweigend in Grubers Volvo Country den Gürtel Richtung Südbahnhof entlang. Sarah bemerkte, dass er mit den Tränen kämpfte.

Beide hingen ihren Gedanken nach. Der Tod ist etwas Unanständiges, schoss es Sarah durch den Kopf, man spricht nicht über ihn, verdrängt jeden Gedanken daran, und doch ist er allgegenwärtig. Den Wienern sagt man allgemein eine besondere Beziehung zum Tod nach. Der liebe Augustin am Hafnersteig zeugt davon, dass es den Wienern sogar möglich war, dem Tod ein Schnippchen zu schlagen und die Pest mit Wein und Lebenslust zu besiegen.

»Wansd leben wüsd, muaßt übers Sterbn redn«, hatte der Schriftsteller Alfred Polgar gemeint.

Aber war das wirklich so?

Medienberichte über Unglücksfälle, Mord und Totschlag regten nur noch in extremen Fällen zum Nachdenken und Reden an. Nur wenn es so spektakulär war, dass sogar internationale Presse aufmerksam wurde. Sonst versuchten doch die meisten Menschen, den Tod aus dem eigenen Leben auszuklammern. Auch in Wien.

Wurde man direkt mit dem Tod konfrontiert, fiel man in eine Art Schockzustand, hielt sekundenlang die Luft an, wartete darauf, dass die Zeit augenblicklich stehenblieb.

Aber die Welt drehte sich weiter, Lkws lieferten Lebensmittel, Tauben beschmutzten Denkmäler, und die Überlebenden gingen ihren Tätigkeiten nach, als wäre nichts passiert. Wahrscheinlich kam gerade irgendwo in Wien ein Kind zur Welt oder wurde in diesem Moment gezeugt.

Sie versuchte sich mit dem Gedanken vertraut zu machen, in Kürze eine Leiche sehen zu müssen.

Aber vielleicht sollte sie nicht daran denken. Mitunter war es besser, sich nicht auf eine Situation vorzubereiten, sondern sie auf sich zukommen zu lassen. So ein Moment war möglicherweise jetzt. Plötzlich war sie sich sicher. Es war besser, nicht zu denken, sondern zu reden.

»Aber da wimmelt es jetzt sicher von Einsatzkräften. Sie werden uns nicht zu ihr lassen«, versuchte Sarah, das Unvermeidliche abzuwehren. »Du kannst doch später ... im Leichenschauhaus ...« Was für ein grausames Wort.

»Ich habe Gerald gebeten zu kommen.«

»Aha. Gut. Wer ist Gerald?«

»Einer unserer Rechtsanwälte«, erklärte Gruber. Damit war alles gesagt.

Einen Rechtsanwalt konnte man bei so einer Sache immer gebrauchen, dachte Sarah, und sie sollte Recht behalten.

Die Polizei hatte das Gebäude bereits abgesperrt, eine alte verlassene Firmenhalle. Einsatzwagen mit blinkenden Lichtern sowie der Leichenwagen lockten massenhaft Schaulustige an die Fenster und auf die Straße.

Gerald Lackner wartete auf dem Gehsteig neben dem Haus. Er sah aus, als wäre er nur zufällig an dem Firmengelände vorbeigekommen. In Wirklichkeit hatte er die Umgebung fest im Blick, registrierte jede Bewegung. Ganz der professionelle Anwalt, obwohl er nicht wie in Filmen einen dunklen Anzug, sondern Jeans und Lederjacke trug.

Gruber begrüßte ihn freundschaftlich.

»Tut mir leid«, sagte der Jurist.

Gruber legte die Stirn in Falten. »Danke. Das ist Sarah Pauli, Hildes Assistentin«, erklärte er lapidar. »Sarah, Dr. Lackner.«

Sie schüttelten einander die Hände.

»Na dann«, sagte Gruber schließlich. »Gehen wir's an.«

Langsam folgte sie den beiden Männern zu der Absperrung.

»Ich bin Rechtsanwalt Dr. Lackner ... Mein Mandant ist der Vorgesetzte der Ermordeten.« Er deutete auf Gruber und dann auf Sarah. »Frau Pauli ist die Assistentin der Toten. Ich habe bereits mit dem leitenden Ermittler telefoniert.«

Sarah war immer wieder überrascht, wie einfach in diesem Land die Dinge funktionierten. Man brauchte nur die richtigen Kontakte.

Der uniformierte Polizist sprach in sein Funkgerät, dann hob er das Plastikband hoch. »Keine Fotoapparate.« Die drei nickten. Dann ließ er sie passieren und führte sie in den Hinterhof, der offensichtlich die Zentralstelle des Tatorts war. Polizisten in weißen Schutzanzügen kamen, holten etwas aus verschiedenen Metallkoffern, verschwanden wieder. Mehrere Männer in weißen Latzhosen standen herum. Arbeiter. Ein Mann in einer Rot-Kreuz-Jacke sprach leise auf sie ein. Ein Mann in Zivil löste sich aus der Gruppe, eilte ihnen entgegen. Etwa Ende 40, mittelgroß, schlank, mit kurz geschorenen Haaren. Das Erste, was Sarah auffiel, waren seine stoische Miene und sein stechender Blick. Es kam ihr vor, als könnte er lesen, was man dachte und welche Vergehen man begangen hatte.

»Dr. Lackner. David«, begrüßte er den Anwalt und Sarahs Chef. Seine Stimme klang rauchig, sie passte zum Erscheinungsbild.

»Herr Stein.« Lackner reichte ihm die Hand.

»Hallo, Martin«, sagte David.

Das war also Martin Stein. Nomen est Omen. Jener Ermittler, mit dem Hilde angeblich engen Kontakt hatte, von dem sie ihre Informationen erhielt. Erhalten hatte, korrigierte sich Sarah in Gedanken.

Schweigend beobachtete sie das Geschehen. Sie war zum ersten Mal an einem Tatort. Ihre Wahrnehmung beschränkte sich auf das Wesentliche. Eventualitäten hatten hier keinen Platz. Nicht denken. Nur schauen und im Bedarfsfall handeln. Das hatte ihr Chris eingebläut, für den Fall, dass sie einmal Erste Hilfe nach einem Unfall leisten musste.

»Hildes Assistentin«, stellte Gruber Sarah noch einmal vor. Wieder Händeschütteln. Sarah kam sich vor wie auf einer Party, wo Gäste miteinander bekannt gemacht wurden, die anschließend bei Small Talk und Fingerfood über Kunst, Spritpreise und Mode plaudern sollten, damit sich die Gastgeber um die anderen Gäste kümmern konnten.

Aber dies war keine Party, auch wenn einer der Latzhosenmänner ihr zuzwinkerte.

»Kann ich sie sehen?«, fragte Gruber, und Sarah bemerkte nun die Tränen in seinen Augenwinkeln. Doch nicht so ein harter Hund, der Gruber, dachte sie.

»Du solltest nicht hier sein, David. Das hab ich deinem Anwalt schon am Telefon gesagt. Es ist nicht gut, gar nicht gut. Du bist ihr Chef und nicht ihr …«

»Ich möchte sie sehen«, unterbrach ihn Gruber. »Sollte es rechtliche Probleme geben, dann besprich das mit Gerald.« Er deutete auf den Anwalt.

»Sie wissen, dass die Tote keine Familie oder sonst irgendwelche Hinterbliebenen hat«, sagte Dr. Lackner. »Sie brauchen eine Identifizierung, Herr Stein. Das kann David gleich hier erledigen, und Sie müssen ihn nicht extra ins Gerichtsmedizinische Institut bitten.«

Stein zuckte mit den Achseln und seufzte laut. »Also gut.« Er warf einen Blick auf Sarah. Sie schüttelte den Kopf, hoffte, gleich die erlösenden Worte zu hören: Die bleibt hier. Aber nichts dergleichen geschah. Stein wandte sich wieder an Gruber. »Ihr habt hoffentlich keine Fotoapparate eingesteckt?«

»Wofür hältst du uns, Martin?«, fragte Gruber.

»Für Journalisten«, erwiderte er.

»Glaubst du etwa ...«, begann Gruber ärgerlich.

Stein hob die Hand. »Erspar mit diese Ich-bin-doch-nur-wegen-Hilde-gekommen-Tour. Kommt jetzt. Hier gleich im Erdgeschoss. Sie ist vollständig bekleidet. Es scheint also kein Sexualdelikt zu sein, aber mit Sicherheit können wir das noch nicht sagen«, hörte sie Steins Worte, dann betraten sie das Gebäude.

Stellenweise standen Kübel mit weißer Farbe in den Räumen. Putz fiel von den Wänden. Die Renovierungsarbeiten sollten an diesem Morgen beginnen.

Die Männer in den weißen Latzhosen hatten Hilde gefunden. Sie lag auf dem Rücken, der Lage und der Größe des Raumes nach zu urteilen in einem Empfangsbüro, eine Art Foyer.

Hildes dunkle Haare bedeckten teilweise ihr Gesicht. Auf der Bluse zeichnete sich unterhalb von ihrem Herz ein dunkler Fleck ab. Blut, das in einem kleinen roten See auf dem Fußboden seitlich der Leiche endete. Auf den ersten Blick war es unmöglich zu sagen, wie oft auf sie eingestochen worden war. Es musste mehrmals gewesen sein. Rumpf, Hals, Kopf. Überall waren Schnittwunden zu sehen. Der Täter wollte anscheinend sichergehen, dass sein Opfer diesen Raum nicht mehr verlassen würde.

Was war das?

Sarah schärfte ihren Blick. Hatte sich da etwas bewegt?

Insekten?

Maden?

War das möglich? Allein die Vorstellung löste bei Sarah Übelkeit aus.

»Mir ist schlecht«, murmelte sie.

Niemand beachtete sie.

Warum waren diese Typen so verdammt gefasst?

O Gott, dachte sie noch, drehte sich um, sah eine Frau mit einem Arztkoffer in der Hand den Raum betreten. Dann musste sie sich übergeben.

»Das war zu erwarten«, sagte die Frau ungerührt.

»Es gibt kaum Abwehrverletzungen. Es muss sehr schnell gegangen sein. Wahrscheinlich kam der Angriff überraschend«, sagte Stein und warf Sarah, die sich noch immer die Seele aus dem Leib kotzte, einen neutralen Blick zu. Gruber hingegen bedachte sie mit einem Blick, den man normalerweise nur lästigen Kakerlaken schenkte. Sarahs anfänglicher Schock wich einer jäh aufwallenden Wut. Sie hatte ihren Chef nicht darum gebeten mitzufahren.

»Habt ihr etwas gefunden?«, fragte er.

»Wenn du Führerschein, Kreditkarte und dergleichen meinst, ist alles da. Und 200 Euro in bar. War also kein Raubüberfall.«

Sarah hatte sich inzwischen wieder gefangen, den Blick von Hilde Jahns Leiche abgewandt. Die Ärztin hatte ihr eine Nierenschüssel untergehalten und kiloweise grobfasrige Krankenhauspapierservietten zum Abwischen in die Hand gedrückt.

»Ich meine Papiere, Notizen, ihr Diktiergerät. Unterlagen, die eindeutig der Redaktion gehören.«

Stein fletschte die Zähne. »Ihr Journalisten seid doch alle gleich, geht über Leichen, wenn's um eine lukrative Story geht, oder?« Die Wut in seiner Stimme war nicht zu überhören.

»Es geht um meine Journalistin«, sagte Gruber.

»Ach«, schnaubte Stein verächtlich.

»Was zum Teufel ist hier passiert?«

Stein seufzte genervt.

»Wir haben noch keine klare Vorstellung, was hier passiert ist, nur eine Vermutung. So wie es aussieht, fehlen keine Wertgegenstände. Ihre Handtasche wurde offensichtlich nicht durchwühlt. Sie hatte ein Pfefferspray eingesteckt, das sie aber nicht benutzen konnte, weil, so vermuten wir, der Angriff überraschend kam. Da sieht man mal wieder, dass diese Dinger nicht viel helfen, außer du hast sie schon in der Hand, bevor was passiert.« Er machte eine kurze Pause. »Auch ein Sexualdelikt klammern wir fürs Erste aus.« Er schüttelte seinen kahlen Kopf. »Wir haben vorerst kein Motiv, das sind die unangenehmsten Fälle. Ihr Handy war ausgeschaltet. Sie wollte offensichtlich nicht gestört werden. Wir glauben, dass sie hier jemanden getroffen hat. Vielleicht einen Informanten. An welcher Geschichte war sie dran, David?«

Gruber schwieg.

»Woran hat sie gearbeitet?«

Gruber zuckte die Achseln.

»Du weißt, dass ich dich wegen Behinderung drankriegen kann?«

Gruber nickte, gab ihm eine ehrliche Antwort. »Wir

wissen selber nicht, an welcher Geschichte sie gearbeitet hat.«

Stein runzelte misstrauisch die Stirn. »Wir haben einen Zeugen, der gesehen hat, wie ein Mann das Gebäude betreten hat. Kurz danach ist Hilde gekommen.«

»Das sagst du mir erst jetzt?«, sagte Gruber mit vor Zorn heiserer Stimme. »Wie heißt der Zeuge? Wo wohnt er? Was hat er gesehen?«

Stein schüttelte den Kopf. »Das werde ich dir nicht sagen. Nicht du bist die Polizei, sondern wir.«

»Wo ist dieser Mann?«

»Bei uns im Büro. Er bringt gerade die Aussage zu Protokoll.«

»Er darf auf gar keinen Fall mit der Presse reden.«

Stein grinste breit. »Das haben wir ihm auch schon gesagt. Und damit wir uns gleich richtig verstehen: Presse heißt, auch mit dem Wiener Boten nicht.«

»Du!«, fuhr Gruber ihn an. »Hilde war meine Mitarbeiterin.«

Der Anwalt berührte Grubers Arm, um ihn zu beruhigen. Es funktionierte.

»Du sagst es«, erwiderte Stein. »Sie war deine Mitarbeiterin, und jetzt ist sie unsere Tote, und damit ist auch ihre Geschichte die unsere. Verstanden? Ich werde dir jetzt gleich noch meine Kollegen in die Redaktion schicken. Hildes Computer und ihre Unterlagen sind hiermit beschlagnahmt. Deine Leute sollen die Finger davon lassen. Herr Dr. Lackner wird dir sicher bestätigen, dass das rechtlich völlig in Ordnung ist.«

Als sie das Gebäude verließen, standen Journalisten mit Aufnahmegeräten und Mikrofonen vor der Absperrung.

Kameramänner drehten. Doch Stein speiste sie routiniert ab.

»In einer halben Stunde bekommt ihr eure Presseunterlagen. Vorher sagt hier niemand ein einziges Wort. Macht Fotos von dem Gebäude und dann verschwindet!«, brüllte er.

Die Meute bewegte sich keinen Millimeter. Die Leute warteten auf den Abtransport des Sarges. Das gab einfach mehr her als das Gebäude allein.

Sie tun nur ihren Job, dachte Sarah, so wie wir sonst auch.

Gruber ignorierte alle Mikrofone und Diktiergeräte, die ihm vor die Nase gehalten wurden, und drängte sich gekonnt durch die Menge.

Im Auto rief er Kunz an und gab den Befehl, sofort Kopien von Hildes Festplatte und Unterlagen machen zu lassen. »Mit etwas Glück sind wir schneller als die Polizei«, sagte er. Er wandte sich an Dr. Lackner. »Wie hoch stehen die Chancen, dass wir an die Aussage des Zeugen rankommen?«

»Vergiss es«, sagte Gerald Lackner. »Lass die Polizei die Arbeit machen. Du wirst Hildes Mörder nicht finden.«

Gruber schnaubte verächtlich, gab ihm die Hand und winkte Sarah in den Wagen. Sie ließen die Stadtrandsiedlung hinter sich, rauschten an Gemeindebauten, Industriehallen vorbei in Richtung Redaktion. Sarah hatte irgendwo gelesen, dass der Bezirk Favoriten mit rund 170000 Einwohnern die viertgrößtc Stadt Österreichs wäre. Nur Wien, Linz und Graz waren größer.

Gruber bestellte Kunz in den Konferenzraum. Hier hatten sie ihre Ruhe, denn in den Büros läutete ständig das Telefon. Schon seit Stunden speiste Kunz die

Konkurrenz mit Lügen ab. Die Eingangstür war abgesperrt. Kameramänner verschiedener Sender machten Außenaufnahmen. Reporter unterhielten sich, starrten zwischendurch zu den Fenstern der Redaktionsräume empor. Kunz zog die Vorhänge zu, obwohl der Raum im dritten Stock lag. Sicher war sicher. Mit dem richtigen Teleobjektiv konnte man vom Nachbargebäude aus sicher ein gutes Foto schießen.

Zum ersten Mal in ihrem Leben konnte Sarah erahnen, welche Gefühle man entwickelte, wenn man von der Presse verfolgt wurde. Es war Hass und Angst. Hass auf die Sensationsgier der Meute und Angst davor, in einer derartigen Ausnahmesituation Fehler zu machen.

Die gesamte Redaktion war in Aufruhr. Überall in den Gängen liefen Kollegen hin und her. Diejenigen, die Hilde Jahn gemocht hatten, weinten. Die anderen hatten zumindest so viel Anstand, betretene Gesichter zu machen. Und die paar, denen zum Lachen zumute war, schauten neutral.

Die Konkurrenz im eigenen Haus war tot.

Es lebe ein freier Ressortplatz.

Mit wenigen Worten informierte Kunz Gruber über den aktuellen Stand. Simon hatte es geschafft, die Festplatte von Jahns Computer zu kopieren. Sarah wurde wütend. Diesem Kerl würde sie die Hölle heiß machen. Er hatte also das Passwort geknackt und es nicht der Mühe wert gefunden, sie zu benachrichtigen.

Mit den Ordnern waren sie erst zur Hälfte fertig gewesen, als die Polizei in der Redaktion aufgetaucht war, die jetzt dabei war, das Büro auseinanderzunehmen und Hildes Unterlagen einzusacken. Dieser Aktion würde in der morgigen Ausgabe eine halbe Seite gewidmet werden. Zeitgleich suchte die halbe Mannschaft Archivfotos von Hilde heraus, dokumentierte ihren Lebenslauf und journalistischen Werdegang für die Seite drei. Seite vier und fünf waren für Hilde Jahns Arbeit reserviert. Die Headline war bereits fertig: »Bekannte Enthüllungsjournalistin grausam ermordet«. Herbert hatte ihre spektakulärsten Storys in einem Kasten, den er rechts unten auf die Doppelseite gestellt hatte, zusammengefasst.

Seite sechs sollte die private Hilde zeigen.

Arbeit für die Löwin.

Gruber hatte eine Flasche Cognac aus seinem Büro geholt, schenkte großzügig drei Schwenker voll. »Das hilft«, sagte er in Sarahs Richtung und hob sein Glas hoch. »Auf unsere Hilde. Sie war die Beste!«

»Das war sie«, bestätigte Kunz. Dann kippten die beiden Männer das Zeug in einem Zug hinunter. Sarah tat es ihnen nach. Im ersten Moment schnappte sie nach Luft wie ein Fisch an Land. Das Zeug brannte wie Feuer. Sie trank praktisch nie etwas Härteres als Wein und Bier. Aber allmählich begann sie sich zu entspannen und spürte, wie eine wohlige Wärme sich in ihrem Körper breitmachte.

»Sarah, du bekommst morgen ein eigenes Büro«, sagte Gruber.

»Ich? Wieso? Was heißt das jetzt?«

»Dass du fix dabei bist. Willkommen im Team.«

Sarah zuckte innerlich zusammen. So schnell wurde man also ersetzt in der Welt der Medien. Hilde war tot, und deshalb bekam sie die Chance, von der sie die letzten Monate geträumt hatte. Sie war ein Teil des festen Teams. Die Wirklichkeit war grausam.

»Sie kann Hildes haben«, sagte Kunz. »Die Polizei nimmt zwar alle Unterlagen mit, versiegelt den Raum aber nicht, weil's ja nicht der Tatort war.«

Auch das noch.

»Gut, dann also Hildes Büro. Ich will, dass du endlich herausfindest, woran sie gearbeitet hat. Verdammt. Das sind wir ihr schuldig. Ich will Hildes Story. Ich will, dass ihre Geschichte in unserem Blatt steht. Sie soll ihre Bombe haben, was immer es ist.«

Sarah räusperte sich. »Ich habe schon mit drei Leuten gesprochen, die sie zuletzt interviewt hat, gestern mit Sabine Bender. Das Interview hat aber nicht viel hergegeben. Na ja, jedenfalls war ich heute Morgen ...«

»Sarah«, unterbrach Gruber. »Dir ist schon klar, dass eine Zeitung davon lebt, Meldungen schnell zu verbreiten. Wir machen hier kein Magazin für Zeitgeschichte. Also, komm auf den Punkt.«

»Angeblich läuft in Wien ein Wahnsinniger herum, der Arbeitslose umbringt.«

Die beiden Männer betrachteten Sarah.

»Wer behauptet so was?«

»Eine arbeitslose Kellnerin. Ihr Name ist Katharina Mohn. Sie und ihre Freundin, Sabine Bender, das ist die ...«

»Sarah!« Gruber hob die Augenbrauen.

»Also sie und die Bender haben das sogar Stein gegenüber behauptet. Aber der hat sie nicht ernst genommen.«

Der Chef vom Dienst und der Herausgeber warfen sich einen kurzen Blick zu. »Hätte ich an seiner Stelle auch nicht getan«, sagte Kunz. »Gibt es irgendwelche Beweise dafür?«

»Ich glaube nicht«, sagte Sarah.

»Im Klartext, die Sache ist nicht sicher und könnte auch die Phantasie frustrierter Frauen sein?«, fragte Gruber.

Ob er auch frustriert gesagt hätte, wenn dieselbe Vermutung von zwei Männern gekommen wäre? Wahrscheinlich nicht.

»Leider gibt es keine Beweise. Ich habe erst heute Morgen davon erfahren und noch keine Zeit gehabt zu recherchieren.« Dass Simon sie nicht benachrichtigt hatte, als er Hildes Passwort geknackt hatte, erwähnte sie nicht. Das Hühnchen würde sie ganz allein mit ihm rupfen. »Ich bin mir aber sicher, dass das die Story ist, nach der wir gesucht haben.«

»Du könntest Recht haben. Das wäre Hildes Kragenweite gewesen. Also los, Sarah! Du hast vier Tage. Bring mir Beweise, und dir gehören der Titel und die ersten vier Seiten der Samstagsausgabe.«

Sarah war sprachlos. Der Titel und die Seiten zwei bis fünf. Damit hätte sie nie gerechnet. Nicht für ihre erste Story. Das Einzige, was ihr Kopfzerbrechen bereitete, war die kurze Zeit, die sie zur Verfügung hatte. Wie sollte sie in nur vier Tagen Beweise für eine so ungeheuerliche Anschuldigung finden, wenn sie nicht einmal wusste, wo sie ansetzen sollte?

Gruber stand auf. »Ich bin jetzt mal weg und heute nicht mehr erreichbar.«

Kunz folgte ihm. Die Besprechung war vorbei. Sarah wollte sofort zu Simon.

Auf dem Weg kam sie an Gabis Büro vorbei. Die Sekretärin saß schweigend vor ihrem Schreibtisch, hielt ein Häferl Tee in ihren zitternden Händen. Ihre Augen waren rot vom Weinen. Ihren Kopf hielt sie gesenkt, die Augen starr auf die Tischplatte vor sich gerichtet.

Sarah rollte den Besucherstuhl neben sie, setzte sich und legte ihren Arm um Gabi. Sie spürte, dass es im Moment das einzig Richtige war zu schweigen. Auch wenn sie es nicht lange aushielt. Ständig drängten sich Bilder der toten Hilde in ihr Gedächtnis. Sie musste reden – oder etwas anderes tun.

Schließlich stand sie auf und ging an Gabis Schrank. Ihre Kollegin hörte beim Arbeiten gern Musik und hatte deshalb mehrere CDs im Büro deponiert. Sarah suchte etwas Passendes. Irgendwas. Hauptsache, diese Stille wurde unterbrochen und sie wurde das Gefühl los, in einem Altersheim zu sitzen, wo das Ticken einer Uhr das einzige Geräusch war, das man duldete, weil es gleichzeitig das Ablaufen von Lebenszeit symbolisierte.

Laut tickende Uhren hatten sie schon immer in den Wahnsinn getrieben. Ihre Großmutter hatte eine in ihrer Küche gehabt. Ein wahres Folterinstrument. Als sie die Nachricht vom Tod ihrer Eltern bekommen hatte, war dies das einzige Geräusch gewesen, das plötzlich aus ihrer Erinnerung aufgetaucht war. Sie hatte gesehen, wie die Frau vom Kriseninterventionsteam, die in so einem Fall die Polizei begleitete, die Lippen bewegt hatte. Tick Tack. Tick Tack.

Endlich hatte sie die richtige CD gefunden, schob sie in die Anlage neben dem Schreibtisch. Simon & Garfunkel, Sound of Silence. Perfekt.

Aber auch die Musik half ihr nicht. Sie goss Tee aus einer Thermoskanne in eine leere Tasse und setzte sich wieder neben Gabi.

Sie nippte an der Tasse. Früchtetee. Sarah mochte nur

Schwarz- oder Kräutertee. Sie stellte die Tasse auf dem Tisch ab.

»Gabi«, begann sie unsicher. Sie hielt diese Sprachlosigkeit nicht mehr aus. Alles war besser als das. Wut. Verzweiflung.

Ihre Kollegin hob den Kopf.

Sarah griff nach ihrer Hand. »Kann ich etwas für dich tun?«

»Ich kann es einfach nicht glauben«, sagte Gabi mit fremder Stimme. »Hilde ist tot.«

»Ja«, bestätigte sie. »Und es ist nicht deine Schuld.«

»Sie lag in einem leeren Gebäude? Du hast sie gesehen, Sarah. Wie hat sie ausgesehen?«

»Ähm.«

Ich hab sie zuerst gar nicht erkannt. Es war so viel Blut, und sie war so weiß im Gesicht. Und wie sie dalag.

»Friedlich«, log sie.

»Ich hab es ihm gesagt«, sagte Gabi und deutete mit dem Kopf in Richtung Grubers Büro.

»Das mit deiner Mutter, dem Foto und Hilde?«

Sie nickte.

»Und? Was hat er gesagt?«

»Nichts. Nur, dass sie eine verdammt gute Journalistin war und dass sehr viele gute Journalisten in ihrem Beruf ums Leben kommen. Nein. So hat er gesagt, manche würden für ihre Geschichten sterben. Er sagte auch, dass ich mit dir darüber reden soll, weil du jetzt an Hildes Stelle treten wirst.«

Kriegsberichterstatter, politische Journalisten in China oder sonst einem kommunistischen Staat sterben für ihre Storys oder für ihre Überzeugungen, dachte Sarah. Aber doch nicht in Österreich, Kolleginnen wie

Hilde oder Conny, die Löwin. Die streifte wahrscheinlich schon umher, auf der Suche nach einer mysteriösen Liebesgeschichte für die Society-Seite. Hilde Jahn am Opernball mit einem millionenschweren Geschäftsmann oder einem prominenten Schauspieler oder sonst jemanden, dem Conny etwaige dubiose Geldgeschäfte oder Steuerhinterziehung andichten konnte, um das Beisammensein mit einer berühmten Enthüllungsjournalistin zu rechtfertigen. Die ganze Redaktion spielte verrückt. Alle beschäftigten sich mit Hildes Leben. Nur die Sportredaktion würde morgen ihre ganz normalen Geschichten bringen. Sport war das einzige Feld, das Hilde niemals bespielt hatte.

In diesem Moment kam Herbert an der Tür vorbei. »Sarah, Simon sucht dich. Du sollst gleich zu ihm kommen. Er hat etwas für dich.«

Wunderbar, dachte Sarah. Ich habe auch etwas für ihn. Einen Kinnhaken.

Sarah fand Simon in seinem Büro im Erdgeschoss. Er saß wie meistens versteckt hinter einem seiner vielen PCs, versunken in irgendein Programm. Sarah konnte mit den meisten Zeichen und Zahlen auf dem Bildschirm nichts anfangen.

»Ich danke dir vielmals, dass du mich sofort angerufen hast, nachdem du Hildes Passwort geknackt hast«, giftete Sarah Simon statt einer Begrüßung an.

Sie ließ sich auf einen freien Stuhl direkt neben den Computerfachmann fallen. »Wann hast du's geschafft?«

»Freitagabend. Ich hab's ein paar Leuten im Haus gesagt, bevor ich gegangen bin. Ich dachte mir, dass du es hören und bei mir auftauchen würdest.«

Sarah war fassungslos. Da saß er ununterbrochen vor dem PC und war nicht fähig, ihr eine Mail zu schicken. Sie überlegte kurz, ihn zu erwürgen.

Er klickte das Programm auf seinem Bildschirm weg.

»Ich habe mich ein bisschen auf Hildes Festplatte umgesehen«, sagte er in ruhigem Ton und scrollte durch einige Dateien, die er auf Hildes PC gefunden hatte. Der Kerl lebt in einer anderen Welt, war Sarah überzeugt. Jeder normale Mensch hätte sie angerufen, sobald der Computer geknackt war. Aber ein Freak wie Simon kam gar nicht auf so eine Idee. Er hatte seine Arbeit erledigt. Der Rest interessierte ihn nicht.

»Das klingt, als wärst du spazieren gegangen.«

»Bin ich auch. Irgendwie halt. Und schau, was ich gefunden habe.« Er deutete auf den Bildschirm, wo jetzt einige Fotos von Gebäuden zu sehen waren.

»Toll. Fotos«, sagte Sarah wenig begeistert. »Und deshalb hast du mich gesucht?«

Simon seufzte resigniert. »Redakteure. Nur Buchstaben im Kopf, was?«

»Manchmal auch ganze Geschichten«, antwortete Sarah.

»Na, wie auch immer. Das hier sind die letzten Fotos, die Hilde gemacht hat. Die Texte in den Dateien musst du selber durchsuchen. Ist jede Menge.«

Sarah besah sich die Bilder genauer. »Ich kann nur leider im Moment damit nichts anfangen. Ich müsste erst die Texte lesen oder zumindest genauer wissen, woran Hilde gearbeitet hat, dann kann ich die Fotos zuordnen. Oder auch nicht. Denn alles, was ich bis jetzt weiß, ist, dass sie eine Geschichte über arbeitslose Frauen über 40 machen wollte.« Sie zeigte auf die Bilder. »Wer weiß, von wann die Aufnahmen stammen. Vielleicht gehören sie ja zu einer alten Story und sie hat sie einfach noch nicht archiviert.«

»Die sind ganz neu.«

»Und woher willst du das wissen?«

»Schau mal.« Er scrollte durch die Bilderwelt. »Hilde hatte offensichtlich eine Kamera mit einem GPS-System. Du weißt, was ein GPS ist?«

»Natürlich. Bin ja nicht blöd. Ich wusste nur nicht, dass es das jetzt auch für Kameras gibt.«

»Was ich hier so sehe, hatte Hilde eine Alpha 700 von Sony.«

»Hä?«

»Eine Digitalkamera.«

»Okay.«

»Eine mit 12,24 MP.«

»Rede Deutsch mit mir!«

»12,24 Millionen Pixel. Die macht ...«

»Spar dir die Mühe. Ich versteh davon sowieso nichts.« Er zog eine Grimasse. »Banausin. Jedenfalls ist sie kombinierbar mit einem bestimmten GPS-System von Sony. Dem CS1KA. Cooles Teil.«

»Aha. Erklär mir das bitte genauer!«

»Dass Navigationsgeräte über das Satellitensystem funktionieren, ist dir klar?«

Sarah nickte.

»Die GPS-Satelliten befinden sich in der Umlaufbahn.«

»Simon. Fang bitte nicht bei Adam und Eva an. Erklär mir einfach dieses Kamera-Dingsbums«, sagte Sarah ungeduldig.

»Jessas.« Er drehte die Augen gegen die Decke. »Du

bist wirklich ein hoffnungsloser Fall. Also gut. Dieses GPS-System, mit dem Hilde gearbeitet hat, speichert alle Positionierungspunkte. Heißt im Klartext: Wir können eruieren, wann und wo die Fotos gemacht wurden.« Er freute sich wie ein Schuljunge, für den gerade die Ferien begonnen hatten. »Das Ding ist genial. Du musst das CS1KA nicht einmal an der Kamera festmachen, sondern brauchst es nur in einer Tasche mit dir mittragen, und schon funktioniert es.«

»Und du kannst mir jetzt tatsächlich sagen, welches Foto sie wann geschossen hat?«

»Nicht nur das. Auch welche Blende sie verwendet hat und …«

Sarah hob abwehrend die Hand. »Bitte keine unnötigen Details. Mir ist schon jetzt ganz schwindelig.«

»Ich kann dir sogar zeigen, welchen Weg Hilde gegangen ist und von welcher Position aus sie die Aufnahme gemacht hat. Nehmen wir zum Beispiel das hier.« Auf dem Foto war ein sechsstöckiges Haus mit grauer Fassade zu sehen. 1960er-Jahre-Stil. Simon klickte erneut mit schnellen Bewegungen über den Bildschirm. »Über Google Map hol ich mir die Standposition rein. Schau mal!« Eine Landkarte erschien auf dem Bildschirm. Klick Klick. Wien. Straßen. »Der blaue Strich markiert den Weg, den Hilde genommen hat, und dieser Pfeil hier«, er zeigte auf eine markierte Stelle, »zeigt, wo Hilde stand, als sie auf den Auslöser gedrückt hat.«

»Unglaublich.« Sarahs Augen klebten förmlich auf dem Schirm. Sie hatte so etwas vorher noch nicht gesehen. »Und kannst du mir auch sagen, welches Foto sie zuletzt gemacht hat?«

»Ich kann dir sagen, welches sie zuletzt auf dem Computer abgespeichert hat. Wenn wir die Kamera hätten, wüssten wir, welche Aufnahme sie zuletzt gemacht hat.«

Die Kamera, schoss es Sarah durch den Kopf. Jeder Redakteur hatte seine eigene Kamera, für den Fall, dass einmal kein Fotograf zur Verfügung stand, aber auch als Einsparungsmaßnahme. Zu kleineren Veranstaltungen wurden keine Fotografen mehr geschickt, dort mussten die Redakteure selbst fotografieren. »Ist Hildes Kamera im Haus?«, fragte sie.

»Das musst du jemand anders fragen. Ich bin nur für den Computer zuständig. Aber meiner Meinung nach ist das Hildes Privatkamera. Der Wiener Bote verteilt garantiert keine Alpha 700 mit GPS-System an seine Redakteure.«

»Wieso?«

Simon zuckte die Achseln. »Die kostet so um die 1000 Euro.«

Sarah schluckte. 1000 Euro. Er hatte Recht. Das konnte unmöglich eine Kamera vom Wiener Boten sein. Wo konnte Hilde die Kamera gelassen haben? Im Büro war sie nicht. Vielleicht hatte ja Gruber … als er bei ihr in der Wohnung war? Sie musste sich eine Notiz machen. Sarah sah sich nach Schreibmaterial um und griff nach einem Stift, der neben dem Computer lag. »Hast du auch Papier?«

Ohne den Bildschirm aus den Augen zu lassen, zog Simon mit der linken Hand eine Lade auf, holte ein Blatt heraus, während er mit der rechten Hand ein Foto nach dem anderen öffnete und die Angaben verglich.

»Hey, so ein Zufall. Das Haus war das letzte Foto, das sie abgespeichert hat.«

Wieder klickte Simon einige Male auf dem Bildschirm

hin und her. Noch einmal erschien das Haus mit der grauen Fassade vor ihren Augen. Am unteren Bildschirmrand erschienen die gewünschten Daten.

»Es wurde am 2. April um 14.30 Uhr aufgenommen. Willst du auch noch die Breiten- und Längengrade oder die Blende wissen?«

Sarah schüttelte den Kopf. »Du immer mit deiner Blende. Das Datum und die Uhrzeit reichen mir schon.«

Sie tippte mit dem Zeigefinger auf den Bildschirm, was ihr von Simon einen strafenden Blick einbrachte. »Und was bitte ist das da für ein Gebäude?«

»Keine Ahnung. Aber wart mal.« Wieder klickte er einige Male hin und her, und plötzlich hatten sie einen Bildausschnitt mit einem Straßenschild auf dem Bildschirm. »Laxenburger Straße.«

»Was zum Teufel ist das für ein Haus?«

10

Das Haus sah von außen wesentlich besser aus als von innen. Der Eingangsbereich war mit dunklem Holz vertäfelt, eine abgesessene Couch stand auf einem Granitboden neben dem Stiegenaufgang. Darauf saß ein alter Mann. Er hatte einen Hörapparat im linken Ohr und las Zeitung. Ihm steckte man schweigend das Geld zu. Danach erhielt man einen Schlüssel und verschwand wieder. Keine Registrierung, kein Name, keine Fragen.

Nur ein Schlüssel und ein alter Mann.

Auf dem Weg hierher hatte er Radio gehört, um nur ja keine Nachricht über die tote Journalistin zu versäumen. Inzwischen wurde stündlich berichtet. Auch im Teletext und in der Mittagssendung der Zeit im Bild wurde es gebracht. Der Tod von Hilde Jahn dominierte die Medienlandschaft. Morgen würden die Zeitungen nachziehen. Allen voran der Wiener Bote.

Albo war überrascht, wie schnell die Polizei sie gefunden hatte. Wer zum Teufel hatte diesen verfluchten Arbeitern den Auftrag gegeben, die Halle zu renovieren? Das war in seinem Plan nicht vorgesehen gewesen. Er hatte gehofft, ein oder zwei Wochen Vorsprung zu gewinnen. Eine vermisste Journalistin hätte nicht so viel Staub aufgewirbelt wie eine tote. Noch dazu eine bekannte.

Egal. Sein nächstes Opfer würde auf eine andere Art

und an einem anderen Ort sterben. Kein roter Faden, kein Muster, keine Zusammenhänge. Individualität, das Geheimnis seines Erfolges.

Er hatte bereits ein Dossier über sie angelegt. Katharina Mohn. Er hatte sie vorgereiht. Eigentlich stand Sabine Bender als Nächste auf seiner Liste. Aber Singles waren leichter zu töten als verheiratete Frauen. Ihr Privatleben war überschaubar. Freunde, Liebhaber, Geschwister, Eltern. Katharina Mohn hatte all dies nicht mehr.

Sie hatte ihm viel über sich erzählt. Ihre Angst vor der Zukunft. Mit der Zeit waren ihre Freunde weniger geworden. Aber das hatte sie sich selbst zuzuschreiben. Sie hatte sich allmählich zurückgezogen. Tage, Wochen, Monate waren vergangen. Ihre Freunde hatten angerufen, sie eingeladen, doch sie hatte nicht zurückgerufen, sie wollte nicht sagen müssen, dass sie sich das Leben nicht mehr leisten konnte. Dass die Zeit der lustigen gemeinsamen Kochabende oder die langen Nächte in ihrem Stammlokal der Vergangenheit angehörten. Dass sie ab sofort von 500 Euro und Kartoffeln im Monat leben musste. Sie schämte sich. »Das ist ganz normal«, hatte man ihr erklärt. »Die meisten Menschen schämen sich, wenn sie arbeitslos werden. Aber das legt sich mit der Zeit.« Auf diese Zeit wartete sie seitdem vergebens. Stattdessen stahl sie sich wie ein Verbrecher in die Billigläden in der Hoffnung, keine Bekannten zu treffen.

Nur den Teil, dass sie als Geheimprostituierte arbeitete, hatte sie ausgelassen. Er wusste es trotzdem. Er wusste einfach alles über sie.

Ihr Tod war ein Kinderspiel.

Tür 23.

Er klopfte.

Katharina Mohn öffnete lächelnd, trug ihre Arbeitskleidung: Strapse und eine kurze weiße Schürze mit Spitzeneinfassung. Ein Überbleibsel aus ihrer Zeit als Kellnerin. So hatte er sie bestellt, wie man ein Schnitzel bestellte. Mit Beilage. Sie fasste ihn am Arm, zog ihn sanft in den kleinen Vorraum, umgarnte ihn wie eine rollige Katze, die ihren Kater gefunden hatte.

Die Tür zum Schlafzimmer stand offen. Der Raum war alt und bieder eingerichtet. Dicke Brokatvorhänge verdunkelten das Zimmer. Ein roter Schal hing über dem Lampenschirm, leise schwebten jazzige Klänge aus einem Rekorder durch den Raum. Auch das hatte er bestellt.

Nach Sandelholz duftende Räucherstäbchen versprühten einen Hauch Orient. Eine rot überzogene Decke lag zurückgeschlagen auf dem Bett.

Das Laken war aus schwarzer Seide. Alles zusammen sollte für eine erotische Atmosphäre sorgen. Eine Flasche Sekt stand auf dem Nachtkästchen, daneben lagen mehrere einzeln verpackte Kondome. Ein Service des Hauses. Sie ließ von ihm ab, öffnete die Flasche, die er bereits bezahlt hatte. Unten bei dem alten Mann. Eine Flasche Sekt war Usus wie die Diskretion des Hauses. Nur wenige wussten, was sich wirklich hinter der biederen Fassade abspielte.

Albo legte den Mantel ab.

»Wie viel Zeit hast du, mein Schatz?«, fragte Katharina verführerisch. Ihr Blick wanderte zum Radiowecker auf dem Nachtkästchen neben dem Bett.

Zeit war Geld.

Das war das Geschäft.

Wie viele Freier sie wohl heute schon bedient hat?,

grübelte er kurz und bemerkte, dass ihn der Gedanke daran erregte.

»Eine Stunde«, antwortete er und nestelte verlegen an seiner Hose herum. Er benahm sich wie ein Mann, der gleich seine Frau betrügen würde. Ein Mann, der nicht viel Erfahrung mit Nutten hatte. Ihre Hilfe brauchte.

Das war das Spiel.

Sanft schob sie seine Hände zur Seite, öffnete mit langsamen Bewegungen zuerst den Gürtel, danach den Knopf und Reißverschluss der Hose, während er sich seiner Oberbekleidung entledigte. Er hätte es jetzt sofort erledigen können. Lust dazu hatte er, spürte, wie es ihn in den Fingern juckte, einfach seine Hände um ihren schlanken Hals zu legen und zuzudrücken.

Aber damit würde er sich einer angenehmen Erinnerung berauben.

»Eine Stunde«, flötete sie. »Das ist doch wunderbar. Da haben wir mächtig viel Zeit.« Die Hose fiel zu Boden. »Weißt du was?« Sie leckte ihren Zeigefinger ab und fuhr sanft über die Spitze seines Penis. »Du legst dich jetzt hin, entspannst dich, und ich komme gleich wieder«, schlug sie vor, während sie ihn mit sanfter Gewalt aufs Bett drückte. Mit einem Ruck entledigte sie ihn seiner Unterwäsche, nahm die Spitze seines Gliedes in den Mund, saugte, dann ließ sie ihn los, wandte sich um, ignorierte, dass sein Penis noch immer schlaff auf den Oberschenkeln lag.

Ihr Arsch war nackt. Einziges Dekor waren die herunterhängenden Bänder der Schürze, die knapp über ihrem Po zu einer Masche gebunden waren. Mit langsamen Schritten entfernte sie sich vom Bett in Richtung Bad. Ihre Rückseite konnte sich für ihr Alter durchaus sehen lassen. Sie schaute über ihre Schulter. Ganz Profi, wenn man bedachte, dass sie diesen Job erst seit Kurzem machte. Er schenkte ihr einen Blick, der verriet, dass ihm gefiel, was er sah. Auch wenn sie um einige Jahre älter war als er.

Katharina Mohn duschte immer vor und nach getaner Arbeit. So ließ sich das Ganze leichter ertragen, obwohl der Kerl im Schlafzimmer einigermaßen attraktiv, aber vor allem gepflegt schien. Sie blieb einige Sekunden unter dem heißen Wasserstrahl stehen, dann drehte sie ab, schüttelte etwas Wasser ab und betrat, ohne sich vorher abzutrocknen, den Raum.

Den Ablauf hatte sie zuvor mit ihm am Telefon abgesprochen. Das tat sie immer so. Sie hasste es, ihre Freier kurz davor zu fragen, was und wie sie es gern hätten. Das war der Grundstein ihres Erfolges. Am Telefon das Geschäft und die reine Lust beim Treffen.

Als er sie in der Tür sah, rollte er ein Kondom über seinen Penis. Ihr Körper war feucht, Wassertropfen rannen die Innenseite ihrer Schenkel hinunter, und sie duftete nach Sommer, Strand und Urlaub.

Urlaub in der Stadt, die ihr nicht mehr viel zu bieten hatte.

»Das wird wunderbar«, flüsterte er.

*

Wien war ein Dorf.

Die Meldung von Hilde Jahns Tod hatte schnell die Runde gemacht. Nachdem die Pressemitteilung der Polizei über ihren Tod am späten Vormittag über die APA geschickt wurde, war in den Zeitungshäusern, Radio-

und Fernsehstationen die Hölle los. Der Run auf die besten Interviews hatte bereits vorher begonnen, jetzt wurde gesendet und gedruckt. Aussagen von Nachbarn, von Restaurantbesitzern, bei denen Hilde irgendwann mal etwas gegessen hatte. Ehemalige Kollegen, die jetzt woanders arbeiteten, erzählten mit erstickter Stimme, dass Hilde Jahn immer ein Vorbild für sie gewesen war.

Heuchler.

Beim Bäcker, wo Sarah sich ein Sandwich kaufte, sprach die Verkäuferin mit einer Kundin darüber. »Sie war Enthüllungsjournalistin«, sagte die Frau hinter dem Tresen, als wäre das ein triftiger Grund, ermordet zu werden. Die Kundin nickte bestätigend. »Man hat ja schon so viel gelesen, über die Mafia und so.«

Sarah bestellte ein Mozzarella-Tomaten-Sandwich und verließ fluchtartig das Geschäft. Mafia, so ein Schwachsinn. Wo die Leute das nur immer wieder hernahmen?

In der Trafik, in der sie immer ihre Wochentickets für die öffentlichen Verkehrsmittel kaufte, wurde sie von der Trafikantin direkt angesprochen. »Ich hab gehört … Sie arbeiten doch bei dieser Zeitung …«

»Wiener Bote«, half Sarah.

»Genau. Eine eurer Journalistinnen wurde doch ermordet. Diese Dings … Na, wie heißt sie noch mal? Im Radio haben sie's gesagt.« Die Gier nach einer Sensation stand ihr ins Gesicht geschrieben. Sarah hatte nicht vor, Hildes Namen zu nennen. Schlimm genug, welche haarsträubenden Vermutungen sich die Kollegen vom Rundfunk inzwischen aus den Fingern saugten. Stein hatte sich bei der Pressemitteilung bedeckt gehalten, hatte nur bestätigt, was sowieso schon jeder wusste. Es handelte sich bei der Toten um die bekannte Journalistin

Hilde Jahn, sie sei erstochen in einem leeren Gebäude aufgefunden worden. Zum Tathergang könne die Polizei beim derzeitigen Ermittlungsstand noch nichts sagen.

»Ist ja auch egal«, gab die Trafikantin ihre Überlegungen bezüglich Hildes Namen auf. »Tragisch ist so was, tragisch. Und das bei uns. Wien ist auch nicht mehr das, was es mal war.«

Sarah verkniff sich die Frage, was Wien denn einmal gewesen war, und antwortete nur: »Ja, tragisch«, zahlte ihr Ticket und verschwand, das zweite Mal innerhalb weniger Minuten, so schnell wie möglich.

Nachdem Hildes Büro noch nicht freigegeben war, hatte sie beschlossen, sich das Haus mit der grauen Fassade gleich anzusehen. Die Laxenburger Straße war von der Mariahilfer Straße aus leicht zu erreichen. Sie stieg beim Café Ritter in den Bus und an der Haltestelle Laxenburger Straße im zehnten Bezirk wieder aus.

Auf einem Stadtplan hatte sie sich den Punkt markiert. Allerdings war Sarah keine gute Stadtplanleserin und daher ein Stück in die falsche Richtung gegangen, sie musste umkehren und ging nun in Richtung Quellenplatz. Die Laxenburger Straße war endlos lang, führte vom Südtiroler Platz über den angrenzenden Bezirk Liesing bis über die Stadtgrenze hinaus nach Niederösterreich. Nähe Inzersdorfer Straße sah sie das Haus. Sie verglich es mit dem Foto, das Simon ihr ausgedruckt hatte, und mit dem Stadtplan.

Voilà.

Hier standen mehrere Wohnhäuser Mauer an Mauer, als würden sie sich gegenseitig stützen. Das gesuchte Haus überragte die anderen um zwei Stockwerke. Zunächst blieb sie auf der gegenüberliegenden Straßenseite stehen und beobachtete die Gegend. Nichts passierte. Was hatte sie erwartet? Oder wen? Jemanden, der ihr erklärte, warum Hilde ausgerechnet dieses hässliche Gebäude fotografiert hatte?

Sie überquerte die Straße. Als sie den Wohnblock betreten wollte, kam ein Mann hinaus. Er trug einen dunklen kurzen Mantel und einen Hut, der sein Gesicht verdeckte.

Sie wären fast zusammengestoßen. »Entschuldigung«, murmelte Sarah und rückte ihre Umhängetasche zurecht, die ihr von der Schulter gerutscht war. Doch der Mann beachtete sie nicht weiter, drückte sich an ihr vorbei ins Freie und verschwand.

»Idiot!«, schimpfte Sarah leise.

Weder Klingelbrett noch Gegensprechanlage befanden sich an der Hauswand. Auf einem Metallschild stand, dass die Haustür von 22 Uhr bis 6 Uhr morgens verschlossen sein musste. Im Eingangsbereich hingen Postkästen mit den jeweiligen Wohnungsnummern darauf. Weiter hinten neben dem Stiegenaufgang stand eine Couch. Witzige Idee, dachte Sarah. Für ältere Menschen war dies sicher eine Bereicherung, ein Treffpunkt, kommunikationsfördernd, und man konnte sich ausruhen, bevor man sich die Stufen zur Wohnung hochschleppte. Einen Lift gab es nicht.

Das allein konnte jedoch nicht der Grund sein, warum Hilde das Haus in ihrem Fotoarchiv hatte. Sonst sprang Sarah nichts Auffälliges ins Auge. Sie stand in einem ganz normalen Wiener Wohnhaus. Eine Wohnungstür öffnete sich. Ein alter Mann erschien. Das Hemd war ihm aus der Hose gerutscht, an den Seiten baumelten Hosenträger. Seine Füße steckten in Filzpantoffeln. Er musterte Sarah eingehend. Es schien, als warte er auf etwas. So standen sie sich einige Sekunden gegenüber. »Entschuldigung«, begann Sarah. »Ich suche …«

Der Mann drehte sich um, verschwand im Dunkel seiner Wohnung und knallte die Tür hinter sich zu. Wahrscheinlich der Hausmeister. Die waren bekanntlich aufmerksam. Einen Versuch war es wert.

Entschlossen drückte Sarah auf die Türklingel.

Stille.

Noch einmal betätigte sie den Klingelknopf, diesmal länger.

Das Schlurfen von Hausschuhen, die sich der Tür näherten, war zu hören, dann das Rasseln einer Sicherheitskette.

Der alte Mann öffnete einen Spalt breit.

»Entschuldigen Sie bitte«, wiederholte Sarah. »Ich bin von der Polizei.«

Etwas in den Augen des Mannes blitzte auf und erlosch wieder. »Hm«, brummte er.

»Kann ich reinkommen? Oder wollen Sie, dass ich Sie hier vom Flur aus befrage?«

»Hm«, brummte er noch einmal und legte eine Hand hinter sein Ohr. Erst jetzt sah Sarah den Apparat. Ein Schwerhöriger.

»Ich bin von der Polizei«, wiederholte sie einigermaßen laut und deutlich. »Haben Sie Ihr Hörgerät eingeschaltet?« Sie deutete auf sein Ohr.

»Ja, ja«, antwortete er.

»Ich möchte Sie etwas fragen.«

»Ja, ja.«

»Gut«, sagte Sarah resigniert. »Haben Sie schon von der toten Journalistin in den Nachrichten gehört?« Sie hatte keine Ahnung, was sie hier tat, hoffte, dass sich irgendetwas ergeben würde.

Keine Antwort.

»Heute! Haben Sie Nachrichten gehört?«, brüllte sie nun.

»Hm«, brummte er und warf die Tür wieder zu.

Scheiße. Auf alte schwerhörige Männer hatte sie in ihrer Ausbildungszeit niemand vorbereitet.

Den Bruchteil einer Sekunde überlegte sie, von Tür zu Tür zu gehen, sich als Polizistin auszugeben und nach Hilde zu fragen. Wie viele Türen mochten das sein? Zehn? Zwölf? Sie verwarf den Gedanken jedoch wieder. Denn was, wenn jemand sie nach ihrem Ausweis fragte?

Draußen auf der Straße schaute sie noch einmal an der Fassade hoch. Eine Hand lugte zwischen Brokatvorhängen hervor und öffnete ein Fenster. Jemand zog die Vorhänge zur Seite, ließ sich aber nicht blicken.

Das Haus der Dämonen, dachte Sarah, wandte sich um und ging die Straße zurück in die Richtung, aus der sie gekommen war.

Durch den Vorhang sah ihr jemand lange nach.

11

Während der Rückfahrt konnte Sarah sich des unangenehmen Gefühls nicht erwehren, versagt zu haben. Vielleicht lag es auch am Wetter. Es nieselte. Ihre Arbeit hatte noch nicht einmal richtig begonnen, und sie trat bereits auf der Stelle. Ihr fiel ein Grundsatz des Journalismus ein: Im ersten Absatz einer Meldung mussten die Fragen Wer, Was, Wann, Wo, Wie und Warum beantwortet werden.

Sie wussten zwar, was passiert war, wo ungefähr, wann und wie. Doch das Warum und das Wer fehlten.

Sarah hoffte, dass Hilde sofort tot gewesen war und nicht leiden musste.

Sie empfand den Tod ihrer Kollegin als Verlust. Hilde war zwar nie besonders freundlich zu ihr gewesen, galt als Einzelgängerin, doch sie war eine großartige Reporterin, deren Artikel bis ins kleinste Detail recherchiert waren. Niemand konnte ihr Schlamperei vorwerfen. Natürlich hatte sie sich im Laufe der Zeit viele Feinde gemacht. Anerkannte Persönlichkeiten, Geschäftsleute, Prominente. Kein Dreck, der unter dem sprichwörtlichen Teppich landen sollte, war Hilde entgangen. So gesehen würde die Polizei viel Arbeit haben.

Sarah hatte sich die Aufgabe, die ihr Gruber fast im Vorbeigehen aufgeladen hatte, nicht gewünscht. Es war, als hätte man ihr Clownsschuhe angezogen und sie gezwungen, damit Tango zu tanzen. Journalistin war ihr Traumberuf. Leute interviewen, Geschichten aufreißen, schreiben. Eine Leiche präsentiert zu bekommen, deren Story zu übernehmen, damit hatte sie nicht gerechnet. Auf einmal überkam sie ein Gefühl der Sehnsucht nach Ruhe.

Der Hütteldorfer Waldfriedhof lag inmitten eines dicht verbauten Wohngebietes unweit der ehemaligen Wohnung ihrer Eltern. Gegenüber vom Haupteingang war die Friedhofsgärtnerei. Sie erstand einen Strauß Tulpen. Dann ging sie zum Grab ihrer Eltern. Auch die einzige Tochter des Kronprinzen Rudolf, Elisabeth Maria, hatte hier ihre letzte Ruhestätte gefunden. Sarah mochte diesen verhältnismäßig kleinen Friedhof. Er strahlte eine angenehme Ruhe aus. Außerdem hatte man eine schöne Aussicht auf den Lainzer Tiergarten. Aber wer kam schon wegen der schönen Aussicht auf einen Friedhof?

Die Sträucher und Birken vor der Aufbahrungshalle hatten bereits Knospen, die Vögel stritten lautstark um die besten Brutplätze. Es war grotesk. Die letzte Ruhestätte war zugleich ein Ort des Balzens, der Paarung und der Aufzucht. Der Frühling war nicht mehr weit.

Mit langsamen Schritten bewegte sie sich durch die Grabreihen der Gruppe 2, den Blick geradeaus gerichtet, die Tulpen in der Hand. Ein alter Mann in dunklem Trenchcoat mit Hut, Gehstock und einer Gießkanne kam ihr entgegen. Er nickte stumm und ging an ihr vorbei. Als sie sich umdrehte, war er verschwunden.

Das Grab ihrer Eltern lag auf der linken Seite des Friedhofs mit Blickrichtung Süden, nur wenige Meter von der Leichenhalle entfernt. Sie blieb einige Momente reglos vor dem Grab stehen. Auch wenn der Schmerz über den Verlust Sarah jedes Mal die Kehle zuschnürte – wenn sie hier vor dem Totenmal stand, war sie froh, wenigstens einen Ort zu haben, wo sie ihre Eltern besuchen konnte. Die Eigentumswohnung hatten sie verkauft, um das Begräbnis bezahlen zu können und Geld für Chris' Studium auf der Seite zu haben. Das war gerecht, fand Sarah, denn die Eltern hatten ihr das Studium finanziert und ihr die Wohnung im 16. Bezirk geschenkt.

Kühler Wind kam auf und ließ die Welt der Toten frostig wirken.

Drei Jahre, dachte sie, während sie auf den Grabstein aus Granit starrte, auf dem unter dem Namen ihrer Mutter in Kleinbuchstaben das Wort »volare« stand. Fliegen. Wenn es wirklich so etwas wie Wiedergeburt gab, dann wünschte sie ihrer Mutter, dass sie als wunderschöner Vogel wiederkehrte. Als Rotkehlchen oder Specht oder Eichelhäher. Ihrem Vater war es sicher egal, als was er wiedergeboren würde. Hauptsache, er war in der Nähe seiner Frau.

Vor drei Jahren hatte ihr Leben eine Wende genommen. Plötzlich hatte sie die Verantwortung für einen Jugendlichen übernehmen müssen, dessen Trauer ihn gegen die Wand gedrückt hatte. Mit dem Gesicht voran, sodass er keine Luft mehr bekam. Keinen Sauerstoff zum Atmen, denken, leben. Sie beide hatten anfangs allem und jedem die Schuld an dem tragischen Unfall gegeben. Sarah hatte nicht die Kraft gefunden, Chris Halt zu geben. Es hatte ein Jahr gedauert, bis Chris und sie wieder herzhaft miteinander lachen konnten, ohne schlechtes Gewissen, weil sie leben durften und ihre Eltern tot waren.

Sie kniete nieder, steckte die Blumen in die am Grabstein befestigte Vase. Der Regen der letzten Tage hatte sie mit Wasser gefüllt.

Die von Chris gesetzten Märzenbecher wuchsen schon zwischen dem Johanniskraut, das Sarah angepflanzt hatte. Sarahs Mutter hatte viele kleine und große Wunden mit Heilkräutern behandelt, da war es nur recht, ihr welche aufs Grab zu pflanzen. Sie und Chris hatten lange überlegt, welches Kraut das richtige war. Und da das Zaubermittel Johanniskraut bereits von dem Alchemisten Paracelsus verehrt wurde, weil es neben seiner heilenden Wirkung auch gegen Würmer und böse Geister half, hatten sie sich dafür entschieden.

»Ich hoffe, es geht euch gut, dort, wo ihr jetzt seid«, flüsterte sie. Dann zündete sie die Kerze in der Laterne an, die mitten auf dem Grab stand, und verließ den Friedhof.

Als Sarah ihre Wohnung betrat, kam ihr wie immer Marie mit aufgestelltem Schwanz entgegen, umkreiste sie zwei Mal und lief voran in die Küche.

Es war ein Ritual. Sarah öffnete eine Futterdose, entnahm dem Behälter ein Drittel und zerdrückte den Inhalt in der kleinen weißen Keramikschüssel mit einem schwarzen Katzenkopf darauf. Marie strich ihr währenddessen unentwegt laut schnurrend um die Beine. Danach stellte Sarah die Schüssel auf den dafür vorgesehenen Platz. Ein gelber Plastikuntersetzer. Marie begann zu fressen.

Ein Blick auf den Kalender an der Wand verriet Sarah,

dass Chris heute in der Bar arbeiten musste. Sie blätterte weiter. Nächste Woche hatte er sich frei genommen. Auf der Uni standen einige Prüfungen an.

»Wir werden heute Abend allein sein, Marie. Schade. Gerade heute hätte ich jemanden zum Reden gebraucht.« Die Katze hob den Kopf, verließ die leere Schüssel und setzte sich auf den Läufer. »Hab ich dir schon erzählt, dass sie heute Hildes Leiche gefunden haben?« Die Katze putzte sich. »Sie ist erstochen worden. Hast du schon mal eine Tote gesehen?« Marie fuhr sich mit einer angefeuchteten Vorderpfote über die Augen. »Damit hast du nichts zu tun, nicht? Für dich ist wichtig, dass deine Schüssel regelmäßig gefüllt wird.« Sie begann, die Katze zu kraulen. Marie schnurrte laut, ohne die Fellpflege zu unterbrechen. »Es gibt Tage, da beneide ich dich.«

Der Tod ihrer Kollegin kam ihr unwirklich vor. War das eine Art Schock? Wann realisierte man, dass jemand tot war, nicht mehr wiederkam? Wie lange hatte es gedauert, nachdem ihre Eltern gestorben waren? Nach dem Begräbnis? Nachdem die Särge beigesetzt worden waren?

Rituale der Verabschiedung.

Eine Freundin ihrer Mutter hatte die Abschiedsrede gehalten. Ein Pfarrer wäre nicht erwünscht gewesen. Ihre Eltern hatten den Glauben an die Kirche schon lange verloren. Nicht an Gott, nur an die Kirche.

Es war eine sehr schöne Rede gewesen. Der Pfarrer war niemandem abgegangen. Er hätte ohnehin nur heruntergebetet, was sie und Chris ihm über die Eltern erzählt hätten. Ihre Mutter eine dunkelhaarige Schönheit mit italienischen Wurzeln, ihr Vater ein dunkelblonder

Hüne. Sie hatten sich auf einem Fest bei Freunden kennen gelernt. Schicksal. Die beiden waren 25 Jahre lang verheiratet gewesen, hatten Träume für die Zeit, in der sie zusammen alt werden würden, bis ein Lkw ihnen die Vorfahrt nahm und ihrem Leben ein Ende setzte.

Ob sie auch zu Hildes Beerdigung gehen sollte?

Sarah sehnte sich nach Trost. Sie schob eine CD von Lucio Dalla ein, legte sich im Wohnzimmer aufs Sofa, bewegte sich nicht, ließ die Musik wirken. Chris und sie waren mit italienischer Musik in allen Variationen aufgewachsen. Während ihre Freundinnen »Ein Vogel wollte Hochzeit machen« trällerten, hatte sie bereits »Volare, cantare. Nel blu, dipinto di blu. Felice di stare lassù« gesungen. Musik in der Sprache ihrer Großmutter, denn ihre Mutter selbst war bereits in Österreich geboren worden. Ihr Vater hatte lieber Bob Dylan gehört. »I want you«.

Instinktiv griff sie nach dem Stein, der um ihren Hals baumelte. Corno. Der Schutz vor dem bösen Blick.

Marie hatte es sich auf ihrem Bauch bequem gemacht. Sie hielt die Augen geschlossen, ohne zu schlafen. Der warme Körper der Katze entspannte sie.

Das Fenster war gekippt. Durch die Musik drangen gedämpft Geräusche von der Straße an ihr Ohr. Sie dachte nach. Darüber, wie sehr sich ihr Leben seit gestern verändert hatte. Ein nagendes Gefühl lag auf ihrer Seele. Die Angst zu versagen. Wieder schoss ihr das Bild von Hildes Leiche durch den Kopf. Was war passiert? Natürlich wussten sie alle, dass Hilde einen Informanten treffen wollte und dass es wahrscheinlich dieser Informant gewesen war. Vielleicht war aber noch jemand vor Ort gewesen. Ein Komplize oder jemand, der wusste, was Hilde herausgefunden hatte. Der wartete, bis der Informant weg war, sie tötete und mit dem belastenden Material verschwand. Vielleicht diente Hilde Jahns Tod einzig und allein einem Zweck: in Ruhe weitermorden zu können. Bei dem Gedanken wurde ihr schlecht. Das würde bedeuten, dass auch sie sich in Gefahr begab, sobald sie der Wahrheit näher kam.

Sie schob Marie von ihrem Bauch, stand auf und drehte die Musik ab. Sie musste etwas tun. Wäsche waschen. Sie ging ins Badezimmer, räumte die Kleidung aus dem Wäschekorb in die Maschine, schaute einige Sekunden zu, wie sich die Trommel drehte. Dann holte sie den Staubsauger und reinigte die Böden. Danach hängte sie die feuchten Sachen an die Wäscheleine über der Badewanne.

Doch all das lenkte sie nicht ab. Sie streifte sich ihre Jacke über und verließ die Wohnung. Sie wollte mit ihren Gedanken nicht länger allein sein.

In dem Lokal waren wenige Gäste. Es war erst acht. Die Nachtschwärmer ließen noch auf sich warten. Die Bar lag in der Nähe des Bermudadreiecks im ersten Bezirk. Hier war fast jede Nacht die Hölle los.

Ohne zu fragen, stellte Chris ihr einen Ouzo hin. »Siehst aus, als könntest du den brauchen.«

»Wirklich, sieht man mir das an? Aber du hast Recht. Den kann ich wirklich brauchen.« Sie kippte den Anisschnaps in einem Zug runter.

»Was ist passiert?« Er schenkte nach. Sarah nahm das Glas. Nach diesem würde sie nur noch Wasser trinken. Heute Nachmittag Cognac, jetzt Ouzo. Das war eindeutig zu viel Alkohol für einen Tag.

»Hast du noch kein Radio gehört oder Fernsehen gesehen?«

Er schüttelte den Kopf. »Nein. Wieso?«

»Sie haben Hilde gefunden.«

»Wen?«

»Sag nur, du hast vergessen, dass meine Kollegin verschwunden ist?« Ihre Stimme klang vorwurfsvoll. »Gabi war doch gestern …«

»Nein, natürlich nicht«, unterbrach er. »Ich hab nur vergessen, dass sie Hilde geheißen hat.«

»Wieso geheißen hat? Woher weißt du, dass sie tot ist?«

Er sah sie überrascht an. »Woher ich das weiß? Wieso sollte ich das wissen?«

»Du hast es soeben gesagt. Ich hab vergessen, dass sie Hilde geheißen hat. Das ist eindeutig die Vergangenheitsform.«

»Hey!« Er griff nach ihrem Arm. »Komm wieder runter von deinem Journalisten-Trip. Ich hab es heute eh schon im Radio gehört. Sie bringen es stündlich. Ich konnte halt jetzt den Namen nicht gleich zuordnen.«

Natürlich. Die ganze Stadt wusste ja inzwischen Bescheid.

»Entschuldige. Aber das war mir heute zu viel.« Sie erzählte ihm, dass Hilde ermordet worden war, dass sie Gruber zum Tatort begleiten musste und morgen ihr neues Büro beziehen würde.

»Na, dann hat die Sache ja noch was Gutes.«

»Chris. Du bist unmöglich.«

»Warum? Ich kenne diese Hilde nicht, warum also soll ich schockiert sein? Lies mal Zeitung. Jeden Tag sterben Menschen, werden umgebracht, missbraucht und gequält. Mal ehrlich, machst du dir über die alle Gedanken? Und vergiss nicht, ich studiere Medizin. Pathologie gehört dazu, und da sieht man auch Leichen.«

Chris hatte sich nach dem Tod ihrer Eltern eine harte Schale zugelegt. Sarah führte auch seinen Frauenverschleiß darauf zurück. Nur ja keine Gefühle zulassen, nur ja keine Schwäche zeigen. Und wenn Gefahr bestand, sich zu verlieben, schickte er sie lieber noch vor dem Frühstück nach Hause.

Ciao, Süße. Natürlich ruf ich dich an.

Wie oft hatte Sarah diese Sätze aus dem Mund ihres Bruders gehört. Danach musste sie tagelang Anrufe abwimmeln. Nein, Chris ist nicht zu Hause. Ja, ich richte ihm aus, dass du angerufen hast.

»Ich erwarte keine Trauer, Chris. Nur etwas Mitgefühl, verdammt. Deine Schwester hat heute eine Leiche gesehen.«

Er reichte ihr ein Glas Chardonnay. »Ist das Mitgefühl genug?«

»Willst du eine Alkoholikerin aus mir machen? Ich hätte gern Wasser.« Er stellte ein Glas Leitungswasser neben den Wein. Eine junge Blonde winkte ihrem Bruder zu. Sie saß gemeinsam mit drei Freundinnen an der Bar. Chris lächelte sein charmantes Lausbubenlächeln und ging zu ihr. Er war der geborene Barkeeper. Hoffentlich zog er das Medizinstudium durch. Die Blonde sagte etwas, Chris schenkte drei Gläser Weißwein ein und stellte sie der Reihe nach nebeneinander auf die Bar. Drei Frauen schenkten ihm ein strahlendes Lächeln, die Blonde beugte sich über die Theke, flüsterte ihm etwas ins Ohr, deutete vorsichtig in Sarahs Richtung. Chris schüttelte den Kopf, antwortete und kam zurück.

»Du bist geschäftsschädigend, Schwesterherz. Die Mädels glauben, du wärst meine Freundin.«

»Kannst mir ja ein T-Shirt schenken, auf dem steht: Ich bin nur seine Schwester.«

»Gute Idee!«

Sie spürte, wie ihr der Alkohol zu Kopf stieg. Erst jetzt bemerkte sie, dass sie den ganzen Tag noch nichts gegessen hatte. Bestellte Toast.

Eine kastanienfärbige Mähne tauchte unmittelbar neben ihr auf. »So ein Zufall aber auch«, zirpte die Löwin in höchsten Tönen. »Sarah, was machst du denn hier?«

Ich trinke etwas, und gleich werde ich auch noch was essen.

»Nichts.«

»Find ich ja großartig, dich hier zu sehen.« Conny setzte sich, ohne zu fragen, auf den leeren Barhocker neben sie. Sarah schaute sich um. »Wo ist Sissi?«

»Im Auto. Ist sicherer so. Hier werden gleich jede Menge Leute auftauchen, und ich will nicht, dass ihr irgendwer drauftritt. Die sind ja so unvorsichtig.« Sie sah in Chris' Richtung, rückte ihren Busen zurecht und flötete. »Chriiis. Das Übliche bitte.«

Das Übliche, dachte Sarah. Conny war also Stammgast im Panorama.

»Und wer kommt jetzt?«, fragte Sarah.

»Ach, einige Leute aus der Filmbranche. Schauspieler, Regisseure, Produzenten. Im Gartenbau war Premiere des neuen Films von Michael Wondrak. Kennst du wahrscheinlich nicht. Du hast ja bis jetzt nicht in meinem Ressort gearbeitet.«

Sie sah sie von der Seite an. »Ist schon schlimm, das mit Hilde, was?«

Chris kam. »Sarah, dein Toast. Conny, ein Campari Orange.« Er stellte beides auf der Bar ab. Die Löwin sah Sarah mit gerunzelter Stirn an. »Du kennst Chris? Ich hab dich hier aber noch nie gesehen.« Sie grinste. »Sag nicht, dass du eine von diesen Hasen bist, die sich dem armen Kerl an den Hals werfen.«

Armer Kerl? Hasen? An den Hals werfen? Es war immer wieder erstaunlich, welch einwandfreien Ruf ihr Bruder genoss. Würde eine Frau das Gleiche tun wie er, wären Nutte und Schlampe wohl noch die harmlosesten Betitelungen. Das 21. Jahrhundert mochte draußen auf der Straße bereits angebrochen sein, aber wenn es um Moralvorstellungen ging, herrschte in den Köpfen mancher Menschen tiefstes Mittelalter. Sogar bei Frauen wie Conny.

»Schwester«, sagte Sarah kauend, »ich bin seine Schwester.« Sie tauchte den Toast in das Ketchup und biss ab. Schinken-Käse-Toast hatte sie schon lange nicht mehr gegessen. Ab und zu schmeckte ihr Fast-Food-Küche.

»Schwester«, wiederholte Conny. Sie schien enttäuscht.

Sarah zuckte mit den Achseln. »Tut mir leid. Ich kann dir leider keine Story bieten.«

»Weißt du schon etwas über Hilde? David hält uns ganz schön hin. Auf meiner Seite wird morgen nicht viel stehen, hab kaum was gefunden. Sie war mal auf dem Juristenball. No na«, posaunte Conny. »Die musste sich Hilde doch alle warmhalten. Obwohl …« Sie tat verschwörerisch, blickte nach rechts und links. »Ich hätte da schon so Fotos … aber die darf ich ja nicht veröffentlichen.« Sie nahm einen kräftigen Schluck Campari

Orange. »Wenn ich wollte, sag ich dir, könnte ich einigen Leuten den Arsch aufreißen.«

»Die Politikerhände auf fremden Ärschen?«, fragte Sarah in Andeutung auf die Fotos in Connys Büro.

»Genau die. Aber will ich das?« Die Löwin zuckte gleichgültig mit den Achseln. »Ist nicht mein Stil. Das sollen andere tun.«

Klar doch, dachte Sarah. Nicht dein Stil.

»Was für Fotos?«, fragte sie die Löwin.

Ein Mann betrat das Lokal. Conny sah ihn sofort, obwohl sie mit dem Rücken zur Tür saßen. Die Rückwand der Bar war ein einziger großer Spiegel. »Michi, mein Schatz!«, rief sie, während sie sich vom Hocker schwang. »Der Regisseur«, raunte sie Sarah zu, bevor sie sich in die Arme eines blonden Hünen warf, ihn auf die Wange küsste und wieder freigab. Die Show hatte begonnen. Sarah würde wohl keine Antwort mehr auf ihre Frage bekommen.

Plötzlich hatte sie das Gefühl, allein sein zu wollen. Alles um sie herum kam ihr auf einmal oberflächlich und bedeutungslos vor. Sie rutschte ebenfalls von ihrem Barhocker.

»Chris, zahlst du für mich?«, rief sie ihrem Bruder zu. Er hob die Hand als Zeichen, verstanden zu haben, und wandte sich wieder einer dunkelhaarigen Schönheit zu. Sarah war sich sicher, sie – wie immer sie heißen mochte – beim Frühstück zu treffen.

In dieser Nacht schlief sie sehr schlecht. Hildes Tod hatte längst vergessen geglaubte Wunden wieder aufgerissen. Der Tod ihrer Eltern hatte sie in ihren Träumen verfolgt. Sie war nicht schreiend aufgewacht wie nach einem Alptraum. Sie war am Ende des Traums einfach wach geworden. Ihr Herz pochte wild, der Schmerz war zurück. Marie lag eingerollt zu ihren Füßen. Sie horchte in die Dunkelheit. Ein vertrautes Geräusch drang an ihr Ohr. Leises Stöhnen. Sarah lächelte durch einen Tränenschleier hindurch. Auf ihren kleinen Bruder konnte sie sich eben verlassen.

Mittwoch, 14. April

12

Lisa.

Sie hieß Lisa. Sie stellte sich Sarah vor, als sie einander auf dem Flur begegneten. Sarah war auf dem Weg in die Küche, Lisa ins Badezimmer. Sie hatte ihre Kleidung über dem Arm hängen, was Sarah vermuten ließ, dass sie Chris' Schlafzimmer an diesem Morgen nicht mehr aufsuchen würde.

»Kaffee?«, fragte Sarah.

Lisa nickte. »Gern.«

Als die beiden Frauen sich mit ihrem Kaffee in der Küche gegenüberstanden, erzählte Lisa, sie sei Sekretärin in einem Baukonzern und müsse gleich los, weil sie noch nach Hause wolle, duschen und umziehen. Sie habe aber vergessen, Chris ihre Telefonnummer aufzuschreiben, und die wolle er doch sicher haben.

»Sicher«, bestätigte Sarah und reichte ihr Stift und Zettel. Lisa lächelte und malte Zahlen auf das Papier. Schade drum, dachte Sarah. Der Zettel würde ungelesen ins Altpapier wandern. Sie versuchte nicht, sich Lisas Namen zu merken. Es war die Mühe nicht wert. Sie würde Lisa wahrscheinlich nicht wiedersehen. Genau wie all die Marias, Lindas und Magdalenas. Auch vermied sie allzu freundschaftliches Geplänkel. Was, wenn ihr eine der Frauen sympathisch war? »Der arme Kerl«, »an den Hals werfen«, erinnerte sie sich an Connys Worte. Sie würde einmal ein ernstes Wort mit Chris reden müssen.

Wann hatte sie eigentlich das letzte Mal mit einem Mann geschlafen? Sie wusste es nicht mehr so genau. Musste etwa ein halbes Jahr her sein. Tobias. Er war ein Kollege aus der Sportredaktion und hatte sie sanft erobert, mit zufälligen Begegnungen am Gang, tiefen Blicken, netten Worten, und irgendwann hatte er ein romantisches Abendessen arrangiert. An diesem Abend hatten sie sich nur geküsst. Wenige Tage später hatte sie seinem Werben nachgegeben. Auch Frauen haben ein Anrecht auf ein Sexualleben, wenngleich es offenbar nicht so ausschweifend sein durfte wie bei Männern.

Auf der Damentoilette eines Restaurants war es passiert. Sarah hatte ihn anfangs nicht bemerkt. Als sie sich die Hände wusch, stand er plötzlich hinter ihr, hauchte in ihr Ohr und zog sie in eine der Kabinen. Sie hatte sein Lieblingskleid getragen. Schwarz und kurz. Darunter halterlose Strümpfe. Seit diesem Abend wusste sie, warum er sich dieses Outfit gewünscht hatte. Was Sarah für eine spontane Idee gehalten hatte, war für ihn der Kick. Sex in öffentlichen Einrichtungen. Fummeln unter dem Tisch im Restaurant, hoffen, dass es jemand bemerkte. Und Sarah war nicht die Einzige, der Tobias seine Aufwartung in Toilettenanlagen machte. Später hatte sie erfahren, dass die Liste seiner Gespielinnen fast so lang war wie die Votivkirche hoch. Tobias. Eine Erinnerung, die Sarah nie lange aufhielt. Sie war keine Trophäe, die man sich an die Wand hängen konnte.

Als sie aus der Dusche kam, hatte sie ihn bereits wieder vergessen. Lisa war inzwischen gegangen. Auf den

Zettel mit der Telefonnummer hatte sie ein Herz gezeichnet.

Von den Zeitungsständen und aus den Auslagen der Trafiken lächelte Sarah Hilde Jahns Konterfei entgegen, und es kam ihr vor, als begleite Hilde sie auf dem Weg zur U-Bahn. Ihre tote Kollegin hatte die Titelseiten aller gängigen Zeitungen erobert.

Die Paparazzi und Fernsehkameras vor dem Wiener Boten waren entweder verschwunden oder gut versteckt.

Als sie das Gebäude betrat, winkte sie der Portier aufgeregt heran. »Sie sollen sofort in Grubers Büro kommen«, sagte er. »Er hat schon zwei Mal nach Ihnen gefragt.«

Sarah sah auf ihre Armbanduhr. Es war Viertel nach acht. Sie hatte sich nicht verspätet.

Schweigend fuhr Sarah ausnahmsweise mit dem Lift in das Stockwerk von Grubers Büro. Was wollte der Herausgeber von ihr? Sie sollte heute Hildes Büro beziehen, das war gestern vereinbart worden.

Als sie das Vorzimmer betrat, war Gabi gerade dabei, Kaffee zu kochen. Ihre Augen waren nicht mehr rot geschwollen. Sie sah aus wie immer.

»Magst du auch einen?«, fragte sie.

Sarah schüttelte den Kopf. »Nein, danke. Komme gerade vom Frühstück. Wie geht's dir?«

»Schon besser.«

»Weißt du, warum Gruber mich sprechen will?«

»Nicht genau. Aber vor 20 Minuten kam Martin Stein. Gleich danach hat er Kunz gerufen und jetzt dich. Es geht wohl um irgendetwas, das Stein in Hildes Wohnung gefunden hat. Scheint wichtig zu sein.« Sie sah verlegen auf ihre Hände. »Was ich dich noch fragen wollte …« Sie blickte hoch.

»Ja?«

»Du übernimmst doch Hildes Büro.«

»War Grubers Vorschlag.«

»Übernimmst du auch meine Mutter?«, fragte Gabi leise.

Sarah ging auf sie zu und umarmte sie. »Ich hoffe, dass ich dir helfen kann. Aber im Moment drehe ich mich noch im Kreis.« Sie ließ Gabi wieder frei. »Ich glaube, gestern herausgefunden zu haben, woran Hilde gearbeitet hat. Bevor ich dir davon erzähle, muss ich aber noch recherchieren. In einigen Tagen kann ich dir mehr sagen, hoffe ich jedenfalls. Gruber hat mir vier Tage gegeben.«

In Gabis Augen blitzte so etwas wie ein Hoffnungsschimmer auf. »Gib auf dich acht!«

Die Tür ging auf. Gruber erschien im Türrahmen. »Sarah. Da bist du ja endlich. Komm rein!«

Einen Augenblick später stand sie Stein und Kunz gegenüber.

Die beiden saßen auf der Couch, erhoben sich, schüttelten Sarah die Hand und nahmen wieder Platz. Sie sahen angespannt und konzentriert aus. Gabi war Gruber und Sarah gefolgt, stellte das Tablett mit den Kaffeetassen auf den Tisch, räumte umständlich die Tassen hin und her. Wahrscheinlich, um Teile des Gesprächs mitzubekommen.

»Setz dich, Sarah«, sagte Gruber. Sie nahm auf einem Stuhl Platz. Ihr Blick fiel auf Grubers Schreibtisch, wo eine ziemlich teuer aussehende Kamera lag, daneben ein kleines Gerät.

»Ist das Hildes Fotoapparat?«, fragte Sarah.

»Ja. Es ist ihre Privatkamera mit GPS-System«, erwiderte Kunz.

»Stein hat sie mitgebracht, nachdem die Polizei alle Bilder runtergeladen hat«, sagte Gruber. »Martin Stein hast du ja bereits kennen gelernt.« Es war eine Feststellung, keine Frage. Sarah nickte, wusste plötzlich nichts mit ihren Händen anzufangen. Sie brauchte etwas, woran sie sich festhalten konnte, damit niemand ihre Nervosität bemerkte. »Kannst du mir vielleicht einen Tee bringen, Gabi? Bitte.«

»Kommt gleich.«

Gabi verschwand, ließ die Tür zum Vorzimmer hinter sich offen. Gruber schloss sie. »Sarah. Du wirst dich wahrscheinlich fragen, was das alles hier soll.« Er machte eine Handbewegung, schloss Kunz und Stein mit ein.

»Ehrlich gesagt, ja.«

»Wir haben Hilde Jahns Wohnung auf den Kopf gestellt«, sagte nun Stein.

Die Tür ging auf. Gabi brachte den Tee. Die Männer schwiegen, bis sie das Büro wieder verlassen hatte. Sarah rührte in ihrem Tee. Ein Gefühl der Neugierde machte sich in ihrem Bauch breit.

»Ich sage es Ihnen lieber gleich«, fuhr Stein fort. »Ich war dagegen, Sie in dieses Gespräch zu involvieren. Es ändert nichts an der Tatsache …«

»Ich glaube schon, dass es wichtig ist, mit Sarah darüber zu reden«, unterbrach Kunz.

»Kann mich bitte endlich jemand aufklären? Worüber sprechen wir?«

»Stein hat gestern Unterlagen in Hildes Safe gefunden. Unterlagen, die sich mit dem decken, was du uns erzählt hast, Sarah«, erklärte Gruber.

Die drei Männer schwiegen. Gruber wandte sich um, drehte ihnen den Rücken zu, sah durchs Fenster auf die Mariahilfer Straße. Kunz nahm einen Schluck Kaffee.

»Und?«, fragte Sarah. »Was sind das für Unterlagen? Sind es die Beweise, die wir brauchen, um die Story zu veröffentlichen?« Sarahs Neugierde stieg ins Unermessliche.

Widerwillig überreichte Stein ihr ein Blatt Papier. Es war ein Brief.

»Ich war dagegen, Sie in die Sache zu involvieren«, wiederholte er.

Sarah stellte ihre Tasse ab und begann zu lesen.

Lieber Martin,
wusste doch, dass du es dir nicht nehmen lässt, meine Wohnung persönlich zu durchsuchen. Auf dich ist eben Verlass. Ich danke dir.

Wenn du diesen Brief in Händen hältst, ist vermutlich etwas schiefgelaufen, und ich bin tot. Ärgerlich, denn ich war an der bisher besten Story meiner Karriere dran. Deshalb möchte ich, dass du mir versprichst, jetzt, mein Lieber, bevor du noch weiterliest, dass du mit diesem Brief und allen Unterlagen, die du im Safe findest, zu David gehst und es ihm zeigst. Natürlich hätte ich auch für ihn ein Kuvert hinterlegen können.

Aber jetzt, wo ich tot bin, ist es an der Zeit, dass ihr beide wieder miteinander redet. Und welche andere Situation als die, dass ihr gemeinsam den Grund für meinen Tod sucht, käme da gelegener?

Also, überleg nicht lange, sondern tu es einfach! Sei nicht so stur!

Sarah sah vom Papier auf. Gruber stand noch immer mit dem Rücken zu ihr. Nur hatte er jetzt ein Taschentuch in der Hand. Sie las weiter.

Er soll eine gute Journalistin an meine Stelle setzen, eine, die das Zeug hat, die Geschichte zu Ende zu bringen. Sarah Pauli. David wird Augen machen, dass ich ausgerechnet »unsere« Freie vorschlage und keinen von den Kollegen, die sich die Story, zugegeben, auch verdient hätten. Aber ich will die Pauli. In den letzten Wochen habe ich sie beobachtet. Sie ist hartnäckig, ehrgeizig, sie recherchiert ordentlich und schreibt gut. Und, das ist das Wichtigste, sie ist unverbraucht, trägt die Euphorie des Neuen in sich. Sind wir doch ehrlich. Wir alten Hasen werden irgendwann mal träge. Das Rad des Alltags hat uns im Laufe der Jahre den Wind aus den Segeln genommen.

Gib ihr die Chance, David! Sag ihr aber auch, dass es gefährlich wird. Sehr gefährlich. Ich kann euch leider noch nicht viele Informationen liefern.

Als Gabi mir das Foto ihrer Mutter und den Zeitungsausschnitt zeigte, wusste ich bereits, dass Brigitte Hauser das Opfer eines Serientäters geworden war. Ich weiß nicht, nach welchem Muster er vorgeht, auch nicht, wer die Nächste sein wird oder wann er wieder zuschlagen wird. Ich weiß nur, dass er es tut. Der einzige Hinweis, den ich euch geben kann, ist dieser: Die Opfer waren bisher ausschließlich arbeitslose Frauen über 40 (Recherchematerial im Kuvert).

Sarah, wende dich an Harald Brenneis vom AMS. Er war mir all die Jahre eine wichtige Ansprechperson, wenn es um derartige Belange ging. Er wird dir sicher eine Liste mit den gefährdeten Frauen geben. Martin, sorg dafür, dass sie gewarnt werden.

Ich weiß nicht, was passiert ist. Ich weiß nur, dass ich tot sein muss, wenn ihr diesen Brief lest, und dass er nicht aufhört, die Liste abzuarbeiten. Er sucht sie meiner Meinung nach willkürlich aus.

Sarah, lass dich von deinem Instinkt leiten. Da draußen läuft ein Monster herum.

Bringt es zu Ende!

David, Martin! Trauert nicht um mich, das ist etwas für Schwächlinge. Und vertragt euch endlich. Das ist mein letzter Wille. Lebt wohl!

Ich liebe euch,
Hilde

PS: Sucht nach Albo! Ich bin sicher, dass der Name ein Deckname ist und irgendeine Bedeutung hat.

Sarah ließ den Brief auf ihren Schoß sinken und starrte durch die Glaswand des Büros ins Freie. Damit hätte sie niemals gerechnet. Hilde Jahn hatte sie beobachtet, sie als ihre Nachfolgerin vorgeschlagen. »Sie schreibt gut.« Sarah war sprachlos und bedauerte, die Journalistin nicht näher kennen gelernt zu haben.

»Ich verbiete Ihnen, die Geschichte weiterzuverfolgen«, riss Martin Stein sie aus ihren Gedanken. »Das hier ist eine Sache der Polizei. Wir haben schon Maßnahmen getroffen.« Er nahm ihr den Brief aus der Hand, wedelte damit vor ihren Augen herum. »Sie werden nicht tun, worum Hilde in diesem Brief bittet. Verstanden, Frau Pauli? Verstanden?«

»Es ist aber Hildes Wunsch, dass wir dranbleiben,

Martin. Du kannst uns unsere Arbeit nicht verbieten«, erwiderte Gruber.

»Eure Arbeit«, spuckte er Gruber vor die Füße. »Ich scheiß auf eure Arbeit. Was willst du, David?« Er sprang vom Sofa hoch und stellte sich neben den Herausgeber. »Was du willst, hab ich dich gefragt? Noch eine tote Journalistin?«

Gruber drehte sich um, ging zu seinem Schreibtisch, setzte sich. Stein wandte sich ihm zu, blieb aber beim Fenster stehen.

Sarahs Blick wanderte zu ihrem Chef. Sein Gesicht verriet, was er dachte: Wenn es sein muss. Aber er sagte: »Natürlich nicht. Wir werden Sarah im Auge behalten.«

»Pah! Im Auge behalten. Das ist der totale Schwachsinn, David«, brauste Stein auf.

Gruber hörte ihn gar nicht. »Hast du verstanden, Sarah? Martin und Herbert werden ab sofort jeden deiner Schritte verfolgen. Ich will, dass du sie informierst. Sie müssen jederzeit wissen, wo du bist, mit wem du dich triffst und mit wem du sprichst.«

»Ich kann doch nicht Kindermädchen für deine Leute spielen«, blaffte der Kriminalinspektor.

»Wieso? In Hildes Nähe hast du dich doch auch gern aufgehalten«, bemerkte Gruber zynisch.

Stein schnaubte verächtlich.

»Sarah soll dich doch nur auf dem Laufenden halten. Du musst sie nicht begleiten. Und wenn du unterwegs bist, kann sie eine Nachricht bei deiner Sekretärin hinterlassen.«

»Und du meinst, das schützt sie vor einem Killer? Mein Gott, David! Wenn das wahr ist, was Hilde hier behauptet, haben wir ein echtes Problem.«

»Seit wann zweifelst du an Hildes Rechercheergebnissen?«, fragte Kunz.

»Natürlich zweifle ich nicht daran. Auch wenn es unwahrscheinlich klingt. Wir haben die Unterlagen genau geprüft … Ihr bekommt übrigens nur Kopien von mir. Wir haben keinerlei Hinweis auf einen Serientäter. Und in einem Fall war es sogar Selbstmord.«

»Brigitte Hauser«, entfuhr es Sarah.

»Woher wissen Sie …«, fragte Stein.

»Eine Informantin hat mir den Namen genannt.«

»Eine Informantin«, wiederholte Stein höhnisch. Der Inspektor kam näher, beugte sich leicht nach vorne, hielt sich rechts und links an der Lehne von Sarahs Stuhl fest. Er schaute ihr jetzt direkt in die Augen. Sein Gesicht war nur wenige Zentimeter von ihrem entfernt. »Und hat diese Dame auch einen Namen?«

Automatisch rückte Sarah in ihrem Stuhl nach hinten, legte den Kopf leicht in den Nacken. Sie bereute, ihre Haare ausgerechnet heute zu einem Pferdeschwanz zusammengefasst zu haben, sonst hätten Strähnen zumindest einen Teil ihres Gesichtes verborgen. So kam sie sich ausgeliefert vor. »Sie wissen, dass ich meine Informanten nicht preisgeben muss«, erwiderte sie unsicher.

»Lernt man das auf der Journalistenakademie?« Er richtete sich wieder auf. »Ist auch egal. Ich kann mir schon denken, wer Ihnen diesen Floh ins Ohr gesetzt hat. Dann wissen Sie aber sicher auch, dass Katharina Mohn auf der Baumgartner Höhe in Behandlung war. Auf der Psychiatrie.«

Sarah versuchte, sich ihre Überraschung nicht anmerken zu lassen. »Und deshalb ist sie unglaubwürdig?«

Steins Gesichtsausdruck war Antwort genug. »Glauben Sie mir. Ich selbst habe Hildes Berichte gelesen. Nicht einmal mit viel Phantasie lassen sich da Zusammenhänge erahnen, von der Handschrift eines Serientäters mal ganz zu schweigen. Wir sind hier in Wien, nicht in Hollywood.«

»Vielleicht ist diesmal alles anders, Martin. Vielleicht ist es ein Serientäter, der nicht von der üblichen Scheiße getrieben wird. Ein Killer, der die Polizei an der Nase herumführt. Vielleicht kommt er ja sogar aus euren eigenen Reihen. Wäre nicht das erste Mal.«

Steins Kopf lief rot an. Jeder konnte ihm ansehen, dass er bemüht war, den aufsteigenden Ärger runterzuschlucken. »Ich wusste nicht, dass man die Sache auch trivialpsychologisch interpretieren kann. Wie hast du dir denn das vorgestellt? Ein Bulle dreht durch? Gäbe einen guten Titel für einen Kriminalfilm ab, was?«

Niemand antwortete.

»Mal angenommen, es stimmt, was diese beiden Frauen und Hilde da zusammenphantasieren.« Stein sah von einem zum anderen. »Dann haben wir ein Gegenüber, das wir weder kennen noch einschätzen können und von dem wir weder wissen, wo noch wann er wieder zuschlagen wird. Ich habe dir schon einmal gesagt: Am gefährlichsten sind die, deren Motiv wir nicht kennen. Und dem willst du deine Mitarbeiterin als Fraß vorwerfen?«

Jetzt schluckte Sarah. Von der Seite hatte sie das noch nicht betrachtet. Sie fühlte sich plötzlich wie Schlachtvieh, dessen Schicksal von diesen drei Männern abhing. Sarah nahm das Kuvert zur Hand, das unbeachtet auf dem Tisch lag. In dem Umschlag waren mehrere Zeitungsartikel. Sie sah sie oberflächlich durch. Es war eine

Ansammlung von Berichten über Frauen, die gewaltsam zu Tode gekommen waren. Alle auf unterschiedliche Art. Auch der Artikel über Brigitte Hauser lag dabei. Nichts, was Hilde macht, ist umsonst oder bedeutungslos, hämmerte der Satz von Kunz in ihrem Kopf.

»Es ist Hildes ausdrücklicher Wunsch, dass wir dranbleiben«, sagte Gruber versöhnlich.

»Hildes Wunsch«, wiederholte Stein. »Das kann nicht ihr Wunsch sein, dass noch jemand stirbt. Ich setze eine Polizistin an Frau Paulis Stelle. Wir geben sie als Hildes Nachfolgerin aus. Und wenn alles vorbei ist, kannst du deine Geschichte haben. Exklusiv. Versprochen. Ist doch ein Deal.« Er streckte Gruber die Hand hin. Aber David übersah sie ganz einfach.

»Warum hast du uns den Brief dann gezeigt, wenn du uns gleichzeitig verbietest, an der Geschichte weiterzuarbeiten?«, fragte Kunz. Dieser Mann strahlte eine bewundernswerte Ruhe aus. Seine Art, Dinge auf den Punkt zu bringen, passte zu Anzug und Krawatte.

Stein ließ die Hand sinken und wandte sich an den Chef vom Dienst.

»Weil …« Er überlegte. »Also gut, weil Hilde es so wollte. Zufrieden?«

»Ist das nicht ein Argument, das für den Wiener Boten spricht, Martin?«, fragte Kunz weiter.

»Wie wär's, wenn auch mal jemand mit mir reden würde?«, unterbrach Sarah. Ruckartig drehten die drei Männer die Köpfe in ihre Richtung, so als hätten sie inzwischen vergessen, dass sie auch noch im Raum war. Sarah schoss das Blut in den Kopf. Sie versuchte ruhig zu bleiben, sich an Kunz ein Vorbild zu nehmen. Emotionen brachten sie hier nicht weiter, nur sachliche Argumente zählten. »Hilde Jahn wollte, dass ich die Geschichte zu Ende bringe, und das werde ich tun«, sagte sie in Steins Richtung. »Und ob und wann ich ein Kindermädchen brauche, bestimme ich selbst.« Das ging an Gruber. »Ich bin Journalistin und weiß, worauf ich mich einlasse«, sagte sie. Hoffe ich jedenfalls, fügte sie in Gedanken hinzu.

»Tun Sie, was Sie nicht lassen können«, sagte Stein. »Ich werde Sie dann wiedersehen, wenn Ihre Leiche gefunden wurde. Nur, dass wir beide uns dann nicht mehr darüber unterhalten können, was schiefgelaufen ist.«

»Ich bewundere immer wieder deine Feinfühligkeit, Martin«, sagte Kunz.

»Feinfühligkeit gewöhnst du dir in meinem Job ab. Die hilft meinen Kunden nicht mehr viel.« Er wandte sich wieder an Sarah. »Nachdem Sie wahrscheinlich der gleiche Sturkopf sind wie diese beiden Idioten hier«, Stein zeigte auf Kunz und Gruber, »und es ausdrücklich Hildes Wunsch war, was ich normalerweise nicht berücksichtige, aber in diesem Fall …« Er machte eine abfällige Handbewegung. »Egal! Ich gebe Ihnen jetzt ein paar Anweisungen, die Sie befolgen werden. Wenn nicht, lass ich mir etwas einfallen, um Sie von der Straße runterzuholen. Und glauben Sie mir, ich bluffe nicht.« Er holte tief Luft und fuhr sich mit der Hand über seinen kahl geschorenen Kopf. »Sie werden nur mit dem Material, das Hilde bis jetzt gesammelt hat, an Ihrem verdammten Artikel arbeiten! Sie werden auf gar keinen Fall etwas unternehmen, das Sie gefährden könnte. Keine heimlichen Treffen mit möglichen Informanten. Sobald Sie das Gefühl haben, beobachtet oder verfolgt zu werden, melden Sie sich umgehend bei mir.« Er überreichte Sarah seine

Visitenkarte. »Und spielen Sie um Gottes willen nicht die Heldin und gehen auf die Jagd nach dem möglichen Killer. Verstanden?«

»Verstanden«, bestätigte Sarah. Sie hätte ihm gern gesagt, dass sie nicht halb so viel Mut hatte wie Hilde Jahn, und auch ihr Ehrgeiz hielt sich bei dieser Geschichte in Grenzen. Sie wollte nur eine gut recherchierte Story schreiben. Aber sie hielt den Mund, denn im Grunde ihres Herzens wusste sie, dass sie sich ab sofort auf gefährliches Terrain begab. Eine großartige Journalistin war bereits gestorben, und wenn sie nicht aufpasste, würde sie die nächste sein. Aber das würde all dem widersprechen, was sie bisher gesagt hatte. Ein italienisches Sprichwort fiel ihr ein. Ihre Großmutter hatte es ihr beigebracht: »La strada dell'inferno è lastricata die buone intenzioni.« Der Weg zur Hölle ist mit guten Vorsätzen gepflastert.

Sie hatte den Sinn dahinter nie verstanden.

Und noch etwas ging ihr durch den Kopf. »Die Dinos«, eine amerikanische Fernsehserie. Im Mittelpunkt stand eine menschenähnliche Saurierfamilie. In einer der Folgen ging es um ein System, das Altersproblem in den Griff zu bekommen. Alle Dinosaurier mussten an ihrem 70. Geburtstag in den Vulkan springen. Es war ihr großer Tag.

Chris hatte sich die Serie ab und zu angesehen, vor Jahren, wenn ihm der Kopf vom vielen Lernen geraucht hatte. Warum fiel ihr das jetzt ein? Die Opfer waren zwischen 40 und 45, nicht 70 Jahre alt. Auch gab es in Wien keinen Vulkan, aber Hochhäuser mit offenen Gangfenstern, leer stehende Gebäude und einsame Straßen. Allein der Gedanke jagte ihr eine Gänsehaut über den Rücken. Wahrscheinlich würde sie jeder Profiler auslachen ob ihrer Hausfrauenpsychologie. Aber auch wenn sie manchmal das Gefühl beschlich zu phantasieren, gab es irgendwo in ihrem Kopf eine Stelle, die ihr Recht gab.

»Dann ist ja alles klar.«

Gruber kam hinter seinem Schreibtisch hervor. »Martin und ich müssen noch etwas besprechen.«

»Kann ich die Unterlagen mitnehmen?«, fragte Sarah.

Gruber und Stein nickten gleichzeitig.

»Kann ich die Fotos sehen, die noch auf der Kamera waren?«

»Ist das wichtig?«, fragte Stein.

»Keine Ahnung. Kann ich erst sagen, wenn ich sie gesehen habe.«

»Gut. Kommen Sie morgen früh in mein Büro.«

Für Kunz und Sarah war die Besprechung beendet. In der Tür drehte sich Sarah noch einmal um. »Albo«, sagte sie.

»Wie?« David Gruber und Martin Stein hatten sie offensichtlich schon wieder vergessen.

»Na, der Name, den Hilde Jahn im Brief erwähnt hat.«

»Was ist damit?«, fragte Stein. »Wir werden ihn sicher finden, auch wenn es ein Deckname ist. Wir finden ihn, glauben Sie mir.«

»Albo bedeutet Liste, Register, Album. Es ist italienisch.« Dann ging sie.

»Warum können sich die beiden nicht leiden?«, fragte Sarah Kunz auf dem Flur der Redaktion.

Kunz zuckte die Achseln. »Es ist nicht so, dass sie sich gar nicht leiden können. Ach, vergiss es. Ist eine lange Geschichte. Du sprichst Italienisch?«

»Ganz schlecht. Mein Bruder kann's besser. Unsere Mutter hat uns nur wenig beigebracht, und später war ich zu faul, die Sprache zu lernen. Vielleicht hole ich es mal nach.« Sie seufzte, so als erinnerte sie sich an einen versäumten Lebenstraum. »Der Brief war an beide gerichtet. Ich hab Zeit. Also raus damit! Hat Hilde Jahn etwas damit zu tun?«

Kunz schluckte, überlegte einige Sekunden, gab sich einen Ruck und sagte:

»Du wirst es eh bald erfahren. Dieses Haus ist eine einzige Gerüchteküche. Hilde hatte mit beiden ein Verhältnis. Du weißt schon … zur selben Zeit, und keiner wusste vom anderen.«

»Wirklich?« Sarah war ehrlich überrascht. »Was ist passiert?«

»Eines Tages hat irgendwer Gruber ziemlich deutlich gesteckt, dass sie es auch mit Stein treibt.«

»Wer?«, fragte Sarah.

Kunz runzelte die Stirn. »Jemand, der auch gern mal mit dem Chef ins Bett steigen würde und deshalb einen Fotografen auf Hilde angesetzt hat. Jemand, dem keine Sensation zu billig ist.«

Sarah blieb stehen, hielt Kunz am Ärmel fest, sah ihn fragend an. Sie war noch nicht lang genug dabei und als freie Journalistin zu selten im Haus, um den internen Tratsch genauer zu kennen. In diesem Moment bog Conny um die Ecke.

»Wenn man von der Sonne spricht«, strahlte Kunz mit falschem Lächeln.

*

Albo war später als gewöhnlich aufgestanden.

Kopfschmerzen hatten ihn ans Bett gefesselt. Jetzt saß er beim Küchentisch, vor ihm ein Glas Wasser, zwei Aspirin, ein Kaffee. Abwechselnd nippte er an dem Glas und der Tasse. Mit der rechten Hand malte er Buchstaben auf ein Blatt Papier. Ähnlich wie früher im Unterricht beim Deutschaufsatz. Schön schreiben, hatte seine Lehrerin ihn regelmäßig ermahnt.

Sachte bewegte er seine Hand von links nach rechts. Ein Name erschien: Katharina Mohn. Dann ihre Adresse, ihre Daten. Durch die gleichmäßigen Bewegungen, die seine Hand machte, um die Buchstaben und Zahlen aneinanderzureihen, trat er mit seinen Opfern in Verbindung. Jedes Mal bekam er dieses wohlige Bauchgefühl, wenn er den Namen seiner nächsten Auserwählten niederschrieb. Diese Tätigkeit kam ihm sehr bedeutend vor, war eine Art spirituelles Schaffen. Was wäre, wenn wir das Schreiben verlernen würden? Vergessen, wie man die Hand führt, um Schriftzeichen zu Papier zu bringen?

Schreiben.

Ein kostbarer Prozess, der im Gehirn beginnt und sich über die obere Extremität entlädt. Der Arm, der eigentlich der Hand die Beweglichkeit ermöglicht, das zu tun, was das Gehirn befiehlt. Schreiben, malen, töten.

Er war fasziniert. Wie gern hätte er sich selbst beim Denken zugesehen. Mittels Magnetresonanztomographie ging das. Er hatte davon gelesen und einen Satz aus einem medizinischen Buch auswendig gelernt: »Lernen und die Verarbeitung unbekannter Informationen basiert darauf, dass die Nervenzellen im Gehirn neue Verbindungen miteinander eingehen.«

Diese Verbindung der Nervenzellen hätte er gern beobachtet.

Das Radio lief. Die Nachrichten hatten begonnen. Berichte von der großen Finanzkrise wechselten sich ab mit Arbeitslosenstatistiken, Meldungen über Firmenschließungen und dem Tod Hilde Jahns. Gefolgt vom Wetterbericht und den Verkehrsnachrichten. Es war immer der gleiche Ablauf. Das mochte er. Abläufe mussten immer gleich sein. Daran konnte man sich orientieren. Alles andere war unprofessionell.

Auch das Gehirn hielt sich an exakte Reihenfolgen, um den menschlichen Körper zu beherrschen. Die Idee war neu: Das Gehirn beherrscht den Körper.

Die Nachrichten waren zu Ende. Musik spielte.

Albo blickte auf den Plan, den er sich erarbeitet hatte. Er war perfekt.

Er würde zwei Fliegen mit einer Klappe erledigen. Zum einen hätte eine Sozialschmarotzerin mehr den Tod gefunden und die Presse würde endlich wieder über etwas anderes als den Mord an der Journalistin berichten.

Die Medien setzten die schaurigsten Märchen in die Welt, stellten Verschwörungstheorien auf, nur um den Tod der Journalistin spektakulär erscheinen zu lassen. Am besten hatte ihm die Erfindung des Mannes gefallen, der seine Opfer unter einem Vorwand in leere Lagerhäuser lockt, um sie dort zu ermorden. Diese Meldung war zumindest nicht ganz gelogen und machte den Menschen Angst. Wann würde der Verführer erneut zuschlagen? Die Leute würden garantiert in Zukunft leer stehende Gebäude meiden, sogar die Straßenseite wechseln, wenn sie daran vorbeigehen mussten.

Das amüsierte ihn, denn leider würde vor ihm persönlich niemals jemand Angst haben, auch würde niemand seine großen Taten mit seinem Namen in Zusammenhang bringen. Das war zwar ärgerlich, aber im Moment unumgänglich. Alles andere würde für seine Arbeit hinderlich sein.

Sein nächstes Projekt stand also fest. Er würde mit Katharina Mohns Tod von Hilde Jahn ablenken. Die Reporterin war die einzige Abweichung von dem Plan, die einzige Kreuzung auf einer langen Straße. Und deshalb musste sie schnell aus den Schlagzeilen verschwinden. Sie störte das Gesamtbild. Auch wenn nur er es sehen konnte. Dennoch.

Katharina Mohn musste früher sterben als geplant.

Der Ablauf seines mörderischen Werkes war immer gleich. Jede Seite des Dossiers über sein Opfer wurde zuerst fein säuberlich in einzelne Teile zerrissen, diese wurden in eine Glasschüssel gelegt. Auch der Zettel, auf den er fein säuberlich den Namen des jeweils nächsten Opfers geschrieben hatte, kam dazu. Dieser Arbeit widmete er sehr viel Aufmerksamkeit.

Die Kopfschmerzen wurden stärker. Das Aspirin hatte nicht geholfen. Er stand auf, suchte in den Schubladen nach stärkeren Tabletten, fand eine halbe Packung, schluckte gleich zwei Stück mit dem kalten Kaffee hinunter.

Der Moderator im Radio sprach schon wieder darüber, dass die ganze Welt von der Krise betroffen sei. Verursacht durch die Millionenverluste der Banken. Massenarbeitslosigkeit stehe bevor. Was tun? Das war der Grundtenor der Regierungen. Niemand traute sich, das Problem ernsthaft anzugehen. Alles wurde schöngeredet, verlogene Hoffnungsbotschaften überwogen.

Humbug. Warum setzten die Menschen nicht endlich ihr Gehirn ein? Wenn man nur ein bisschen nachdachte, kam man schnell auf die einzige sinnvolle Lösung.

Eliminieren.

Wie lange haben Sie bereits keine Arbeit mehr? Zwei Jahre? Tut mir leid, Sie werden eliminiert. Die Zeit der Gemütlichkeit war vorbei. Jeder hatte seinen Beitrag zu leisten. Sogar Studenten mussten heutzutage arbeiten, um zu überleben. Warum also sollte man Menschen erhalten, die für den Arbeitsprozess nicht mehr benötigt wurden?

Einzige Ausnahme: Menschen mit Vermögen. Sie hatten die Möglichkeit, sich selbst zu erhalten.

Er nahm Streichhölzer aus der Lade, rieb eines an und entzündete die Papierschnipsel in der Glasschüssel. Augenblicklich fraß das Feuer ein Stück nach dem anderen auf. Er öffnete das Küchenfenster, stellte die Schüssel aufs Fensterbrett.

»Gute Reise«, flüsterte er dem Rauch zu, der gen Himmel zog.

Wie ein liebender Mann, der soeben seine Geliebte verabschiedet hatte.

Irgendwie tat er das ja auch.

Danach trank er den Kaffee aus, räumte das Geschirr in den Geschirrspüler, streifte die Asche in einen leeren Joghurtbecher, wusch die Schüssel mit der Hand aus und ging ins Bad. Vielleicht würde eine Dusche seine Kopfschmerzen gänzlich vertreiben.

Eine halbe Stunde später ließ er das Haustor hinter sich ins Schloss fallen. Die Sonne schien. Er setzte die Sonnenbrille auf, bevor er hinaus auf die Gasse trat.

13

Sarah hatte nicht vorgehabt, sich mit Conny zu unterhalten. Aber nachdem Kunz den Spruch mit der Sonne losgelassen hatte, war er ganz schnell verschwunden. Noch bevor sie reagieren konnte, hatte sich die Löwin bei ihr untergehakt und Sarah mit in ihr Büro gezogen. Sissi war in freudiger Erwartung an ihrem Bein hochgesprungen. Vielleicht hatte sich Sarah aber auch gern mitziehen lassen, denn die Andeutung von Kunz und die Sache mit den Fotos, die nicht veröffentlicht werden durften, gehörten ihrer Meinung nach hinterfragt. Conny hatte ihr nebenbei erzählt, dass sie einige Fotos besaß, die Politikerhände auf fremden Ärschen zeigten. Waren das die Fotos, die sie nicht veröffentlichen durfte? War eine Politikerhand auf Hilde Jahns Arsch gelandet? Ein Liebhaber mehr?

Auch wenn sie nicht glaubte, dass Stein oder Gruber etwas mit Hildes Tod zu tun haben könnten, so erschien es ihr doch wichtig, auch über das Privatleben ihrer Kollegin Bescheid zu wissen. In ihrem Job konnte man niemals zu viele Informationen haben. Und eines hatte sie inzwischen begriffen: Conny war eine exzellente Informationsquelle. Sie kannte Gott und die Welt und wusste über alle möglichen Leute etwas zu berichten.

Als Sarah Connys Büro betrat, war ihr sofort klar, dass dieser Raum von einer Chaotin genutzt wurde. Überall waren Fotos, aufgeschlagene Magazine und Notizzettel verstreut. Auf den Stühlen lagen Ordner, auf dem Boden türmten sich Bücher und Mappen. Auf dem Tisch neben dem Computer stand ein Strauß gelber und roter Tulpen in einer Vase.

Ausgerechnet Tulpen, schoss es Sarah durch den Kopf. Nach einem Streit sollen sie die Versöhnung herbeiführen und gebrochene Herzen heilen. Aber vielleicht hatte der Strauß auch einen ganz anderen Grund. Jeder in Wien sehnte sich nach dem Frühling. Sogar im März hatten sie in der Stadt noch unter dem Schnee gelitten. In diesem Jahr hatte es so heftig geschneit wie schon lange nicht mehr. Straßenbahnen und Busse konnten ihre Fahrpläne nicht einhalten oder fuhren stundenlang überhaupt nicht. Doch auch wenn der April ein richtiger April war, lieferte er dennoch die ersten Frühlingsboten.

Unter dem Tisch befand sich Sissis Hundekorb mit einer karierten Decke darin. Der Mops kramte mit einer Pfote unter einem Haufen Papier einen Kauknochen hervor, legte sich auf seinen Platz und begann augenblicklich darauf herumzubeißen.

»Ich nehme mir jeden Tag vor, das Büro aufzuräumen. Aber es kommt immer etwas dazwischen«, sagte Conny, während sie einen Stuhl freiräumte. Es klang nicht wie eine Entschuldigung, eher wie eine Tatsache, mit der man sich abzufinden hatte.

»Passt schon«, antwortete Sarah und nahm auf dem inzwischen leeren Stuhl Platz. Die Löwin legte die Ordner aufs Fensterbrett und ließ sich in ihren Ledersessel fallen. Sie zog aus einer der obersten Schubladen einen Spiegel und Schminkzeug, kontrollierte ihr Aussehen, zog den Lippenstift nach und ließ wieder alles in der Schublade verschwinden. »Es kommen leider öfters irgendwelche Leute hier rein. Prominenz. Unangemeldet. Du verstehst?«

Sarah nickte.

»Ich kann dir gar nicht sagen, wie mich der Tod von Hilde mitnimmt«, behauptete sie dann. »Gerade war doch dieser Inspektor bei David im Büro? Ich habe gehört, dass ihr, du und Herbert, auch dabei gewesen seid.«

»Da hast du richtig gehört«, erwiderte Sarah, ohne näher darauf einzugehen. »Was ist eigentlich mit den Fotos, die du nicht veröffentlichen darfst?«

Sarah hatte nicht vor, sich mit oberflächlichem Geplänkel aufzuhalten. Ihr war klar, dass Connys Mitgefühl gespielt war. Sie wollte die Frage nach den Fotos beantwortet haben, deshalb hatte sie sich mitschleifen lassen.

Conny kniff ihre roten Lippen aufeinander und blickte an Sarah vorbei. Es war ihr anzusehen, dass sie überlegte, ob sie Sarah trauen sollte und wie viel sie an Information preisgeben konnte, ohne selbst auf eine möglicherweise sensationelle Story zu verzichten. Deshalb half Sarah ihr bei der Entscheidung. »Ich weiß über Stein, Gruber und die Jahn Bescheid.« Sie vermied es bewusst, den Vornamen von Hilde auszusprechen.

Auf Connys Gesicht zeichnete sich Überraschung oder Alarmbereitschaft ab. Beides war möglich. »Du weißt …? Von wem?«

»In diesem Haus bleibt doch nichts lange geheim, oder, Conny?« Sarah hatte nicht vor, der Löwin zu verraten, wer ihr von Hildes Liebesleben erzählt hatte.

Conny reagierte nicht. Wahrscheinlich versuchte sie herauszufinden, ob Sarah bluffte oder tatsächlich etwas wusste. Sarah war Hilde Jahn zwar nur einige Male begegnet, und gesprochen hatte sie noch seltener mit ihr. Aber eines hatte sie inzwischen von ihr gelernt: dass man sein Wissen nie zu früh herausposaunen durfte. Immer nur so viel, dass es dich einen Schritt weiterbringt, war Sarah überzeugt. »Ich habe gehört, dass Hilde Jahn mit beiden eine Affäre hatte.« Sarah beugte sich nach vorn, winkte Conny näher heran, senkte die Stimme und hoffte, dass diese Geste auf ihr Gegenüber verschwörerisch wirken würde. »Angeblich zur gleichen Zeit.«

Der Köder war ausgelegt.

»Und was erzählt man sich noch so im Haus?« Aus Connys Stimme war eine winzige Unsicherheit zu hören.

»Was sollte man sich sonst noch erzählen?«, fragte Sarah scheinheilig. »Ich weiß nur, dass jemand so mutig war, dem Gruber reinen Wein einzuschenken.«

»Und? Weißt du auch, wer das war?« Conny mimte die neugierige Journalistin. »Wäre nämlich spannend, dann hätten wir beide etwas davon, oder? Ich hätte Material für die Klatschspalten und du ein Motiv für den Mord.« Sie lachte heiser.

»Denkst du, dass derjenige Hildes Mörder ist?«

Conny wurde ernst. »Nein. Natürlich nicht. War nur ein Scherz. Warum sollte jemand, der Gruber Fotos zeigt, ein Mörder sein?«

»Fotos? Was für Fotos?«

»Wieso Fotos?«

»Du hast eben von Fotos gesprochen, die jemand Gruber gezeigt hat.«

Conny wurde rot. »Ach so. Ich kenne das Gerücht

auch und dass dem Gruber damals Fotos zugespielt wurden, mit der Jahn und dem Stein. Die beiden waren angeblich auf dem Weg in ein Stundenhotel oder so.«

»Und du weißt wirklich nicht, wer ihm die Fotos zugespielt hat?«

»Nein. Leider. Sonst hätte ich sie nämlich schon in meinem Archiv.«

»Zwischen den beiden Männern herrscht seitdem Katerstimmung, hab ich gehört«, sagte Sarah.

»Katerstimmung«, wiederholte Conny lachend. »Guter Vergleich.« Sie wurde wieder ernst. »Aber das Schicksal hat ja jetzt ziemlich grausam eingegriffen. Würde mich interessieren, wer sie so gehasst hat.«

»Wie meinst du das? Glaubst du, dass Hilde absichtlich in eine Falle gelockt wurde?«, fragte Sarah.

»Was denn sonst?«, fragte Conny erstaunt. »Hilde ist halt ziemlich vielen Leuten auf die Füße getreten.«

»Dir auch?«

Die Löwin schürzte die Lippen. »Sagen wir so: Sie ist mir einige Male in die Quere gekommen.«

»Kann ich mir nicht vorstellen. Ihr habt doch unterschiedliche Ressorts.«

»Glaubst du. Meine Seite lebt von Prominenten, die sich auf Partys, in Nobelorten und auf Bällen herumtreiben. Leute, die meistens viel Geld haben, und ja, manchmal auch Schwarzgeld in Luxemburg, Koks in der Nase oder Dreck am Stecken. Manchmal ist mir Hilde Jahn mit ihrem Gehabe ziemlich auf die Nerven gegangen. Hilde Jahn, die Sauberfrau vom Wiener Boten. Scheißdreck. Man sieht ja, dass sogar eine Enthüllungsjournalistin ihre dunklen Seiten hat.«

»Dunkle Seiten?«, fragte Sarah. »Übertreibst du nicht

ein bisschen? Wir leben im 21. Jahrhundert. Da haben halt auch Frauen zwei Liebhaber.«

»Damit habe ich ja kein Problem. Aber Hilde Jahn lässt sich ausgerechnet in einem Haus von einem verheirateten Polizisten ficken, in dem Geheimprostituierte ein- und ausgehen.«

Sarah holte tief Luft. Sie war sprachlos. »Du spinnst«, erwiderte sie dann, als sie sich von dem ersten Schreck erholt hatte. »Es war doch ein ganz normales Stundenhotel. Jedenfalls hast du das vorhin gesagt.«

»Bin ich hier vor Gericht, wo jedes Wort von mir auf die Goldwaage gelegt wird?« Dann zuckte sie die Achseln. »Frag David, der muss es ja genau wissen.«

»Hat Gruber die Bilder?«

»Ich vermute, dass es so ist. Ich hab sie jedenfalls nicht, wenn du das wissen willst.«

»Aber was sind das dann für Bilder, die du nicht veröffentlichen darfst?«

Conny klickte einige Male mit der Maustaste und schob Sarah den Bildschirm ihres Computers zu. »Ich habe Fotos von ihr gemacht beim letzten Weihnachtsfest. Ich wollte so eine Art Home Story machen. Hilde Jahn und ihre Kollegen vom Wiener Boten. Aber David wollte das nicht. Meinte, das sei nicht in Hildes Interesse. So ein Idiot.«

Hilde Jahn und David Gruber an der Bar. Hilde Jahn und Herbert Kunz, Hilde mit Kollegen von der Sportredaktion, der Kultur und mit Conny. Viel zu harmlos, um eine Veröffentlichung zu verbieten.

In Gedanken notierte Sarah, dass Connys Vertrauen in sie offensichtlich noch nicht groß genug war, um ihr auch die kompromittierenden Fotos zu zeigen.

»Aber warum hast du mir nichts über das Gerücht erzählt? Bei unserem letzten Gespräch in Hildes Büro hast du so getan, als wäre es unmöglich, dass Hilde einen interessanten Liebhaber hat.«

Conny lehnte sich zurück. »So hab ich das nicht gesagt. Ich meinte nur, dass sie nicht das Aussehen für einen prominenten Liebhaber hat und auch nicht das Zeug, um auf meine Society-Seite zu kommen. Entschuldige, aber mit dem Stein wäre sie ja nicht einmal auf ihre eigene Seite gekommen. Wen interessiert es, ob Hilde Jahn mit einem abgehalfterten Polizisten ins Bett steigt oder nicht? Wahrscheinlich nicht einmal Steins Ehefrau. Die ist vielleicht sogar froh, dass dieser Griesgram nicht mehr an ihr herumfingert.«

»Kennst du den Stein?«

»Wer kennt den nicht?«

Wie Conny so vor ihr stand, groß und durchtrainiert, fragte sich Sarah plötzlich, warum alle Welt davon ausging, dass Hildes Mörder ein Mann war?

*

Aus aktuellem Anlass hatte David eine große Sitzung einberufen und Hilde Jahn in den Mittelpunkt gestellt. Alle Ressortleiter waren anwesend. Das Sitzungszimmer war zum Bersten voll. Gruber wollte ihnen persönlich mitteilen, dass Sarah Hildes Nachfolge antreten würde und sie ab sofort nicht mehr für jeden und alles zur Verfügung stand. Es war keine Sitzung wie sonst, wenn es darum ging, die Artikel der einzelnen Ressorts zu besprechen, Skandale auszuloten, Ungerechtigkeiten anzuprangern, die Entwicklungen des Arbeitsmarktes zu analysieren, die aktuellen Krisenreportagen zu bringen oder im selben Atemzug über die jüngsten Events der selbst ernannten Wiener High Society und Bussi-Bussi-Gesellschaft zu berichten.

David hielt einen Nachruf auf Hilde Jahn, den Privatmenschen, lobte ihre Arbeit, ihre Einsatzbereitschaft, die Hingabe zu ihrem Beruf, für den sie schließlich ihr Leben ließ. Er erzählte den Kollegen, dass Hilde Jahn damit gerechnet haben musste, ihre Recherchearbeiten für diese Story nicht zu überleben. »Warum sonst hätte sie uns einen Brief hinterlassen?« Über den Inhalt des Briefes sprach er nicht, er erwähnte mit keinem Wort etwas von einem Serientäter oder sonstige Details. Doch die Blicke der Kollegen verrieten, dass sie nur allzu gern gewusst hätten, was Hilde schriftlich hinterlassen hatte.

Eine halbe Stunde später war die Sitzung zu Ende.

In Hildes Büro, das jetzt ihres war, schrieb Sarah sich Notizen aus dem Gedächtnis ins Reine. Sie konnte nicht behaupten, dass sie sich wohl fühlte, als die ersten Kollegen den Kopf zur Tür reinsteckten, um ihr teilweise vorsichtig und ehrlich, aber durchaus auch zynisch zum Aufstieg zu gratulieren. Sie kam sich vor wie ein Grabräuber, den man dabei erwischt hatte, als er der Toten gerade den Familienschmuck stehlen wollte. Immerhin drehte sich beim Wiener Boten alles um Hildes Ermordung, und so würde es auch die nächsten Tage bleiben. Gruber hatte sie von der allgemeinen Berichterstattung entbunden. Sie sollte sich lediglich auf Hildes Story konzentrieren. Niemand sprach sie direkt auf ihre neue Aufgabe an. Aber Sarah spürte den Neid und erkannte ihn in den Gesichtern einiger Kollegen.

Möglicherweise vermuteten ein paar, dass sie auch

Hildes Nachfolge in Grubers Bett antreten könnte. Conny würde schon dafür sorgen, dass das Gerücht bald im Umlauf war. Damit war sie zu einer Art Persona non grata geworden. Man würde in ihrer Gegenwart vorsichtig sein, keine Geheimnisse erzählen und schon gar nicht über Gruber schimpfen, weil das sonst womöglich eins zu eins an den Chef weiterging. Hilde Jahn mochte dieser Zustand willkommen gewesen sein. Sie musste und wollte sich nicht mit dem Rest der Mitarbeiter beschäftigen. Aber Sarah war eine Teamspielerin. Sie hasste es, die Randfigur sein zu müssen.

Sie seufzte.

Sämtliche Missverständnisse musste sie schnellstens aus der Welt räumen.

Sie machte sich zum ersten Mal daran, Hildes Dateien genau zu durchforsten. Jetzt wusste sie, wonach sie suchen musste, das machte die Sache einfacher.

Simon hatte tatsächlich ganze Arbeit geleistet. Hildes gesamte Festplatte war auf ihrem neuen Computer abgespeichert, neben dem links ein Amethyst lag. Der Stein wirkte beruhigend auf Herz und Nerven und verbesserte die Konzentrationsfähigkeit. Das kleine rosa Schweinchen rechts vom Computer war ein traditioneller Glücksbringer, den Chris ihr zu Silvester geschenkt hatte.

Die meisten Artikel, über die sie stolperte, waren bereits erschienen. Ein großer Artikel über eine Wiener Angestellte, die während des Krankenstandes einfach abgemeldet worden war. Die Firma, für die sie arbeitete, verweigerte die offengebliebenen Ansprüche. Der Chef des Unternehmens war kurz zuvor wegen Betrugs in Millionenhöhe untergetaucht. Hilde Jahn hatte seinen

Aufenthaltsort ausfindig gemacht. Die Geschichte hatte viel Staub aufgewirbelt und war dem Wiener Boten mehrere Seiten in verschiedenen Ausgaben wert gewesen. Dem folgten etliche Zweispalter, die von ähnlichen Fällen berichteten. Hatte sich Hilde mit diesen Artikeln langsam in Richtung eines großen Skandals vorgetastet, ihre Leser sozusagen eingestimmt, oder war ihr, als sie diese Berichte schrieb, einfach noch nicht klar, was noch kommen sollte?

Sarah nahm die Unterlagen aus dem Kuvert. Es waren vier Opfer. Fünf, wenn man Hilde Jahn dazurechnete. Knapp vier Monate vor Brigitte Hausers Tod war Monika Breitmann auf offener Straße erschossen worden. Die Nachbarn hatten von andauernden Streitigkeiten mit ihrem Mann berichtet. Der Mann war gewalttätig, sie selber war Alkoholikerin. Beide lebten sie von der Notstandshilfe, bewegten sich in der Halbwelt des Wiener Praters zwischen Straßenstrich, Riesenrad, Geisterbahn und Spielautomaten. Aber der Mann hatte sich am Morgen eine Schlägerei geliefert und lag im Krankenhaus, als die Schüsse fielen. Er kam also als Täter nicht in Frage. Die Polizei vermutete, dass die Frau zwischen die Fronten eines Bandenkrieges geraten war. In der Welt, in der sie lebte, war so etwas keine große Sache. Kurz danach wurde ein Waffenlager in der Wohnung eines jungen Schlossers ganz in der Nähe ausgehoben. Die Tatwaffe war nicht darunter. Aber man hatte eine Erklärung gefunden. Und wer fragt bei einer toten Alkoholikerin schon zwei Mal nach, dachte Sarah.

Zur falschen Zeit am falschen Ort.

Ende.

Eine andere Frau erlag ihren Verletzungen nach einem Unfall mit Fahrerflucht. Das passierte immer wieder. Angeblich gab es sogar Unfallverursacher, die nicht bemerkten, wenn sie jemanden mit dem Auto berührten. Der Fahrer des Unglückswagens war bis heute nicht gefunden worden. Die Frau lebte seit ihrer Scheidung allein, hatte ein kleines Häuschen im 14. Bezirk besessen, um das sich jetzt die Erben stritten.

Die Ereignisse waren in unterschiedlichen Bezirken passiert. Es war tatsächlich schwer zu glauben, dass diese Frauen alle einem Täter zum Opfer gefallen sein sollten. Noch schwieriger würde es zu beweisen sein. Die unterschiedlichen Todesarten machten es nicht leicht, und genau das beabsichtigte vermutlich das Phantom, nach dem Hilde Jahn gesucht hatte.

Sarah nahm einen großen Zettel zur Hand. Eine Auflistung würde ihr sicher helfen, einen besseren Überblick zu bekommen. Sie heftete ihn mit Reißnägeln ans Regal.

»Renate Gaber, 56, Autounfall/Fahrerflucht, 14. Bezirk – 4. Mai
Monika Breitmann, 45, erschossen/Unbekannt, 2. Bezirk – 12. September
Inge Dorlosi, 52, Unfall/Selbstmord U-Bahn-Station Margaretengürtel – 5. Dezember
Brigitte Hauser, 52, Selbstmord, 5. Bezirk – 6. Februar
Hilde Jahn, 42, erstochen, 10. Bezirk – 13. April.«

Mit dem Ehemann von Inge Dorlosi hatte Hilde Jahn ein Interview geführt. Er berichtete ihr von den ständigen Schwindelanfällen seiner Frau. Kein Arzt war bisher hinter die Ursache der plötzlich auftretenden Symptome gekommen. Deshalb konnte sie auch keine Arbeit mehr annehmen, denn welchem Arbeitgeber würde es gefallen, wenn seine Mitarbeiterin unkontrollierten Ohnmachtsanfällen ausgesetzt war. Die Polizei ging von einem Unfall aus, an Selbstmord glaubte niemand so richtig. Die Dorlosis waren soeben zum ersten Mal Großeltern geworden und hatten noch jede Menge Zukunftspläne. Die Videoaufzeichnungen der Wiener Linien hatten nichts ergeben. Als das Unglück geschah, standen Hunderte Menschen dicht gedrängt auf dem Bahnsteig und warteten auf die Einfahrt des Zuges der Linie 4. Man konnte dem Video nicht entnehmen, ob die Frau gestoßen worden war oder ob sie einen Schwindelanfall bekommen hatte. Fest stand: Sie war in dem Augenblick gestürzt, als der graue Wurm in die Station einfuhr. Der Wagen hatte sie erfasst und auf die Gleise vor sich gestoßen. Es war alles sehr schnell gegangen. Der Fahrer und mehrere Fahrgäste, die das Drama mit angesehen hatten, waren von einem Kriseninterventionsteam, das mit dem Notarzt gekommen war, betreut worden. Der Schock hatte ihnen im wahrsten Sinne des Wortes den Boden unter den Füßen entzogen.

Sarah sah auf. Sie atmete tief ein und wieder aus. Allein der Gedanke, auf diese Art sterben zu müssen, verursachte ein flaues Gefühl in ihrer Magengrube.

Das Schicksal und die Geschichte von Brigitte Hauser kannte sie auch aus Gabis Erzählungen. Darüber musste sie nichts mehr lesen. Sie schob die Unterlagen zur Seite.

Sarah kam sich vor wie eine Hilfspolizistin, sie konnte Martin Steins Bedenken durchaus verstehen. Es gab keinen Zusammenhang. Wo sollte man da ansetzen? Auch war Stein nicht in der Position, dem Staatsanwalt mit

Vermutungen zu kommen, die dieser höchstwahrscheinlich als Hirngespinst einer verrückten Enthüllungsjournalistin abtun würde. Die Unterlagen ergaben keinerlei Verbindungen zwischen den Frauen.

Das Einzige, was Sarah ins Auge stach, waren die Abstände zwischen den vermeintlichen Morden, die immer kürzer wurden. Vier-drei-zwei Monate. Zwischen dem letzten Opfer und Hilde waren ebenfalls zwei Monate vergangen. Aber wie passte ihre Kollegin in dieses Muster?

Überhaupt nicht.

Dennoch hatte Herbert Kunz behauptet, dass Hilde Jahn niemals etwas tat, was bedeutungslos war, und nach allem, was Sarah inzwischen über ihre tote Kollegin wusste, glaubte sie dem Chef vom Dienst. Hilde Jahn hätte sich niemals mit dem Sammeln von Daten und Erstellen von Dossiers aufgehalten, wenn sie nicht fest daran geglaubt hätte, dass es diesen Serientäter tatsächlich gab. Aus diesem Grund glaubte auch sie, Sarah, fest daran.

Vier. Drei. Zwei. Das konnte bedeuten, dass er in einem Monat erneut zuschlug.

Mittags ging sie mit Herbert Kunz in die Kantine, aß eine Kleinigkeit, nahm eine Flasche Mineralwasser mit und kehrte wieder ins Büro zurück. Die Lektüre der alten Artikel hatte sie ziemlich angestrengt. Sie überlegte, sich für einige Minuten in ihrem Sessel zurückzulehnen und die Augen zu schließen, als Gruber anrief. Er erkundigte sich nach ihrem Fortschritt. Sie erzählte ihm, zu welcher Erkenntnis sie gekommen war.

»So weit waren wir schon«, sagte Gruber müde. »Ich möchte endlich etwas Handfestes, Sarah.«

Sie verspürte einen leichten Druck auf ihrer Brust, ihr vermeintliches Unvermögen machte ihr zu schaffen.

»Ich werde gleich mal mit Brenneis reden, ihn um die Liste der möglichen Opfer bitten, obwohl ich nicht glaube, dass er sie mir einfach so geben wird.«

»Mach das! Halt dich aber bedeckt. Er braucht nicht über alles Bescheid zu wissen. Ein Informationsvorsprung ist in unserer Branche Gold wert. Wenn nur irgendwer davon Wind bekommt, können wir einpacken. Verstanden?«

»Alles klar! Bedeckt halten, keine Informationen weitergeben. Aber wie soll ich ihn dann befragen?«

»Das ist die Kunst guter Journalisten. Zuhören ist das Zauberwort, meine Liebe. Morgen früh will ich einen Artikel auf dem Schreibtisch haben. Nicht die große Story, für die hast du, wie versprochen, vier Tage Zeit. Irgendwas. Hauptsache, wir können behaupten, Hilde hat daran gearbeitet. Die Konkurrenz setzt mich hier ziemlich unter Druck, ständig sind neue Gerüchte im Umlauf. Ich will nicht, dass sie uns mit ihren Vermutungen Hildes wahre Geschichte abschießen. Wenn du das Gefühl hast, dass sie einen Artikel über Kakerlaken vorbereitet hat, dann schreib das bitte.«

Er legte auf.

Sarah saß sekundenlang regungslos auf ihrem Stuhl und dachte über das Thema nach, das der Artikel behandeln würde. Dann rief sie Brenneis an. Sie würde das schon irgendwie hinbekommen.

Eine Stunde später saß sie ihm gegenüber in seinem Büro.

»Das mit Ihrer Kollegin tut mir sehr leid. Schrecklich,

was da passiert ist. Ich frage mich manchmal, in welcher Zeit wir leben. Mord und Totschlag, wohin man schaut. Grauenvoll. Da traut man sich ja bald nicht mehr auf die Straße. Sie war eine großartige Journalistin. Aber das habe ich bei Ihrem letzten Besuch schon erwähnt«, sagte Brenneis.

Sarah nickte. »Danke, dass Sie so schnell Zeit für mich haben. Jetzt wissen Sie auch, warum ich bei unserem letzten Gespräch so wenige Informationen hatte. Ehrlich gesagt, ich wusste nicht, woran Hilde Jahn gearbeitet hat, und hoffte, von Ihnen Informationen zu erhalten, die mich auf eine Spur bringen würden.«

»Konnte ich Ihnen helfen, haben Sie jetzt eine? Eine Spur, meine ich.«

»Ich denke ja. Ich stoße bei Hildes Notizen immer wieder auf Artikel, die das Arbeitsrecht und vor allem die Situation von Arbeitslosen zum Inhalt haben.«

Er sah sie stirnrunzelnd an.

»Das wundert Sie? Schauen Sie sich doch einmal an, in welcher Zeit wir leben, Frau Pauli. Steigende Arbeitslosigkeit, Kurzarbeit, Unternehmen, die Konkurs anmelden müssen. Das Leben ist nicht leicht, für niemanden.«

»Das ist ja alles gut und schön. Entschuldigen Sie, wenn ich jetzt taktlos erscheine. Aber Sie wissen, dass Hilde Jahn eine Enthüllungsjournalistin war. Das Normale war ihr zu wenig. Sie suchte nach Skandalen, nach Angelegenheiten, die die ganze Ungerechtigkeit unserer Gesellschaft zeigen. Ich verstehe ja, dass die ganze Sache tragisch ist und so schnell wie möglich eine Lösung auf den Tisch muss. Aber ich habe bisher nichts – entschuldigen Sie – Spektakuläres gefunden. Nichts, was das Interesse von Hilde Jahn geweckt haben könnte«, log sie.

»Wonach genau suchen Sie, Frau Pauli? Wir sind ein Amt, wenn Sie wollen eine Art Verwaltungsapparat. Wir haben nichts Spektakuläres zu bieten. Ich dachte, das hätte ich Ihnen in unserem letzten Gespräch bereits deutlich gemacht.«

Informationen nur in kleinen Dosen.

»Inzwischen habe ich Zugang zu Hilde Jahns Daten, ich recherchiere mit ihrem Material, und da haben sich Fragen ergeben, die mir letztes Mal nicht in den Sinn gekommen sind.«

»Also fragen Sie, Frau Pauli! Wenn ich Ihnen helfen kann?«

»Soweit ich weiß, sind die Daten, die hier gesammelt werden, geheim.«

»Natürlich sind sie geheim. Wenn eine arbeitslose Person vermittelt werden soll, bekommt das Unternehmen den Namen desjenigen, der sich vorstellen wird. Alles andere bleibt bei uns«, sagte Brenneis, ganz Beamter. »Wir machen uns in diesen Fällen eine Aktennotiz und kontrollieren, ob die betroffene Person auch vor Ort war und sich ordnungsgemäß vorgestellt hat, denn leider gibt es immer wieder schwarze Schafe, die sich die Bestätigung des Unternehmens geben lassen, dort gewesen zu sein, doch ein richtiges Vorstellungsgespräch hat nie stattgefunden. Denn manche Personen genießen die Zeit der Arbeitslosigkeit. Auch die gibt es, Frau Pauli.«

Sarah nickte. »Sie meinen die, die sich nur den notwendigen Stempel geben lassen.«

»Genau, die meine ich.«

»Es gibt doch auch Agenturen, die mit dem AMS zusammenarbeiten. Werden an diese Agenturen nur die Namen von Arbeitssuchenden weitergegeben? Oder alle Daten, also Adresse, vorheriger Arbeitsplatz und so weiter?«

»Die Agentur, von der Sie reden, ist der Partner eines angesehenen Weiterbildungsinstituts. Das ist absolut seriös. Dabei werden Arbeitslose in Kursen für die speziellen Anforderungen des wahrscheinlichen Arbeitgebers geschult. Etwa vier Monate lang. Zwei Drittel ihrer Zeit verbringen sie im Unternehmen, den Rest in Schulungen.«

»Und wie viele Leute können da mitmachen?«

»Immer nur so viele, wie vermittelt werden können.« Er lehnte sich zurück und drehte die Handflächen nach oben. »Ich gebe Ihnen ein anschauliches Beispiel, Frau Pauli.« Er beugte sich vor, stützte die Ellbogen auf dem Schreibtisch auf, führte die Hände zusammen. »Sagen wir, das Unternehmen XY braucht gut ausgebildete Fachverkäufer mit einer speziellen Profilierung. Wir vom AMS schicken die Arbeitssuchenden, die Agentur trifft eine Vorauswahl, und danach beginnt für die, wenn Sie so wollen, Auserwählten die Einschulung. Wir wissen, dass die Arbeitslosen, die in diesem Programm aufgenommen werden, in der Regel danach eine Stelle bekommen.« Er warf euphorisch die Handflächen nach oben. »Das ist doch was!« Er senkte die Arme wieder. »Aber warum fragen Sie mich das alles?«

»Wir glauben, dass jemand Daten missbräuchlich verwendet.«

Brenneis sah sie erstaunt an »Was heißt missbräuchlich verwendet? Sie glauben doch nicht ernsthaft ...«

»So genau wissen wir das auch noch nicht«, log sie noch einmal. »Es sieht so aus, als nutze jemand die Daten zu seinem eigenen Vorteil.« Das musste genügen.

»Also, Frau Pauli. Ich glaube nicht, dass ein Beamter Daten außer Haus geben würde. Wir sind zur absoluten Verschwiegenheit verpflichtet.«

Sarah lachte. »Bitte seien Sie mir jetzt nicht böse, Herr Brenneis. Aber sogar ich bin schon an Informationen herangekommen, die mich, gelinde gesagt, einen Scheißdreck angingen. Und ich musste mich nicht einmal anstrengen.« Sie beugte sich über den Schreibtisch. »Darf ich Ihnen etwas verraten? Auch Beamte sind nur Menschen und keine Heiligen.«

»Ich bin trotzdem der Meinung, dass Ihre Unterstellung jedweder Grundlage entbehrt, Frau Pauli. Angenommen, Sie hätten Recht, nur mal hypothetisch, was, denken Sie, könnte jemand mit den Daten anfangen?«

Die Person töten, dachte Sarah.

»Nein. Nein, Frau Pauli. Glauben Sie einem lang gedienten Beamten. Mit diesen Daten kann man kein Geld verdienen. Und darauf wollen Sie doch hinaus. Nicht wahr?«

»Könnte ich eine Liste von allen gemeldeten Frauen über 40 haben?«

Brenneis warf ihr einen verständnislosen Blick zu. »Wozu?«

»Das kann ich Ihnen jetzt leider nicht sagen. Hängt mit dem Datenmissbrauch zusammen.

»Denken Sie vielleicht, dass ich …?«

»Nein, nein, natürlich nicht, Herr Brenneis«, bemühte sich Sarah eilig zu sagen.

»Frau Pauli«, sagte Brenneis mit einer gefährlichen Portion Schärfe in der Stimme. »Das geht absolut nicht. Die Daten unserer Klienten sind geheim. Da kann nicht mal eben so jemand reinmarschieren und Namen und

Adressen von arbeitslosen Frauen über 40 verlangen.« Er stutzte. »Wieso eigentlich genau diese Gruppe?«

Sarah antwortete nicht. »Mit anderen Worten: Ich bekomme keine Liste?«

»Wollen Sie mich hier pflanzen? Natürlich bekommen Sie die Liste nicht.«

Sarah erhob sich. Ihr Instinkt sagte ihr, das Gespräch an genau dieser Stelle zu beenden. Die Liste konnte sie vergessen. Wahrscheinlich würde sie sie ohnehin keinen Millimeter weiterbringen. Sie hatte nicht die Zeit, alle abzuklappern. Sie stand auf. »Kann ich vielleicht die Nummer und einen Ansprechpartner dieser Arbeitsstiftung haben?«

Er griff in seine Schublade und zog eine Visitenkarte hervor. »Wenn Sie meinen. Die Agentur liegt im dritten Bezirk, Landstraßer Hauptstraße.«

Sie reichten einander die Hände. »Ich hoffe, dass ich Sie nicht verärgert habe, Herr Brenneis.«

Er schüttelte den Kopf. »Ich hoffe nur, dass Sie sich nicht in eine Idee verrennen, die nur in einer Sackgasse enden kann.«

Sarah lächelte. »Keineswegs. Ich weiß genau, was ich tue.«

Den Besuch bei der Agentur konnte sie aufschieben. Auf das allgemeine PR-Gewäsch konnte sie verzichten. Etwas anderes würde sie dort kaum zu hören bekommen.

Und plötzlich wusste sie, welchen Artikel sie heute Abend verfassen und Gruber morgen auf den Schreibtisch legen würde.

14

Sarah hatte nicht geplant, Katharina Mohn an diesem Tag aufzusuchen. Der Zufall und eine innere Unruhe hatten sie nach dem Gespräch mit Brenneis in die Ausstellungsstraße geführt. Es würde sicher nicht schaden, noch einmal mit der Frau zu sprechen, bevor sie den Bericht verfasste. Und sie vermutete, aus Katharina Mohn mehr herauszuholen als aus Sabine Bender.

Sie drückte auf den Klingelknopf der Haustür, wartete eine kleine Ewigkeit, doch nichts passierte. Sie läutete noch einmal. Wieder nichts. Sie sah auf ihre Armbanduhr. Es war halb fünf. Wie lange dauerten eigentlich AMS-Kurse?

Die Tür wurde geöffnet und ein älterer Herr kam heraus. Sarah nickte ihm stumm zu und drängte sich an ihm vorbei ins Innere des Hauses.

An der Wohnungstür drückte sie erneut auf die Klingel. Wieder passierte nichts. Sie legte ihr Ohr an die Tür und lauschte. Aus der Wohnung war kein Geräusch zu hören. Was hatte sie auch erwartet? Dass Katharina Mohn sie nicht hineinlassen wollte? Blödsinn. Die Frau war ganz einfach nicht zu Hause.

Die Tür der Nachbarwohnung wurde geöffnet, eine junge Frau mit Baby im Tragetuch vor dem Bauch und leerer Einkaufstasche in der Hand erschien. »Frau Mohn ist heute Morgen zur Arbeit gegangen und noch nicht nach Hause gekommen«, sagte sie, während sie Sarah den Rücken zudrehte und ihre Eingangstür abschloss. Wie gut, dass es Nachbarn gibt, die alles unter Kontrolle haben, dachte Sarah. Sie bedankte sich. Die Nachbarin nickte und ging mit Kind und Tasche die Stiegen hinunter. Heute Morgen zur Arbeit gegangen, dachte Sarah und überlegte, ob sie ihren Nachbarn erzählen würde, wenn sie arbeitslos wäre. Wahrscheinlich nicht.

Sollte sie noch einige Minuten warten oder gleich gehen? Vielleicht war Katharina ja zum Arzt gegangen. Berufstätige gingen oft erst abends zu Ärzten, und in einem gewissen Sinn war die Mohn ja doch berufstätig. Jedenfalls hatte sie täglich pünktlich in ihrem Kurs zu erscheinen.

Sarah beschloss, noch ein wenig zu warten, und setzte sich auf die oberste Stufe.

Eine knappe halbe Stunde später verließ sie enttäuscht das Haus. Erst jetzt begriff sie, was die Nachbarin gesagt hatte: Frau Mohn ist zur Arbeit gegangen.

Arbeit?, überlegte Sarah.

Sie holte ihr Mobiltelefon hervor und wählte Katharina Mohns Handynummer. Es läutete sechs Mal, dann sprang die Mobilbox an. Sarah hinterließ eine Nachricht und verließ das Haus. Auf dem Weg in die Redaktion rief sie Chris an. Ihr Bruder hatte heute Abend frei und wollte mit Markus um die Häuser ziehen. Sie bat ihn, ausnahmsweise mal allein nach Hause zu kommen, sie hatte keine Lust auf eine Plauderei mit einem seiner Betthasen am nächsten Morgen.

Er versprach es.

Sie traf kurz nach acht Uhr abends im Zeitungshaus ein. Die Büros waren nahezu leer, nur wenige Kollegen saßen vor ihren PCs und schrieben konzentriert. Auch Conny war nicht an ihrem Platz.

Sarah hängte Mantel und Handtasche an die Garderobe in ihrem Büro. Ein Handgriff, der unwichtig schien, aber für sie ein Dazugehören symbolisierte. Ein eigenes Büro, eine eigene Garderobe und ein eigenes Postfach. Erst jetzt fand sie Zeit, ihre neue Position in Ruhe zu überdenken. Bisher hatte sie die übliche Hektik der Zeitungsredaktion so sehr in Atem gehalten, dass sie noch gar nicht dazu gekommen war.

Jetzt am Abend hatte das Haus fast etwas Heimeliges. Es war ein wunderbares Gefühl, keine freie Journalistin mehr zu sein. Keine Beiträge mehr redigieren für andere, von Ressort zu Ressort geschickt werden, unregelmäßig Geld verdienen. Wenn man Pech hatte, arbeitete man als Freie tage- oder gar wochenlang, ohne einen eigenen Artikel zu veröffentlichen. Wenngleich sie beim Wiener Boten einigermaßen regelmäßig beschäftigt worden war. Aber es hatte auch andere Zeiten gegeben.

Die waren nun vorbei. Auch wenn dies alles den Beigeschmack hatte, die neue Position einer toten Kollegin zu verdanken.

Sarah räumte einige persönliche Dinge in den Schreibtisch und ging die Notizen durch, die sie sich für den bevorstehenden Artikel zusammengesucht hatte. Gruber hatte ihr mehrere Zeitschriften auf den Tisch legen lassen. Die Seiten mit Artikeln über Hilde Jahn waren mit bunten Klebestreifen markiert. Wahrscheinlich wollte ihr Gruber demonstrieren, welche Phantasie die

Konkurrenz bei der Berichterstattung walten ließ. Sarah legte alle Zeitschriften unbesehen auf einen Stapel und schob ihn beiseite.

Sie hatte sich vorgenommen, in die Offensive zu gehen. Irgendwann während sie mit Brenneis gesprochen hatte, war ihr diese Idee gekommen. Es gab laut Statistik etwa 28000 arbeitslose Frauen in Wien, davon wahrscheinlich ein großer Prozentsatz über 40. Das Alter würde aus einer Auflistung aller Arbeitslosen nicht hervorgehen. Es würde viel zu lange dauern, eine solche Liste Punkt für Punkt abzuarbeiten. Und die Polizei würde wohl kaum sagen: »Guten Tag, Frau …, wir möchten Sie davon in Kenntnis setzen, dass es da draußen einer auf Sie abgesehen haben könnte. Ein Killer mit einer Waffe. Welche Waffe, wollen Sie wissen? Das können wir Ihnen nicht genau sagen, denn wir wissen es selber nicht. Bisher hat er seine Opfer auf unterschiedliche Art umgebracht. Also öffnen Sie bitte Ihre Fenster nur, wenn Sie allein in der Wohnung sind und diese zumindest im vierten Stock liegt. Betreten Sie keine verlassenen Gebäude und tun Sie auch sonst nichts, was den Täter auf Sie aufmerksam machen könnte. Danke schön und auf Wiedersehen.«

Lächerlich.

Wenn Stein das tatsächlich so machen würde, wäre er seinen Job bald los.

Aber sie, Sarah Pauli, investigative Journalistin, konnte warnen, und sie würde es tun. Stein würde ihr den Kopf abreißen, sie vierteilen und in kochendes Öl tauchen.

Aber sie würde es tun.

Sarah fühlte sich, als würde sie unentwegt mit 150 Sachen gegen eine Betonmauer rasen. Sie tippte die Headline in den Computer, »Serientäter auf Frauenjagd«, lehnte sich in ihrem Sessel zurück und betrachtete ihr Werk.

Zu aggressiv.

Sie löschte die Überschrift, stand auf, schaute aus dem Fenster hinaus. Die Mariahilfer Straße lag im gelblichen Schein der Straßenlaternen. Die Geschäfte hatten geschlossen, die Straße war nahezu menschenleer. Sie sah auf die Uhr: halb zehn. Sie musste sich beeilen, wenn sie nicht die halbe Nacht in der Redaktion bleiben wollte.

»Woran denkst du?«

Erschrocken fuhr Sarah herum. In der Tür stand Gruber.

»Ich will, dass du weißt, dass Hilde Jahn sich ihre Position erarbeitet hat und dass sie nichts mit unserem persönlichen Verhältnis zu tun hatte.«

»Hast du mich jetzt erschreckt!«

»Ich wollte nur, dass du das weißt«, sagte er.

»Warum?«

»Herbert hat mir gesagt, dass er dir die Geschichte erzählt hat. Das mit Hilde, mir und Stein. Ich wollte nicht, dass du ein falsches Bild von Hilde bekommst, nur weil …« Er brach ab.

»Ihr Privatleben geht mich nichts an, genauso wenig wie deines. Aber was mich interessiert, ist: Hat Conny dir die Fotos von Stein und Hilde einfach so auf den Schreibtisch gelegt?«

Gruber schüttelte den Kopf. »Nein. Sie hat sie mir mit der Post geschickt. Aber das bleibt unter uns, okay?«

»Und woher wusstest du, dass sie von ihr waren?«

Gruber lachte. »Du wirst mich jetzt für verrückt halten. Ich habe es gerochen. Die Duftstoffe ihres Parfüms hatten sich in das Kuvert und die Fotos gebrannt.«

»Das heißt, Conny …«

»Nein, sie weiß nicht, dass ich es weiß. Und so soll es auch bleiben, Sarah, weil es unwichtig ist, wer mir die Fotos geschickt hat. Hilde und ich hatten …«

»Es geht mich nichts an, David.«

»Trotzdem sollst du's wissen. Hilde und ich hatten eine sehr lose Beziehung. Keine Verpflichtungen, keine gemeinsamen Auftritte, keine offizielle Beziehung. Sie war viel zu sehr mit ihrer Arbeit beschäftigt, hätte niemals dauerhaft einen Mann an ihrer Seite geduldet. Der nahm ihr nur die Luft zum Atmen. Wenn du weißt, was ich meine?«

Zum ersten Mal, seit sie beim Wiener Boten arbeitete, sah Sarah mehr als nur ihren Boss in Gruber. Zum ersten Mal stand ein Mann vor ihr, der aß und trank und der ein Sexualleben hatte.

»Verstehe.«

»Wie weit bist du mit dem Artikel?«, fragte er schließlich.

»Morgen früh liegt er auf deinem Schreibtisch.«

»Das Thema?«

Sarah überlegte kurz. Sollte sie ihm jetzt schon sagen, dass sie die Bombe platzen lassen wollte? Warum eigentlich nicht, spätestens am nächsten Morgen wüsste er so oder so Bescheid.

»Ich sage die Wahrheit.«

»Die Wahrheit«, wiederholte er, erhob sich und wandte sich zum Gehen. »Was ist die Wahrheit?«

»Dass da draußen ein Wahnsinniger rumläuft, der arbeitslose Frauen tötet.«

»Du glaubst es.«

Sarah nickte.

»Aber meinst du nicht, dass es dafür noch zu früh ist? Womit willst du deine Behauptung untermauern?«

Sie erzählte ihm von ihrer Theorie.

»Das sind sehr spärliche Hinweise, aber keine haltbaren Beweise. Das ist dir hoffentlich klar. Du weißt, dass Stein dir den Kopf abreißen wird?«

Sarah nickte. »Was soll ich deiner Meinung nach sonst tun? Aus Hildes Aufzeichnungen geht mehr nicht hervor, und an die Polizeiakten komme ich nicht ran. Auch wüsste ich nicht, wen ich dazu noch befragen soll. Mein Entschluss steht fest. Sollte ich falsch liegen, kannst du mich feuern.« Was redete sie da eigentlich? »Aber wenn ich Recht habe, können wir diesen Wahnsinnigen aus seiner Deckung holen und vielleicht Leben retten.«

»Okay. Du musst aber aufpassen, und lass Stein komplett aus dem Bericht raus. Er hat mich im Visier.«

»Dich im Visier? Blödsinn. Wieso?«

»Er hat rausgefunden, dass Hilde sich einige Male mit dem Nachrichtenchef des ORF getroffen hat. Sie hat ihm eine sensationelle Geschichte versprochen, und ich denke, ich weiß, welche Geschichte das gewesen wäre.« Er klang traurig.

»Und warum hat Stein dich jetzt im Visier?«

»Sie wollte den Wiener Boten verlassen. Das wäre ein Motiv, meint Stein.«

Sarah schluckte und starrte ihn an.

Er lachte heiser. »Keine Angst. Ich hab sie nicht umgebracht.«

»Das weiß ich doch, und ich weiß auch, dass unser Serientäter wieder zuschlagen wird.«

Gruber versuchte zu lächeln. »Und weißt du auch, wo? Hast du vielleicht ein Käuzchen auf einem Haus sitzen und schreien gehört?«

»Das hier hat nichts mit meinem Aberglauben zu tun«, erwiderte Sarah.

»Entschuldige.«

»Schon gut. Ich sag dir, spätestens in einem Monat tötet er wieder. Das Einzige, was mich noch etwas verwirrt, ist der Mord an Hilde. Der passt hier überhaupt nicht ins Schema.«

»Und was, wenn Hilde nur ein, wie soll ich sagen …« Er grübelte. »Nicht geplant war? Überleg mal, Sarah. Wenn das, was wir hier haben, alles war … mit dem wäre Hilde niemals rausgegangen.«

»Sie wollte einen Informanten treffen, und wie wir inzwischen wissen, heißt dieser Informant Albo.«

»Und dieser Albo sollte ihr weitere Infos übergeben. Material, das ihr ermöglicht hätte zu veröffentlichen«, fasste Sarah zusammen.

»Nur, dass er ihr kein Material gab, sondern sie umbrachte.«

»Davon geht die Polizei jetzt mal aus.«

»Aber was wusste sie, was ihm gefährlich war, das wir nicht finden, Sarah?«

»Ich weiß es nicht, David. Vielleicht wusste sie ja, wer es ist, wollte sich die Bestätigung holen, um ihre Behauptung beweisen zu können.« Sarah riss erschrocken die Augen auf. Daran hatte sie nicht gedacht. »Scheiße«, entfuhr es ihr. »Das würde ja bedeuten, dass Hilde nicht auf die Liste der Opfer gehört. Dadurch stimmt meine

Vermutung mit dem Zeitschema nicht mehr. O Gott, David! Der Kerl kann jeden Moment wieder zuschlagen.«

Gruber zog seine Jacke aus, warf sie über die Sessellehne. »Du hast absolut Recht. Stein kann die Frauen da draußen nicht so schnell warnen, wie der Typ töten kann. Wenn er sie überhaupt warnt, denn überzeugt ist er von Hildes Theorie nicht.«

»Was tun wir jetzt?« Sarah merkte, dass ihre Stimme hysterisch klang.

Ohne zu antworten, griff Gruber zum Hörer ihres Telefons, das auf dem Schreibtisch stand. »Gruber hier. Reserviert mir einen Zweispalter auf Seite drei. Es kommt noch eine dringende Geschichte rein.« Er horchte. »Schmeiß die Story mit den Panzern fürs Bundesheer raus. Ist nicht aktuell. Die können wir übermorgen auch noch bringen. Was ich hier habe, ist wichtiger.« Dann legte er auf, sah Sarah intensiv in die Augen. »So, jetzt holen wir uns Kaffee und schreiben deine Story. Wir müssen nur die Serientätertheorie auf ein vernünftiges Maß reduzieren.«

*

Albo hatte die Asche von der Aspernbrücke aus in den Donaukanal gestreut. Der Ort schien ihm passend, die Urania die perfekte Kulisse. Seine Handlung erhielt damit etwas Imperiales. Er verstand seine Aktion als großes Gesamtkunstwerk. Danach machte er sich rasch auf den Weg, um sein Werk zu vervollständigen. Er trug den abgetragenen Blaumann einer Baufirma, einen Schutzhelm und eine billige Brille mit einem dicken dunkelgrauen Rand. In seinem Overall hatte er ein Rasiermesser und eine Dose Rasierschaum. Beides hatte er am Tag zuvor in einem dieser Geschäfte für Friseurbedarf besorgt.

Er war ein Arbeiter.

Einer, der auf dem Weg nach Hause war.

Für sie war er einer, der noch schnell eine billige Nummer schieben wollte, bevor er zu Hause Frau und Kinder in die Arme schließen würde.

Einer, dessen Sexualleben irgendwo im Alltag verlorengegangen war und nicht wiedergefunden wurde. Das erste Mal, als er bei ihr gewesen war, hatte er auf dem Bett gelegen und auf sie gewartet. Ein Experiment gewagt. Aber jetzt bestimmte er wieder die Spielregeln wie sonst auch.

Albo hatte sie am Telefon darum gebeten. Ihr etwas von einer Ehefrau erzählt und von seiner Angst, entdeckt zu werden. Es war wichtig, diesmal nicht gesehen zu werden, auch wenn er sich eine neue Verkleidung organisiert hatte. Sie hatte verstanden und ihm versprochen, dem Alten die Kaution selbst zu geben. Albo, für sie heute Manfred, hatte ihr das Geld beim Betreten der Wohnung sofort überreicht, ihr für ihr Verständnis gedankt.

Ganz höflicher Kunde.

Jedes Mal eine neue Person sein. Ein Spiel, das sie mitspielte. Die Anweisungen kamen immer vorher per Telefon.

Er hatte sie noch einmal belogen. Ihr erzählt, dass seine Frau es nie mit ihm unter der Dusche tun wollte, sie schon lange keine Zärtlichkeiten mehr austauschten und es sein heimlicher Wunsch sei, eine Frau zu rasieren, die Körperbehaarung zur Gänze zu entfernen. Die Kopfhaare ausgenommen. Irgendeinen logischen Grund, das Rasiermesser mit unter die Dusche zu nehmen, musste er ihr liefern, und ein Körnchen Wahrheit war dran, was dieses Verlangen betraf.

Ein Mensch hat je nach Haarfarbe etwa 25 000 Haare am Körper und im Durchschnitt 120 000 Haare auf dem Kopf. Blonde haben etwas mehr, Rothaarige etwas weniger. Innerhalb von 24 Stunden wächst ein Haar 0,3 Millimeter, ergibt einen Zentimeter im Monat. Spätestens nach fünf bis sechs Jahren fällt ein Haar aus, und ein neues wächst an seiner Stelle. Ein dünnes Haar hat einen Durchmesser von 0,03 Millimeter, ein dickes etwa 0,15 Millimeter. Dafür haben Menschen mit dünnen, feinen Haaren oft mehr auf dem Kopf, etwa 120 000, Menschen mit dicken Haaren dagegen nur 80 000.

Statistiken.

Lächelnd zog sie sich aus, stellte sich in die Duschwanne, ohne das Wasser aufzudrehen. Er nahm die Dose Rasierschaum, schüttelte sie und bestrich ihre Beine, ihren Körper, die Scham mit weichem weißem Schaum. Ihre Augen verrieten ihm, dass sie seine Berührungen genoss, dass sie froh war, einen Freier zu bedienen, der offensichtlich auch ihr Gutes tun wollte.

Unprofessionell.

Eine Nutte hatte Sexspiele nicht zu genießen. Sie war das Mittel zum Zweck. Jeder hatte seinen Zweck zu erfüllen. Sogar Tiere. Die meisten von ihnen wurden gegessen.

Gleichmäßig zog er das Rasiermesser von unten nach oben, entfernte Körperhaare, gab darauf Acht, sie nicht zu verletzen. Noch nicht.

Das Ritual dauerte. Er ließ sich Zeit. Irgendwann befahl er: »Wasser«, und sie drehte den Hahn auf. Ein warmer Wasserschwall kam von oben, spülte den Schaum mitsamt den Haarteilchen in den Ausguss. Wieder cremte er ihren Körper mit Schaum ein. Dann drehte er sie herum, mit dem Rücken zu sich. »Meine Frau lässt mich das nie tun«, hauchte er ihr heiser ins Ohr. Er schloss die Augen.

Seine Gedanken führten ihn zurück zu dem Tag, als er seine Jungfräulichkeit verlor. Er war 15 Jahre alt, hatte die ältere Schwester seines Freundes beim Duschen beobachtet.

Unabsichtlich.

Sie hatte vergessen, die Tür zum Badezimmer zu verschließen, er musste auf die Toilette, war eingetreten, hatte zugesperrt und war dann einfach nur dagestanden. Irgendwann hatte sie das Wasser abgedreht und ihn bemerkt. Er war rot geworden und wollte weglaufen. Aber sie hatte nur gelächelt und kein Wort gesagt. Zwei Tage später waren sie zum ersten Mal allein gewesen. Sein Freund hatte vergessen, dass er kommen wollte, und war ins Schwimmbad gefahren, die Eltern seines Freundes waren arbeiten. Sie hatte ihm die Tür geöffnet, wieder gelächelt, ihn hereingebeten und unter die Dusche mitgenommen. Sie musste bei ihrer Begegnung im Bad gesehen haben, wie sehr ihn ihr nackter Körper, das Wasser und der Duft der Seife erregt hatten. Das stand alles für Reinheit.

Sie hatte ihn so lange eingeseift, bis er sich völlig entspannt hatte, seine Erektion unübersehbar war. Dann hatte sie das Wasser abgedreht, ihn gebeten, sich auf die Badematte zu legen. Er hatte gehorcht, und sie hatte sich über ihn geschoben. Damals war er zum ersten Mal in seinem Leben in eine Frau eingedrungen. Das

Spiel hatten sie einige Zeit gespielt. Heimlich hatte er sich zu ihr geschlichen, sich benommen wie ein Süchtiger auf der Suche nach Drogen. Hatte sie angebettelt, mit ihm zu duschen.

Damals hatte er auch begriffen, dass es einen Körperteil gab, den ausschließlich seine Hormone beherrschten. Anders als beim Schreiben konnte er bei einer Erektion nicht eingreifen, sie verhindern oder verbergen. Sein eigener Wille zog sich bereits während der Anfangsphase in ein Versteck zurück. Ein Zustand, den er mehr genoss als alles andere in seinem Leben.

Sie stand noch immer mit dem Rücken zu ihm, stützte sich mit den Händen an den Fliesen ab, die Beine gespreizt, bewegte sich so, wie er es vorgab.

Jetzt.

Er drückte die Klinge des Rasiermessers von hinten gegen ihre Kehle. Auch wenn er ihr Gesicht nicht sehen konnte, spürte er, dass sie Angst hatte. Todesangst. Jede Faser ihres Körpers war angespannt, ihre Hände verkrampft.

Er war sich sicher, dass sie ihre Augen offen hielt, starr auf die Fliesen gerichtet. Der Spaß an der Sache war ihr offensichtlich vergangen. Er drückte die Klinge stärker gegen ihren Hals. Blut floss in dünnem Rinnsal ihre Brust hinab. Sie stöhnte laut auf, begann heftig und stoßweise zu atmen. Würde sie schreien?

Er überlegte, ob er noch etwas sagen sollte. Eine Erklärung für das, was er hier tat, was er ihr gleich antun musste. Es hatte nichts mit ihr zu tun.

Sie würde es nicht verstehen.

Jetzt spülte das Wasser Blut in den Ausguss, viel Blut.

15

Kurz nach elf Uhr hatten sie den Artikel zu ihrer Zufriedenheit fertiggestellt. Eine Stunde zuvor hatte es zu regnen begonnen und nicht mehr aufgehört. Sarah hatte keinen Schirm dabei, überlegte, ein Taxi zu rufen, um auf dem Heimweg nicht durch und durch nass zu werden.

»Darf ich dich noch zu einem späten Abendessen einladen? Es gibt hier ein nettes Lokal. Mit dem Auto sind wir in wenigen Minuten dort. Danach fahre ich dich nach Hause. Liegt auf dem Weg.«

Sarah überlegte, ob der Hunger überwog oder die Müdigkeit.

»Gern«, stimmte sie schließlich zu.

Sie nahmen ihre Jacken von der Garderobe, löschten das Licht und machten sich in Grubers schwarzem Volvo Country auf den Weg.

»Um diese Zeit mag ich die Stadt besonders gern. Es scheint, als käme sie endlich zur Ruhe.«

David lächelte sie von der Seite an, sagte aber kein Wort.

Das Restaurant war auch zu dieser Stunde noch gut besucht. Stimmengewirr vermischte sich mit Musik. Kellner mit knöchellangen schwarzen Schürzen bewegten sich zwischen den Tischen hin und her, stellten Gläser, Teller und Flaschen darauf ab.

»So viel zum Thema: die Stadt kommt zur Ruhe«, sagte Gruber. Seiner Stimmlage konnte sie entnehmen, dass auch er auf ein Abendessen zu zweit gehofft hatte. Ein Kellner kam und bot ihnen einen Tisch im hinteren Bereich des Lokals an. Der Ober entzündete die Kerzen auf dem Tisch und drückte ihnen zwei Speisekarten in die Hand.

»Zu trinken?«, fragte er.

Sarah würde nie verstehen, warum in Restaurants immer sofort nach dem Getränkewunsch gefragt wurde, obwohl sie doch noch gar nicht wusste, was sie essen wollte. So als habe Gruber ihre Gedanken erraten, klappte er die Karte nach einem kurzen Augenblick wieder zu. »Was hältst du von Gulasch und einem Seiterl Bier dazu?«

Sarah klappte ihre Karte ebenfalls zu. »Genau das richtige Mitternachtsessen wie Silvester«, meinte sie. Sie bestellten. David schaute sie über den Tisch an. Seine Augen glänzten im Kerzenschein. »Ich hoffe, ich habe dich mit der ganzen Sache nicht überfordert«, sagte er.

»Mit Essen kannst du mich nicht überfordern«, erwiderte sie scherzhaft.

»Ich meine mit Hildes Geschichte«, sagte er ernst.

»Schon klar. Vielleicht ein bisschen«, gab Sarah zu. »Am Anfang. Aber jetzt bin ich in der Geschichte drin und bekomme allmählich ein Gefühl für Hildes Arbeit.«

Er lehnte sich sichtlich zufrieden zurück. »Dann ist es ja gut, und wir können von etwas anderem reden.«

»Worüber willst du denn reden?«

»Über dich.«

»Über mich?« Sarah spürte, wie sie rot wurde. »Oh. Da gibt es nicht so viel zu erzählen.«

Er beugte sich vor. Sein Blick war intensiv. »Da bin ich anderer Meinung, Sarah.«

Sie versuchte seinem Blick auszuweichen, richtete ihre Augen auf den Nebentisch, wo ein Pärchen gerade bezahlte. Der Kellner kam und brachte zwei kleine Biere.

»Und was genau interessiert dich?«, fragte sie und hoffte, dass es nicht ihre Familie wäre. Sie hatte keine Lust, mit ihm über Chris oder ihre toten Eltern zu reden.

»Woher kommt eigentlich dieser Hang zum Aberglauben?«

Dieses Thema war kein Problem, darüber sprach sie gern. Über Ursprung, Ursache und Nebenwirkungen. Sollte man Aberglauben bekämpfen? Was hat hier der Mensch, was hat vor allem die katholische Kirche im Namen des Glaubens Grausames angerichtet? Verfolgungen, Hexenverbrennungen. Maschinerien des Todes, erzeugt durch Unverständnis und den krankhaften Versuch, Angst zu verbreiten und dadurch noch mehr Macht auszuüben.

Doch war viel in das heutige Alltagsleben eingeflossen, einige Gewohnheiten waren ja auch durchaus amüsant und nett, wie etwa auf Holz zu klopfen, die Daumen zu drücken oder Glücksbringer zu Silvester verschenken.

»Meine Mutter hat mir das in die Wiege gelegt, sie hat es wiederum von ihrer Mutter mitbekommen. Ist also im Grunde genommen so etwas wie ein Familienschaden.« Sie lachte verlegen. »Meine Großmutter war Italienerin. Sie kam aus Neapel, da ist das noch ziemlich stark in den Menschen drinnen. Leider oft auch im negativen Sinn.«

»Im negativen Sinn?«

»Katzen töten zum Beispiel. Wird dort heute noch praktiziert.«

»Wirklich? Das wusste ich nicht. Aber ich finde das Thema spannend. Sollten wir vielleicht mal für den Wiener Boten aufgreifen. Woran glaubst du da genau? Ich meine, hast du Angst, wenn eine schwarze Katze über die Straße läuft? Liest du aus dem Kaffeesatz?«

»Ich bin keine Hexe, wenn du das meinst. Ich habe auch keine Angst, wenn mir eine schwarze Katze über den Weg läuft. Schwarze Katzen im Haus sind Glücksbringer. Ich habe selber eine schwarze Katze zu Hause. Sagen wir so: Es macht mir einfach Spaß, Dingen oder Situationen eine Bedeutung zu geben.«

Das Gulasch wurde serviert. Sie begannen zu essen.

»Was genau ist es? Dein Schmuck zum Beispiel. Mir ist aufgefallen, dass du oft Edelsteine trägst.«

»Das ist dir aufgefallen?«

Er lächelte sie an.

Was passierte hier? Flirtete er mit ihr?

»Gut, sagen wir so: Ich glaube einfach, dass es mehr gibt auf dieser Welt als das, was wir rational wahrnehmen können. Die Menschen versuchen ständig alles zu verstehen, wissenschaftlich zu erklären, alles muss einen logischen Grund haben. Wozu? Ich finde das langweilig. Das Leben bietet so viele verschiedene Facetten, warum muss man immer alles erklären? Zum Beispiel die Daumen zu drücken.«

»Ist Daumendrücken nicht eher eine Art … wie soll ich sagen … Sprachgebrauch?«

»Stimmt. Niemand macht sich darüber Gedanken. Trotzdem ist es ein Aberglaube, der eigentlich bedeutet: Ich halt dir die bösen Dämonen vom Leib.«

»Wirklich?«

»Na ja, ich hab meinen Vogel wie jeder Mensch seinen Vogel hat. Aber es interessiert mich auch, woher bestimmte Dinge kommen, was man damit bezwecken wollte und in welchem Zusammenhang sie einmal standen.«

»Also doch eine Art Wissenschaft«, sagte Gruber. »Noch ein Bier?«

Sarah nickte. »Ja, eines geht noch.«

Gruber winkte dem Kellner und bestellte zwei weitere Seiterl.

»Wenn du willst, nenne es Wissenschaft, ich nenne es mein Hobby«, erläuterte Sarah.

»Faszinierend«, sagte Gruber. »Was ist mit Hexen und Dämonen?«

»Die sind natürlich aus unserem Weltbild verschwunden. Die Dämonen unserer Zeit tragen andere Masken. Umweltzerstörung, Fremdenhass, Radikalismus.«

Er verzog spöttisch den Mund. »Ich wusste nicht, dass man die Probleme des 21. Jahrhunderts mit Edelsteinen und Aberglauben bekämpfen kann.«

Der Regen peitschte hörbar gegen die Fensterscheiben.

»Natürlich nicht. Aber ich tue niemandem weh, wenn ich davon überzeugt bin, dass ein Aquamarin gegen Depressionen hilft oder ein Saphir das Nervensystem stärkt. Und warum sollte ich Silvester keine Glücksschweine verschenken? Wem schade ich damit?« Ihre Stimme war schärfer geworden, als sie wollte. Aber sie war es leid, sich immer wieder erklären zu müssen.

»Entschuldige«, sagte Gruber. »So habe ich das nicht gemeint.«

»Schon gut.«

Er sah sie sekundenlang schweigend an. »Weißt du, dass du sogar Hilde damit begeistern konntest? Unsere toughe, analytisch denkende Hilde. Wer hätte das gedacht?« Sein Blick blieb irgendwo hinter ihr hängen, als stünde dort ihre ermordete Kollegin. Sarah schwieg, ließ ihm Zeit, sich an sie zu erinnern, bevor sie fragte:

»Wie meinst du das?«

»Sie hat mir erzählt, dass sie, seit sie dich kennt, keine Termine mehr an einem Freitag, dem 13. ausmacht.«

Sarah hatte ihrer Kollegin damals allerdings gesagt, dass die 13 auch eine Glückszahl war. Historisch gesehen konnte man das auslegen wie man wollte. Sie beide hatten einander genauso gegenübergesessen wie jetzt sie und David. Bei einem Kaffee in der Kantine. Hilde hatte ihr damals die gleichen Fragen gestellt. Sarah seufzte und schwieg. Es würde nichts mehr ändern, außerdem war Hilde nicht an einem Freitag, dem 13. gestorben. Sie sah auf die Uhr. Es war bereits zwei.

Ihre Gläser waren leer.

»Gehen wir?«, fragte sie.

Donnerstag, 15. April

16

Um halb sieben schlug Sarah die Augen auf. Ein Geräusch hatte sie aus ihrem Traum gerissen. Sie erinnerte sich nicht mehr daran, aber ein Gefühl verriet, dass es ein sehr angenehmer Traum gewesen sein musste.

Marie war aufs Fensterbrett gesprungen und warf die Bücher, die darauf abgelegt waren, eines nach dem anderen auf den Boden. Der Aufprall verursachte jedes Mal einen dumpfen Knall. Der Grund war eine Amsel, die auf der anderen Seite des Fensters saß, sich jedoch von der wütenden Katze nicht beeindrucken ließ, sondern provokant sitzen blieb. Es schien, als wüsste sie, dass sich eine rettende Glasscheibe zwischen ihr und dem sicheren Tod befand.

»Ach, Marie«, brummte Sarah missmutig. »Lass doch den Vogel in Ruhe.«

Aber die schwarze Teufelin dachte nicht daran, ihre Jagd vorzeitig abzubrechen. Immer wieder bäumte sie sich auf, tappte mit den Vorderpfoten gegen die Scheibe.

»Vergiss es, Marie.« Sarah schwang die Beine aus dem Bett und verließ das Schlafzimmer.

Der Vogel flog davon. Marie verlor das Interesse und folgte ihrem Frauchen.

Auf dem Weg in die Küche warf Sarah einen Blick zur Garderobe. Keine fremden Kleidungsstücke, keine Schuhe. Chris hatte sein Versprechen gehalten.

Während der Kaffee durch die Maschine lief, kramte sie aus ihrer Handtasche Steins Visitenkarte hervor. Um halb acht konnte man einen Polizisten schon anrufen, beschloss sie, hoffte dennoch, während sie seine Nummer eintippte, dass er keinen Nachtdienst gehabt hatte und womöglich erst vor wenigen Augenblicken ins Bett gegangen war. Doch angesichts dessen, was sie aufgrund der Seite drei im Wiener Boten zu erwarten hatte, würde das Gezeter wegen eines Aufweckens harmlos sein.

Die Mailbox sprang sofort an. Sie hinterließ ihm eine Nachricht.

Mit der Kaffeetasse in der Hand beobachtete sie die Männer der MA 48, die gerade dabei waren, die Müllcontainer auf dem Brunnenmarkt zu entleeren. Die ersten Standler räumten ihre Waren ein. Ob sie den Artikel schon gelesen hatten, den Gruber und sie verfasst hatten? Ihre Gedanken schweiften ab. David und sie beim Abendessen.

Sie schüttelte die Erinnerung ab wie ein lästiges Insekt.

Die Standbesitzer hatten den Bericht wohl kaum gelesen. Die meisten von ihnen lasen vermutlich zuerst oder überhaupt nur türkische Zeitungen.

Auf dem Weg zur U-Bahn beobachtete sie die Menschen. Niemand verhielt sich anders als sonst. Sarah war enttäuscht.

Hatte denn noch niemand ihren ersten großen Artikel gelesen? War er vielleicht doch noch rausgeflogen? War es sich nicht mehr ausgegangen vor dem Druck? Gruber und sie hatten ihn erst kurz vor Mitternacht abgegeben.

Sie ging in die Trafik, kaufte sich einen Wiener Boten und schlug die erste Seite auf. Der Artikel sprang ihr förmlich ins Auge: »Macht Serientäter Wien unsicher?« Die Fragestellung in der Meldung war das vernünftige Maß der Serientätertheorie. So konnten sie im Falle des Falles noch immer behaupten, falsche Informationen erhalten zu haben. Außerdem hatten sie keine Namen erwähnt, nur, dass Hilde Jahn möglicherweise durch die Hand eines Mannes ermordet worden war, dem sie als Journalistin auf der Spur war. Falls da draußen wirklich ein Monster herumlief, würde dieses Monster jetzt nervös werden und sich vielleicht verraten. Sie stopfte die Zeitung in ihre Tasche und fuhr in die Redaktion. Auch dort war alles wie immer. Nur Gabi rief sie an. »Super Artikel«, sagte sie.

»Danke. Aber irgendwie habe ich das Gefühl, dass ihn niemand wirklich gelesen hat oder ernst nimmt«, erwiderte Sarah.

»Wart's ab. Damit hast du einen Stein ins Rollen gebracht. Die Explosion steht in Form von Martin Stein beim Chef. Du sollst bitte raufkommen.«

Der Polizist war offensichtlich durch die Gänge gepoltert, denn als Conny Sarah entgegenkam, tippte sie sich nur an die Stirn. »Durchgeknallt, der Typ. Wie? Hat schon im Foyer einen ziemlichen Radau geschlagen. Manchmal frage ich mich, ob die nicht auch alle eingesperrt gehören.«

»Kaffee?«, fragte Gabi flüsternd, als Sarah das Vorzimmer von Gruber betrat. Schon von Weitem hatte sie Steins Stimme gehört.

»Tee wäre mir lieber. Hat Stein Kaffee genommen?«

»Er wollte nichts.«

»Kein gutes Zeichen, was?« Dann öffnete sie die Tür zum Chefbüro. Stein stand mit dem Rücken zu ihr aufgebaut vor Grubers Schreibtisch. Als er die Tür hörte, drehte er sich um. Sein Gesicht war rot vor Zorn. »Sagen Sie, sind Sie komplett bescheuert?«

»Ich wünsche Ihnen auch einen guten Morgen.«

Stein schnaubte verächtlich. »Was soll an diesem Morgen gut sein? Zuerst muss ich Ihren beschissenen Artikel lesen und dann in die Laxenburgerstraße zu einer ermordeten Prostituierten fahren.« Seine Augen funkelten sie böse an. »Übrigens eine Freundin von Ihnen.«

Gabi brachte Sarahs Tee.

»Ich kenne keine Prostituierten. Tut mir leid.«

»Katharina Mohn«, sagte Stein. »Das hat sie Ihnen wohl auch nicht verraten. Ja, sie war nicht nur im Irrenhaus, sondern schaffte auch an. Da staunen Sie, was?«

Sarah wäre fast die Tasse aus der Hand gefallen. »Aber … das kann nicht sein. Katharina Mohn ist keine …«

»Geheimprostituierte?«, unterbrach Stein. »Sie irren sich und ich hoffe, Sie haben gute Nerven.« Er griff in die Innentasche seiner Jacke und holte Fotos hervor. »Die hat mir ein Kollege von der Spurensicherung gegeben. Die moderne Technik macht's möglich. Früher haben wir immer eine Ewigkeit darauf gewartet.« Er legte sie auf den Tisch.

Der Leichnam lag in einer weißen Duschwanne, der Kopf war unnatürlich zur Seite geklappt. Das Gesicht blass, die Augen starr in die Kamera gerichtet, der Mund stand offen. An der Vorderseite des Halses war deutlich eine offen klaffende Wunde zu sehen. Aber kein Blut.

So als hätte er ihre Gedanken erraten, erklärte Stein: »Er hat das Wasser laufen lassen.« Er nahm die Fotos wieder an sich. »Ich hoffe, Sie können sich jetzt dazu entschließen, sich aus der Sache rauszuhalten.«

Katharina Mohn. Sie hatte so anders ausgesehen auf den Fotos. Sarah spürte, wie sich der Boden unter ihr bewegte. Gruber sprang von seinem Sessel hoch, kam um den Schreibtisch herum und legte seinen Arm um ihre Schultern. Er roch noch besser als gestern. »Manchmal könnte man dich einfach erschlagen, Martin.«

Er drückte Sarah auf einen freien Stuhl. »Gabi, bring ein Glas Wasser, bitte. Sarah geht's nicht gut.«

Sarah sagte kein Wort. Die Frau auf dem Bild hatte nichts mit der Katharina Mohn zu tun, die sie kennen gelernt hatte. Dieser bewegungslose Gesichtsausdruck, die nassen Haare, die aussahen, als seien sie an den Kopf geklebt worden.

Wenige Augenblicke später stand Gabi neben ihr und drückte ihr ein Glas Wasser in die Hand. Auch Stein setzte sich. »Sie haben uns mit dem Artikel keinen Gefallen getan. Das ist Ihnen hoffentlich klar. Die ganze Stadt haben Sie rebellisch gemacht. Können Sie sich vorstellen, was bei uns seit heute Morgen los ist? Lauter hysterische Weiber, die uns die Tür einrennen und nach Polizeischutz rufen. Von Ihren Kollegen mal ganz abgesehen. Die glauben nämlich, dass wir euch diesbezügliche Unterlagen zugespielt haben.«

Sarah sah Gruber an, dann wieder Stein. »Ihnen einen Gefallen zu tun, war auch nicht meine Absicht«, sagte sie ruhig. »Mir ging es darum, die Frauen zu warnen. Sie hätten das ja nicht getan, oder?« Sie atmete geräuschvoll ein und wieder aus. »Warum haben Sie mir die Fotos gezeigt? Glauben Sie jetzt doch an den Serientäter?«

»Und damit haben Sie sich jetzt wunderbar als Zielscheibe präsentiert. Haben Sie eigentlich gar nichts kapiert? Wir ermitteln in mehrere Richtungen. Wir besprechen nur nicht jeden unserer Schritte mit der Presse. Und warum ich Ihnen die Fotos gezeigt habe? Ich wollte Ihnen nur zeigen, was herauskommen kann, wenn man sich mit falschen Leuten einlässt.«

»Ich lasse mich mit niemandem ein«, widersprach Sarah. »Ich will nur …«

»Versuch einmal, nicht wie ein Polizist zu denken, Martin«, unterbrach Gruber. »Du warst es doch, der gemeint hat, dass wir, falls Hilde Recht hat, nicht wissen, wer unser Gegenüber ist. Wenn Sarahs Überlegung aufgeht, dann wirst du es bald wissen. Schau, der Typ hat bis jetzt keine Spur gezogen, du hast jeden Fall autonom behandelt, hast die Sache nicht im Zusammenhang betrachtet. Genau das wollte er doch. Jetzt weiß er – vorausgesetzt, er liest den Artikel –, dass die Polizei ihm«, er malte Anführungszeichen in die Luft, »auf der Spur ist, denn woher sollte der Wiener Bote sonst seine Information haben, wenn nicht von einem Kontaktmann der Exekutive? Mit etwas Glück wird er anfangen, Fehler zu machen. Verstehst du?«

»Und mit etwas Pech wirst du eine tote Mitarbeiterin mehr haben«, brummte Stein grimmig. »Das ist bescheuerte Hausmeisterpsychologie. Wenn der Schuss nach hinten losgeht, reiß ich dir den Arsch auf. Darauf kannst du deine ganze Zeitung verwetten.«

»Wie hat er sie getötet?«, fragte Sarah.

»Mit einem Rasiermesser. Er hat ihr die Kehle durchgeschnitten. Unter der Dusche. Vorher hatten sie wahrscheinlich einen GV.«

GV stand für Geschlechtsverkehr, wusste Sarah.

»Habt ihr Spuren? Irgendeinen Anhaltspunkt?«, fragte Gruber.

Stein schüttelte verneinend seinen Glatzkopf.

»Martin, der Scheißkerl muss sie berührt haben, da hinterlässt man doch Spuren.«

Stein schüttelte wieder den Kopf. »Der Typ hat alles fein säuberlich mit einem Desinfektionsmittel abgewischt. Das Zimmer war steril wie ein Operationssaal. Und zum Vögeln hat er hundertprozentig ein Kondom verwendet und beides, Kondom und Rasiermesser, mitgenommen. Außerdem hat das Wasser für den Rest gesorgt, etwaige Spuren weggewaschen, falls jemals welche vorhanden waren. Der Typ muss ziemlich pervers sein, hat ihr die ganze Körperbehaarung entfernt. Ganzkörperrasur. Wir haben Spuren des Rasierschaums in den Körperöffnungen gefunden.«

Es kam Sarah vor, als genieße Stein es, die grausamen Details auf den Tisch zu legen. Womöglich hoffte er, ihr damit Angst einzujagen. Irgendwie gelang es ihm.

»Warum Katharina Mohn?«

Ausgerechnet die Frau, die sie auf die richtige Spur geführt hatte, war diesem Scheißkerl zum Opfer gefallen. Ihr Wissen hatte ihr nichts genutzt. Oder war das womöglich sogar der Grund, dass sie sterben musste? Wusste der Täter, dass sie ihre Vermutung jedem erzählte, der es hören wollte? Aber woher wusste er … Mit wem hatte sie über die Mohn geredet? Hatte der Killer sie beobachtet? Die Geschichte machte sie langsam paranoid.

»Möglicherweise hat er sich schon sein nächstes Opfer ausgesucht«, sagte sie. »Der Artikel. Er weiß jetzt, dass wir nicht an Einzelmorde glauben.«

»Wir?«, fragte Stein.

»Gut. Ich.«

»Genau. Sie.« Er seufzte. »Kann ich einen Kaffee haben?«

Gruber ging zur Tür und bestellte bei Gabi eine Tasse Kaffee.

»Die Mohn ist von einem Freier umgebracht worden und nicht von Ihrem erfundenen Serientäter«, sagte Stein.

»Haben die Nachbarn nichts mitbekommen?«

»Es gibt keine Nachbarn. Das Haus gehört einem alten Mann. Das wissen wir. Er vermietet schon lange nicht mehr an Familien, Studenten oder sonst wen, sondern stundenweise an Nutten. Er lebt von den Frauen, die als Geheimprostituierte arbeiten.«

»Und warum unternimmt die Polizei nichts dagegen?«, fragte Sarah.

»Was wollen Sie unternehmen, wenn Ihnen ein alter Mann mit Hörapparat erklärt, dass die Wohnungen alle von seinen Nichten genutzt werden? Festnehmen? Die ersten, die uns Polizisten dann in der Luft zerreißen, sind Leute wie Sie. Journalisten. Außerdem wissen wir ohnehin, wer dort ein- und ausgeht. Wenn wir das Haus hochgehen lassen, lösen wir nicht das Problem, sondern verlagern es nur an einen anderen Ort, den wir vielleicht nicht so gut überblicken können. Prostitution gibt es seit Menschengedenken und mit ihr auch die Geheimprostitution. Manchmal wird das Haus auch von Promis genutzt, die Angst haben, im Hotel erkannt zu werden. Diskretion ist dort Ehrensache. Der Alte kassiert und schweigt.«

Gabi brachte den Kaffee.

»In der Laxenburgerstraße, sagten Sie? Ein alter Mann mit Hörapparat, und im Stiegenhaus steht ein rotes Sofa?«, fragte Sarah plötzlich.

Stein legte den Kopf schief. »Waren Sie schon mal dort?«

»Ich glaube ja. Hilde hat das Haus fotografiert. Ich bin hingefahren, wollte wissen, was es damit auf sich hat.«

Stein musste grinsen. »Lassen Sie mich raten. Sie haben den Alten auf seinem Sofa sitzend vorgefunden, ihm erzählt, dass Sie von der Polizei sind, und er hat sich taub gestellt.«

»So ähnlich«, gab Sarah kleinlaut zu.

Jetzt lachte Stein laut. »Ich glaube, Sie müssen noch eine Menge über Menschen lernen, Frau Pauli. Der erzählt Ihnen nichts, und wenn er das Wort Polizei hört, stellt er von schwerhörig auf taub. Hilde wollte eine Geschichte über Geheimprostitution in Wien schreiben. Warum Frauen sich das antun. Und warum sie es geheim machen. So in der Richtung. Wir haben dort ein Zimmer gemietet, damit sie an die Mädels rankam. So von Kollegin zu Kollegin, und nicht einmal da hat der Alte den Mund aufgemacht, sondern uns nur das Zimmer gezeigt und die Hand aufgehalten. Der Freier bezahlt. Dafür gibt's eine Flasche Sekt, und auf dem Nachtkasterl liegen Kondome.«

Sarah erinnerte sich nicht, darüber etwas in Hildes Aufzeichnungen gefunden zu haben. Aber etwas anderes fiel ihr dazu ein. Das Foto, das Hilde Jahn und Martin Stein zeigte, wie sie gemeinsam das Haus betraten.

Dann war Connys Mutmaßung, dass Stein und die Jahn etwas miteinander hatten, nichts anderes als ein Missverständnis? Hilde Jahn wollte sich nur mit eigenen Augen überzeugen, welche Leute dort ein- und ausgingen. Einen Artikel über Geheimprostitution in Wien schreiben. Aufzeigen, dass es sie gab. Dass jene Frauen, die sich dafür hergaben, am Rand der sozialen Möglichkeiten waren. Dass auch Männer diese Einrichtung nutzten, die es sich leisten konnten, zu offiziellen Nutten zu gehen. Aber ihr Vorhaben genauso geheim halten wollten wie die Frauen, die hinter verschlossenen Türen heimlich ihrem Geschäft nachgingen.

»Das heißt, Sie hatten gar nichts mit Hilde Jahn?«, fragte Sarah ohne zu überlegen.

Die Überraschung in Steins Blick war echt. »Nein. Wieso sollte ich?«

Sarah warf Gruber einen Blick zu. Er hatte ebenfalls begriffen.

»Kann ich die Fotos, die noch auf Hildes Kamera waren, trotzdem sehen?«, fragte Sarah.

Ohne eine Antwort zu geben, griff Stein in die Innenseite seiner Jacke und holte eine CD hervor. »Das sind alle. Ich hoffe, Sie finden, was Sie suchen.«

Als Stein gegangen war, sagte Gruber: »Gratuliere, Sarah. Er mag dich.«

»Wenn er so Menschen behandelt, die er mag, wie geht er dann mit Feinden um? Tötet er sie?«

»Hilde wird nächste Woche begraben. Am Zentralfriedhof. Wäre schön, wenn du kommen kannst«, sagte Gruber und berührte ihre Hand wie nebenbei.

Ein längst vergessen geglaubtes Gefühl durchfuhr sie. »Ich werde da sein.«

Dann ging sie in ihr Büro. Sie wollte vor der Sitzung noch mit Brenneis telefonieren, ihm die Sache erklären. Jetzt würde er verstehen, warum sie nach den Daten und der Liste der Frauen gefragt hatte.

Brenneis war nicht im Amt. Eine Kollegin erklärte Sarah, dass Herr Amtsrat Brenneis sich krank gemeldet hatte. »Es geht ja im Moment ein grippaler Infekt um«, fügte sie hinzu.

»Hab schon davon gehört«, sagte Sarah, obwohl Sabine Bender die einzige Kranke war, die ihr bisher begegnet war.

»Kann ich Ihnen vielleicht weiterhelfen?«

»Seine Privatnummer können Sie mir wahrscheinlich nicht geben?«

»Dazu bin ich nicht befugt. Leider. Aber der Herr Amtsrat meinte, in wenigen Tagen wieder im Büro zu sein. Wenn es also nicht eilig ist …«

»Ist es nicht. Danke.« Sarah legte auf, rief das Telefonbuch von Wien übers Internet auf. Es gab jede Menge Brenneis' in Wien, aber keinen Harald. Sie erweiterte ihre Suche auf Wien Umgebung. Aber auch dort wurde sie nicht fündig. Der Computer bot ihr als Alternative Oberösterreich an. Aber für einen normalen Arbeitsweg war die Distanz zu weit. Sie klickte das Telefonbuch weg. Wahrscheinlich haben Amtsräte Anspruch auf Geheimnummern, dachte sie frustriert.

Verdammt. Warum musste der Typ ausgerechnet jetzt krank werden?

Die gemeinsame Redaktionssitzung der Chronik und des aktuellen Dienstes fand um zehn Uhr statt. Die Kollegen sahen Sarah zwar von der Seite an, aber keiner sprach direkt mit ihr über den Bericht auf Seite drei. Wahrscheinlich wollten sie alle die allgemeine Erklärung abwarten, bevor sie darauf reagierten. Sarah würde sich keine Freunde machen, das wusste sie. Denn sie hatte das Privileg, die sensationellste Story des Blattes veröffentlichen zu dürfen, und wollte selbst die Geschichte über Katharina Mohn schreiben, was Gruber ihr mit absoluter Sicherheit genehmigen würde. Immerhin hatte sie bereits ein Interview mit ihr geführt. Mit dem Dossier und Hildes Notizen würde sie bestimmt eine gute Story basteln können, die beiden Seiten gerecht wurde, dem Wiener Boten und Katharina Mohn. Denn eines wollte sie auf alle Fälle: das Ansehen einer Frau wahren, die aus einer Notsituation heraus gehandelt hatte.

Kunz nahm neben ihr Platz. »Na, da hast du ja eine Bombe hochgehen lassen. Das nächste Mal sprichst du so etwas vorher mit mir ab. Ich mag keine Alleingänge von meinen Journalisten. Nicht, dass ich dir misstraue. Aber im Notfall muss ich entweder den Kopf hinhalten oder dir den Rücken frei halten, und in beiden Fällen bringt es Vorteile, wenn der Chef vom aktuellen Dienst Bescheid weiß. Außerdem bist du noch nicht lange genug im Geschäft, da können Fehler passieren, und es ist mein Job, darauf zu achten, dass alles glattläuft.«

»Entschuldige. Aber ... ich wollte doch ... Gruber hat die Seite reservieren lassen. Er war gestern Abend noch bei mir im Büro und hat mir geholfen, den Artikel zu verfassen.«

»So ein Idiot«, schimpfte Kunz leise. »Damit hat er Stein ans Bein gepinkelt. Wir dürfen uns Stein nicht zum Feind machen. David hätte ihn zumindest informieren müssen, auf die Mailbox reden ... was weiß ich.«

»Okay«, sagte Gruber in diesem Moment. Es war kaum ein Stuhl mehr frei. »Fangen wir gleich mit dem Serientäter an. Sarah.«

Es wäre hilfreich gewesen, wenn Gruber ihr vorher gesagt hätte, wie viel sie verraten durfte und was sie für sich behalten sollte. Sie wusste, dass einige Kollegen nur darauf warteten, ihr das Zepter aus der Hand zu nehmen.

»Den Artikel schon in der heutigen Ausgabe zu veröffentlichen, das war eine spontane Idee. Wie ihr wisst, arbeite ich seit Hildes Tod an ihrer Geschichte, oder besser gesagt, ich habe ihre Geschichte gesucht.« Sie räusperte sich. Es war ihr unangenehm. Alle starrten sie an. »Jedenfalls geht aus Hildes Aufzeichnungen hervor, dass sie einem Serientäter auf der Spur war. Ich habe diese Theorie überprüft und veröffentlicht.«

»Warum weiß die Polizei nichts von dem Serientäter?«, fragte ein Kollege von der Chronik. Sarah erinnerte sich nicht an seinen Namen.

»Ich habe heute mit meinen Kontaktmännern telefoniert, nachdem ich deinen Artikel gelesen habe. Und keiner konnte mir weiterhelfen«, fuhr er fort.

»Weil die Polizei anderer Meinung ist als Hilde es war«, sprang Gruber helfend ein. »Und bevor ihr aufeinander losgeht wie die Hyänen: Ich habe den Artikel freigegeben.«

Die Köpfe fuhren herum. Niemand sagte etwas. Grubers Entscheidung wurde immer akzeptiert. Er war der Herausgeber.

»Und was ist mit der toten Prostituierten?«, hakte der Kollege nach. »Wie passt die ins Bild? Die Polizei behauptet, den Täter unter den Freiern zu suchen. Mein

Informant hat mir bestätigt, dass die Ermittlungen in diese Richtung gehen.«

»Ich vermute, dass Katharina Mohn von dem gleichen Täter umgebracht wurde wie Hilde Jahn, Brigitte Hauser und noch drei weitere Frauen«, sagte Sarah.

»Du vermutest?« Der Kollege runzelte die Stirn. »Was bist du? Ein Medium?«

Gelächter. Allen war klar, dass er damit auf Sarahs Aberglauben anspielte.

Sie errötete. Herrgott. Conny betrat das Sitzungszimmer, nickte grüßend in die Runde und nahm Platz. Niemand kommentierte ihr plötzliches Auftauchen.

»Wir bleiben jedenfalls dran an der Story, und sollte jemandem von euch etwas zu Ohren kommen, dann bitte gleich an Sarah weitergeben«, befahl Gruber scharf.

»Nachdem wir im Moment die Einzigen sind, die die Namen der anderen Opfer wissen, erwarte ich mir absolute Verschwiegenheit«, ergänzte Kunz. »Was hier herinnen besprochen wird, darf nicht nach draußen gehen. Ich glaube aber, dass es wegen der Dimension, die diese Geschichte annimmt, gut wäre, wenn generell ein oder zwei Kollegen der Sarah zuarbeiten würden. Wir müssen Gas geben. Der Typ schlägt garantiert wieder zu.«

Sarah runzelte die Stirn. Es war zwar durchaus lobenswert, was Kunz da vorhatte, aber es würde auch böses Blut machen. Bis vor wenigen Tagen war sie eine unbedeutende Journalistin, hatte Befehle von jedem und jeder ausgeführt, und plötzlich erhob er sie in den Stand einer Ressortleiterin. Das konnte nicht gut gehen.

»Ich finde die Idee gut, Herbert«, hörte sie plötzlich Grubers Stimme.

Verdammt. Nicht er auch noch. Jetzt konnte sie davon ausgehen, dass ihre Kollegen ihr ein Verhältnis mit Gruber andichteten.

»Wen schlägst du vor?«, fragte er Kunz.

»Fotos kann Simon machen. Einen Teil der Recherche und Redaktion …«

»Ich würde gern«, meldete sich Conny zu Wort. Ein Raunen ging durch den Konferenzraum. Ausgerechnet die Gesellschaftstussi, das stand in einigen Gesichtern geschrieben, die hat ja wohl gar nichts damit zu tun.

»Ich kenne einen Freier der Toten.«

17

Du kennst einen ihrer Freier?«, fragte Sarah kurz danach, als sie beide allein in Sarahs Büro saßen. Gruber und Kunz hatten sich einverstanden erklärt und es im Endeffekt sogar als gute Idee bezeichnet. Der Rest der Mannschaft war abgezogen, manche erleichtert, alle überrascht, einige wütend.

»Ich wusste ja nicht, dass du die Mohn kennst!«, antwortete Conny.

Das stimmte.

»Und woher kennst du sie?«

»Ich kenne sie eigentlich nicht, nur ihren Namen.«

»Von wem?«

»Oliver Wallner.«

»Oliver Wallner?«, wiederholte Sarah erstaunt. »Von Freudmann & Co, der Oliver Wallner?«

»Genau der.«

»Hat er dir erzählt, dass er alle seine Leute über 40 auf die Straße setzt? Oder wie? Oder willst du mir sagen, dass Oliver Wallner …«

»Jetzt hast du's endlich. Wallner war Kunde bei der Mohn. Und er hat auch nicht damit hinterm Berg gehalten. Jedenfalls nicht, wenn er genug getankt hat an einem Abend, was häufig der Fall war. Wallner, der Partylöwe.«

»Was hat er erzählt?«

»Wie geil es sei, von einer ehemaligen Angestellten einen geblasen zu bekommen, wie gut sie das könne im Gegensatz zu den jungen Pupperln, die sich da oft zieren. Und dass er ja so sozial sei. Immerhin würde er einer alten Kellnerin damit noch einen schönen Lebensabend ermöglichen. Er zahlt sozusagen ihr Gehalt weiter, freiwillig. Dieser Schwachsinn hat immer für Lacher gesorgt, ab drei Uhr morgens, wenn sie alle besoffen an der Bar herumhingen.«

»So ein Arschloch«, ereiferte sich Sarah. »Glaubst du, wir können aus dieser Info was machen, ohne dass er uns verklagt?«

Sie hatte eine unbändige Wut. Was nahm sich dieser Scheißkerl eigentlich heraus? Menschen wie Dreck zu behandeln, sich über sie lustig zu machen, sie zu demütigen in aller Öffentlichkeit. Nur weil er in eine angesehene Familie hineingeboren worden war, hatte er nicht das Recht, andere mit Füßen zu treten.

Conny zuckte mit den Schultern. »Mal sehen. Werde heute noch ein paar Leute anrufen, die Wallner nicht ausstehen können.«

»Wir werden aber keine Geschichte machen, die diese Frau anprangert. Ich will ihren sozialen Hintergrund. Hier hat Hilde schon gut vorgearbeitet. Ich habe die Aufzeichnungen mit meinen Notizen ergänzt.« Sie schob Conny ihr Dossier über den Tisch. »Ich möchte die Geschichte in Hildes Sinn aufziehen. Wir leben in einer Wohlstandsgesellschaft. Warum muss eine 52-jährige Frau in einem Land wie Österreich als Geheimprostituierte arbeiten? Sie war offiziell arbeitslos gemeldet und bekam Geld vom Staat. Kann man damit vielleicht gar nicht überleben? Solche Fragen möchte ich aufwerfen,

Conny. Meines Wissens hat sie 500 Euro im Monat gehabt. Den genauen Betrag findest du in den Aufzeichnungen. Ruf bei der Hausverwaltung an. Frag, wie hoch ihre Miete war, was sie für Strom und sonstige Nebenkosten zahlen musste. Wenn du alle Fixkosten hast, listen wir auf, was und wie viel man sich vom Rest leisten kann, wenn da überhaupt noch ein Rest bleibt. Was hältst du davon?«

»Klingt gut. Wenn wir dann noch nachschieben, was Wallner so im Durchschnitt hat.« Conny erhob sich und verließ das Büro. Sarah blickte ihr nach. Es war ein eigenartiges Gefühl, mit jemandem zusammenzuarbeiten, den man im Grunde genommen nicht leiden konnte.

Auf einmal fühlte sie sich sehr einsam.

Gabi betrat mit zwei großen Häferln Sarahs Büro, reichte ihr eines und ließ sich in den freien Sessel sinken, wo eben noch Conny gesessen war. Sarah hielt ihre Nase dicht über die Tasse und schnüffelte.

»Kannst ruhig trinken, ist Kräutertee. Ich weiß ja, dass du Früchtetee nicht magst. Geht's dir wieder besser?«

Sarah umklammerte die Tasse, lehnte sich in ihrem Sessel zurück, schloss die Augen und atmete die Wärme und den Duft des heißen Getränks ein. »Danke, das tut gut«, sagte sie. Eine ähnliche Stille wie vor ein paar Tagen nach der Nachricht von Hildes Tod umfing sie. Aber diesmal war es anders. Sie sehnte sich nicht danach, die Ruhe durch Musik zu unterbrechen. Diesmal drängte sich eine vertraute Melodie in ihre Gedanken. »Volare, cantare ... Nel blu, dipinto di blu. Felice di stare lassù ...«

»Du bleibst an der Sache dran«, unterbrach Gabi die vermeintliche Stille.

Sie öffnete die Augen, lehnte sich vor und stützte sich mit den Ellbogen auf dem Schreibtisch ab. »Ich hoffe, dass wir bald beweisen können, dass deine Mutter keinen Selbstmord begangen hat.« Sie schaute auf die Uhr. »Schalt mal das Radio ein. Ich will wissen, was sie in den Nachrichten über den Mord an Katharina Mohn bringen.«

Die Nachrichten begannen mit dem Rücktritt einer lokalen Politikerin. Der Moderator sprach über einen Scherbenhaufen, den sie laut Opposition hinterlassen würde. Gefolgt von der Meldung über einen Wandertag des Senders, bei dem 200 Hörer einige Kilometer durch den Lainzer Tiergarten marschiert waren. Großartig. Das war doch mal einen Bericht wert. Irgendwie erinnerte sie das an »Mit Hansi Hinterseer unterwegs auf den Tiroler Bergen«.

Es folgten diverse Interviews mit Antworten auf Kindergartenniveau. Katharina Mohn war dem Lokalsender nur eine kleine Meldung wert. Ohne O-Töne, aber mit dem Hinweis, dass die Polizei derzeit von einem Mord durch einen Freier ausging. Alltag in einer Großstadt.

Langweilig.

Sarah drehte ab.

»Ich wollte dir auch noch sagen, dass ich froh bin, dass du Hildes Platz eingenommen hast.«

Gabi nahm Sarah die leere Tasse aus der Hand und ging.

*

Der Artikel nahm die ganze obere Hälfte der dritten Seite ein. Nur Text, kein Bild, kein Symbolfoto.

Macht Serientäter Wien unsicher?

Ist es möglich, dass in einer Stadt wie Wien eine tödliche Jagd auf arbeitslose Frauen gemacht wird?

Nur wenige Tage nach der Ermordung unserer allseits anerkannten Kollegin Hilde Jahn und der Auswertung ihrer Rechercheergebnisse müssen wir diese Frage leider mit einem eindeutigen JA beantworten. Deshalb wollen wir mit diesem Artikel alle arbeitslos gemeldeten Frauen ab dem vierzigsten Lebensjahr warnen.

Wir gehen davon aus, dass inzwischen fünf Opfer auf unterschiedliche Art getötet wurden. Die Polizei glaubt nicht an einen Serienmord, sondern spricht von Einzeldelikten, Unfällen und Selbstmord. Aber uns liegen Unterlagen vor, die vermuten lassen, dass es in allen fünf Fällen ein und derselbe Täter war, auch wenn dies auf den ersten Blick unwahrscheinlich klingt.

Der Artikel endete mit der Bitte nach sachdienlichen Hinweisen. Albo grinste verächtlich. »Wenn du meinst, dass dir das nützt, Schätzchen, hast du dich geirrt.«

Er ließ die Zeitung sinken und grübelte eine Weile. Woher wusste sie von seiner Vorgehensweise? Hatte Hilde Jahn doch mehr herausgefunden? Katharina Mohns Tod schob die Polizei jedenfalls einem Freier in die Schuhe. Das hatten sie in den Morgennachrichten gebracht.

Der Artikel war also nichts weiter als eine kühne Behauptung. Die Meldung würde morgen schon wieder vergessen sein. Es gab weder stichhaltige Beweise, noch wussten sie, wer er war. Die Polizei fischte im Trüben. Einzeldelikte, Unfälle, Selbstmord. Und dabei würde es auch bleiben. Niemals würde man hier auf einen Serientäter tippen. Kein Polizist, kein Profiler oder Psychologe würde Hilde Jahns Theorie folgen. Egal von welcher Seite sie die Fälle betrachteten. Es gab keine Übereinstimmungen, keine Verbindung, kein Fetisch, nichts, nichts, nichts.

Zugegeben, wenn man wollte, konnte man eine einzige Verknüpfung finden. Alle Frauen waren arbeitslos und über 40. Aber das war seiner Meinung nach kein Grund, dass die Polizei in diese Richtung ermittelte. Das konnte reiner Zufall sein. Und Hilde Jahn? Sie war nicht arbeitslos. Okay, sie hat an der Story gearbeitet. Die rege Phantasie einer Redakteurin, die verzweifelt auf der Suche nach einer Geschichte war, die sie nach oben bringen würde.

Er konnte ja mal bei der Polizei anrufen, einen anonymen Zeugen mimen und hoffen, dass der Polizist am anderen Ende der Leitung etwas ausplaudern würde. Er dachte eine Weile darüber nach, welche Lügengeschichte er ihnen auftischen sollte. Er hasste es, seine Abläufe ändern zu müssen. Abläufe mussten immer gleich sein, sonst passierten Fehler.

Dann kam ihm eine Idee.

Er würde in der Redaktion anrufen, sie verlangen und mit ihr plaudern, ihr klarmachen, dass es ungesund sein konnte, sich in fremde Angelegenheiten einzumischen. Er griff noch einmal nach der Zeitung. Am Ende des Artikels wurden die Leser aufgefordert, sich mit sachdienlichen Hinweisen an die nächste Polizeidienststelle oder an die Redaktion zu wenden. Das konnte sie gern haben. Auch wenn das Telefonat etwas anders verlaufen würde, als sie sich das wünschte.

Albo würde auch in Zukunft seine Liste abarbeiten, nur hatten sich soeben die Spielregeln geändert. Seine Liste wurde um einen Namen erweitert.

Er verließ seine Wohnung, suchte eine öffentliche Telefonzelle auf und griff zum Telefon.

*

Sarah stand am Würstelstand ums Eck von der Redaktion. Immer wenn sie nervös war, musste sie etwas essen. Etwas Handfestes. Nichts Gesundes. Käsekrainer mit Ketchup und Mayonnaise. Dazu ein Cola.

Etwas, wovon sie garantiert Sodbrennen bekommen würde. Aber Fast Food war genau das, was sie im Moment brauchte, um ihre Gefühle wieder in den Griff zu bekommen. Genießen war nicht drin, Nerven beruhigen mit Kalorien war angesagt. Auf dem Weg zurück konnte sie ja in die Apotheke gehen und Magentabletten kaufen.

Ihre Mutter hatte jedes Mal Essen zubereitet, wenn sie und Chris traurig, überreizt oder überarbeitet waren. »Esst, Kinder, der Körper braucht Kraft«, hatte sie dann gesagt und einen Topf Pasta gekocht, und ihr Vater hatte gelacht: »Italiener. Ihr löst alle Probleme mit Essen.«

Wie sehr ihr die Eltern fehlten. Auch drei Jahre nach ihrem Tod war der Schmerz allgegenwärtig. Die Sehnsucht nach ihrer Familie, wie sie einmal war – selbstlose Liebe und tröstende Umarmungen in den richtigen Momenten –, verfolgte sie auf Schritt und Tritt. Ob das jemals aufhören würde?

Katharina Mohns Tod hatte sie sehr mitgenommen. Noch mehr als Hilde Jahns Tod. Sie musste unbedingt heute noch mit Sabine Bender sprechen. Plötzlich überkam sie ein Gefühl der Wut. Warum hatten sie und Katharina Mohn ihr nicht mehr erzählt? Vielleicht wäre sie dann schon viel weiter mit ihren Recherchen, und die ehemalige Kellnerin würde noch leben.

Prostitution. Damit hatte sie sich in ihrem Leben noch nicht auseinandergesetzt. Nicht einmal den geringsten Gedanken daran hatte sie verschwendet. Aber jetzt, wo sie eine kannte, die als Hure gearbeitet hatte, überlegte sie das erste Mal, wie es Frauen zumute war, die in diesem Geschäft arbeiteten. Sie vermutete, dass die Männer selten hübsch, sympathisch oder zumindest ansehnlich waren. Männer, die weibliche Körper womöglich mit dreckigen oder feuchten Händen anfassten, nach Schweiß stanken und ihnen schlechten Atem ins Gesicht hauchten.

Natürlich sah man, wenn man den Wiener Gürtel entlangfuhr, diverse einschlägige Lokale, und nachts boten Frauen ihre Körper an allen möglichen Plätzen in der Stadt an. Man registrierte dies und vergaß es wieder. Was geht in einer Frau vor, wenn sie mit Männern schläft, um die Heizung, die Wohnung, das Leben bezahlen zu können? fragte Sarah sich. Davon ging sie bei Katharina Mohn einmal aus. Ist es demütigend oder kann man sich daran gewöhnen?

Sie schüttelte den Kopf. Ihre Ansicht war, dass man diesen Beruf in den Heiligenstand erheben sollte. Wer weiß, wie viele Vergewaltigungen es noch geben würde, wenn es keine Huren gäbe? Konnte man das eigentlich so im Zusammenhang betrachten? Egal. Die Leute sollten endlich aufhören, darüber die Nase zu rümpfen. Ihre Meinung war, dass diese Frauen eine wichtige Aufgabe in der Gesellschaft übernahmen. Vielleicht würde es sich eines Tages ergeben, mit einer aus dem Milieu zu reden.

Ihr Handy läutete. Sie kramte es aus ihrer Handtasche hervor. Auf dem Display erschien die Nummer der Redaktion. Sie hob ab.

»Was gibt's?«

Die Stimme einer der Vorzimmerdamen ertönte. »Da ist ein Mann dran, der dich sprechen will.«

»Wer ist es?«

»Keine Ahnung. Er will die Journalistin, die den Artikel über die Frauenmorde geschrieben hat, er wollte dich persönlich und keine Nachricht hinterlassen.«

Sarah wurde es heiß und kalt zugleich. Das war die erste Reaktion, die sie auf die Geschichte erhielt. Mal abgesehen von Steins Explosion und seiner Behauptung, Hunderte Frauen liefen Amok.

»Gib ihn mir.« Die Sekretärin legte auf.

»Hallo. Pauli am Apparat.«

Ein Rettungswagen fuhr mit kreischender Sirene am Würstelstand vorbei und bog in die Mariahilfer Straße ein. Erst jetzt fiel ihr auf, dass es auf dieser Straße generell sehr laut zuging.

»Hallo«, rief Sarah ins Telefon. Sie hielt sich mit der freien Hand das zweite Ohr zu. »Ich habe Ihren Namen nicht verstanden. Hier fuhr gerade …«

»Sind Sie die Dame, die den Artikel verfasst hat?«, kam es leise aus der Leitung.

»Ja, die bin ich.« Sarah wischte sich den Mund mit der Serviette ab.

»Ich finde es sehr mutig von Ihnen, so einen Artikel zu veröffentlichen.«

Die Stimme klang ein wenig so wie diese Stimme, die man bekam, wenn man das Helium aus Luftballons einatmete. Nur professioneller. Die Stimme zu verstellen funktionierte ganz einfach über eine Telefonnummer aus dem Internet, hatte ihr Kunz einmal erzählt.

»Warum mutig? Ich habe doch nur informiert. Mit Mut hat das nichts zu tun.«

»Doch, doch. Seien Sie nicht so bescheiden. Ich glaube, dass jemand wie Sie, eine Frau, die Zusammenhänge sieht, wo überhaupt keine sind, einen Orden verdient. Oder warum glauben Sie, dass ein Unfall mit einer Erschießung gleichzusetzen ist?«

»Wer sind Sie?«

»Freund«, erklärte die Stimme beinahe verführerisch.

»Chris, bist du's? Verarscht du mich gerade?« Sie horchte in den Hörer, ob vielleicht ein verhaltenes Kichern zu hören war.

»Wer ist Chris? Ihr kleiner Bruder? Der, der im Panorama arbeitet? Ein harter Job neben dem Studium. Nein, der bin ich nicht. Auch nicht Ihr toter Vater, der mit Ihnen aus dem Jenseits spricht.«

Schweigen. Was wusste der Kerl am anderen Ende der Leitung noch alles über sie?

»Hören Sie. Ich telefoniere nicht gern mit Unbekannten.«

Das Telefonat wurde Sarah unheimlich.

»Ich habe Ihnen doch schon gesagt, dass mein Name Freund ist.«

Sarah kramte in ihrem Gedächtnis. Sie hatte einmal einen Musiker namens Freund gekannt. Aber das war

Jahre her, dass sie den getroffen hatte. Außerdem würde der sie kaum anrufen und so eigentümlich daherreden.

»Ihr Schreibstil gefällt mir.«

»Danke.« Ihre Euphorie, etwas Neues zu erfahren, sank ins Bodenlose. Sie hatte schon öfter von Kollegen gehört, dass ab und zu irgendwelche Leser in der Redaktion anriefen, um mitzuteilen, wie toll sie den Artikel gefunden haben. »Hören Sie, Herr Freund. Ich danke Ihnen für das Kompliment. Sie können auch gern einen Leserbrief schreiben. Die Adresse …«

»Glauben Sie wirklich, dass ich wegen so etwas Belanglosem wie einem stilistisch gut verfassten Artikel anrufe?«

»Ich kenne Sie nicht.«

»Nein. So was mache ich normalerweise nicht. Aber ein Lob muss doch auch einmal ausgesprochen werden.«

»Danke«, wiederholte Sarah. »Und was haben Sie mir noch zu sagen?«

»Eigentlich habe ich Sie angerufen, um Ihre Meinung zu hören.«

»Wie, meine Meinung?«

»Glauben Sie, dass er es wieder tut, dass er wieder tötet?«

Plötzlich wurde ihr siedend heiß. Er musste es sein.

Albo.

Sarahs Herz pochte wild. Sollte sie ihm sagen, dass sie wusste, wer da am Apparat war? »Wie kommen Sie darauf?«

Sie setzte sich in Bewegung. Sie wollte so schnell wie möglich in die Redaktion zurück.

»Hat es eigentlich etwas zu bedeuten, dass Sie diese roten Hörnchen in den Ohren und um Ihren Hals tragen?«

Sarah sah sich um. Stand der Kerl hier irgendwo?

»Corno. Der böse Blick. Nicht wahr?«

»Woher wissen Sie …? Sind Sie vielleicht in meiner Nähe?«

»Haben Sie Angst?«

»Wenn Sie mir nichts mitzuteilen haben, sagen Sie es, ansonsten können wir beide auflegen und sparen wertvolle Zeit.«

»Wo Sie gerade von Zeit sprechen, meine Liebe. Wissen Sie eigentlich, wie viel Zeit Sie noch haben?«

»Wie meinen Sie das?«

»Genau so, wie ich es sage. Ist doch nicht so schwer zu verstehen. Sie sollten etwas schneller von Begriff sein in Ihrem Job. Sagen Sie, laufen Sie? Sie schnaufen auf einmal so beim Reden. Sie haben doch Angst.«

Sarah verlangsamte ihre Schritte. »Nein, wieso sollte ich Angst haben?«

»Ich dachte nur. Vielleicht versuchen Sie, vor mir davonzulaufen. Aber keine Angst, ich bin nicht in Ihrer Nähe. Noch nicht. Aber das kann sich schneller ändern, als Ihnen lieb ist.«

»Wer verdammt noch mal sind Sie? Sagen Sie es mir, oder ich lege auf.«

»Das werden Sie nicht tun, meine Liebe. Sie sind viel zu neugierig. Aber ich denke, im Laufe unseres Gesprächs werden Sie begreifen, wer ich bin.

Also, was denken Sie, wie viel Zeit Ihnen noch bleibt?«

»Wofür?«

»Dafür, derartige Artikel zu schreiben.«

Sarah war einer Ohnmacht nahe. Sei ein Profi, sei verdammt noch mal ein Profi. Was hätte Hilde Jahn an ihrer Stelle getan? Ihn reden lassen. Wann hatte man schon mal die Gelegenheit, mit einem Serienkiller zu sprechen? So was sah man normalerweise nur in amerikanischen Filmen. Sie blieb stehen, atmete tief durch und sagte mit bemüht fester Stimme: »Sagen Sie mir, wie viel Zeit mir bleibt!«

»Na endlich haben Sie das Spiel begriffen.«

»So wie Mensch ärgere dich nicht? Sie würfeln eine Sechs und bestimmen, wer rausfliegt?«

Ein lautes Lachen war die Antwort. »Sie haben ja Humor, meine Liebe. Aus der Sicht habe ich das Ganze noch nicht betrachtet. Also, wenn Sie so wollen ist es eine Art Mensch ärgere dich nicht. Ich stelle die Kegel auf und werfe sie raus, bevor sie ihr Haus erreicht haben.«

»Warum?«

»Halten Sie mich wirklich für so dumm, Ihnen das nähere Motiv, den Hintergrund, zu verraten? Die journalistischen Fragen müssen Sie schon selbst beantworten. Ihren Job kann ich nicht auch noch machen, obwohl«, er machte eine kurze Pause, »ich glaube, Sie wissen schon, warum ich das tun muss.«

»Tun muss?«, wiederholte Sarah schrill mit Betonung auf dem letzten Wort.

»Eines Tages werden Sie mir vielleicht dankbar sein, meine Liebe.«

Sarah spürte, wie die Angst der Wut wich. »Ihnen dankbar sein? Einem Mörder? Vergessen Sie's.«

»Wie Sie meinen. Vielleicht ändern Sie Ihre Meinung ja noch«, antwortete er in ruhigem Ton.

»Sie haben mir noch immer meine Frage nicht beantwortet, Herr Freund. Oder soll ich Feind zu Ihnen sagen«, fragte Sarah provokant.

»Das überlasse ich Ihnen«, kam es galant zurück. »Helfen Sie mir! Welche Frage meinten Sie?«

»Die Antwort auf die Frage, wie viel Zeit mir noch bleibt.«

»Sagen wir so: Drehen Sie sich in Zukunft drei Mal um, bevor Sie auf die Straße gehen. Ich werde mir demnächst erlauben, mich um Sie zu kümmern, verspreche Ihnen, dass es nicht weh tut. Jedoch befürchte ich, dass es dennoch kein schneller Tod sein wird. Ein Gehirn, das derart schön formulierte Wörter in die Hand diktiert, hat es verdient, nicht zu leiden und unbeschädigt zu sterben. War nett, mit Ihnen zu plaudern.«

Dann legte er auf. Sarah stand mit dem Handy in der Hand auf dem Gehsteig. Sie zitterte am ganzen Körper, als stünde die Bedrohung direkt hinter ihr.

»Verdammte Scheiße«, fluchte sie leise.

18

Sarah klopfte an, wartete die Antwort aber nicht ab, sondern trat ein und setzte sich auf den freien Stuhl vor dem Schreibtisch, atmete tief ein und wieder aus, wie sie es kurz zuvor auf der Straße getan hatte. Kunz lehnte sich in seinen Sessel zurück, beobachtete sie stumm, wartete auf eine logische Erklärung für diesen Auftritt.

»Er hat mich angerufen«, sagte sie schließlich.

»So. Er hat dich angerufen. Wer bitte ist er?«

»Albo.« Sie war am Ende mit den Nerven.

Der Chef vom Dienst hob die Augenbrauen. »Was? Wo? Auf deinem Handy?«

»Nein. In der Redaktion. Eine der Telefonistinnen hat ihn dann auf mein Handy verbunden. Ich war gerade beim Würstelstand ums Eck.«

»Sie hat ihm aber hoffentlich nicht deine Nummer gegeben?«

Sarah zuckte die Achseln. »Glaube nicht.«

»Steht die Nummer im Telefonbuch?«

»Ähm?« Sarah brauchte einige Sekunden, um zu überlegen. »Nein. Nur meine Festnetznummer.«

»Dann hat er auch deine Adresse.« Kunz sprang aus dem Sessel hoch.

»Danke«, sagte Sarah. »Jetzt hab ich richtig Angst. Mein Gott, ja, der weiß sicher, wo ich wohne. Ich lebe mit meinem Bruder in der Wohnung, und er hat von meinem kleinen Bruder gesprochen. Er weiß von Chris. Mein Gott, Herbert.« Sie schlug die Hände vors Gesicht.

»Uns wird schon was einfallen, Sarah. Hast du im Vorzimmer schon nach der eingegangenen Nummer gefragt?«

»War unterdrückt. Habe ich mir aber schon gedacht. Der Mann bringt Leute um, da wäre er ganz schön bescheuert, wenn er mal eben von seinem Apparat zu Hause hier in der Redaktion anrufen würde. Da kann er doch gleich den Stein direkt anrufen und bitten, ihn abzuholen.«

Kunz lehnte sich wieder zurück. »Und was hat er gesagt?«

»Meinst du den Teil, nachdem er mir ein Kompliment über meinen Schreibstil gemacht hat?« Sie verstummte und schloss die Augen. Die Anspannung ließ nach und machte der Hysterie Platz.

»Ich vermute jetzt mal ganz stark, dass das der wichtigere Teil eures Gesprächs war.«

»Mir ist schlecht, Herbert. Ich glaube, die Wurst war nicht gut.«

»Ich denke eher, dass das Telefonat dir auf den Magen geschlagen ist.«

Er stand auf, holte eine Flasche Cognac aus seinem Regal und goss zwei Schwenker ein. Warum hatten ihre Kollegen eigentlich immer Alkohol im Büro? Dennoch nahm sie das Getränk gern an. Der erste Schluck brannte wieder, und danach spürte sie eine leichte Entspannung. Das Zeug wirkte wirklich jedes Mal.

»Ich hab den Hauptgewinn gemacht.« Ihr Lachen klang verzweifelt. »Ich stehe jetzt auf seiner Todesliste. Ganz oben.«

»Scheiße.« Er griff zum Telefon.

»Ich hätt's nicht besser ausdrücken können.«

»Gabi, David soll mal in mein Büro kommen. Wir haben ein Problem.«

Kunz behielt den Hörer in der Hand, drückte die Gabel nach unten, tippte erneut eine Nummer in den Apparat. »Wir müssen Stein informieren.«

»Lass es, Herbert. Darauf hat er doch nur gewartet. Er wird mich sofort ... wie hat er das so schön formuliert ... von der Straße holen.«

»Mobilbox«, sagte Kunz. »Kann schon sein, Sarah. Aber das ist mir noch immer lieber, als dich vom Gehsteig kratzen zu müssen. Verdammt. Der Kerl ist gefährlich. Sieh das endlich ein. Wir hätten dir niemals ...« Er blätterte im Telefonbuch und wählte erneut. »Deine Erfahrung reicht einfach nicht aus, um mit Derartigem umzugehen. Du bist zu jung ... Scheiße, Scheiße, Scheiße.«

»Das hatten wir schon, Herbert.« Sarah stand auf, ging zum Fenster und starrte hinaus auf die gegenüberliegenden Häuser.

»Ich hab's David gesagt. Gib ihr wen an die Seite, hab ich gesagt. Jemand, der ihr den Rücken frei hält. Jemand, der auf sie aufpasst. Zumindest hätte ich mich intensiver darum kümmern müssen. Dich nicht allein lassen. Aber hier geht's ja zu wie im Taubenschlag.« Seine Stimme hatte einen verzweifelten Tonfall.

»Ich bin noch nicht tot, Herbert. Noch nicht.« Sarah ließ ihren Blick über eine Fensterfront schweifen. Konnte es sein, dass er sich dort drüben verschanzt hatte und sie beobachtete? Wie lange schon? Vielleicht hatte er sich unter die Reporter gemischt, als Hildes Leiche gefunden wurde und die Kollegen der Konkurrenz das Zeitungshaus belagerten.

Sehen Sie sich in Zukunft drei Mal um, bevor Sie auf die Straße gehen.

Sie wandte sich um, ging in die Mitte des Raumes, blieb einfach stehen.

Zum Sitzen war sie viel zu nervös.

»Stein ist nicht erreichbar. Er leitet gerade ein Verhör«, sagte Kunz, nachdem er aufgelegt hatte. »Ich hab ihm eine Nachricht hinterlassen, dass er dich oder mich sofort anrufen soll.«

»Du wolltest mich sehen.« Gruber betrat den Raum.

»Albo hat Sarah angerufen.«

Grubers Blick schweifte zwischen Sarah und Herbert hin und her.

»Wann? Wie? Am Handy?«

Kunz informierte den Herausgeber ausführlich, während Sarah nur dastand, als gehe sie das Ganze nichts an.

»Das klingt nicht gut, Sarah. Was willst du jetzt tun?« Seine Stimme klang ruhig, aber seine Augen verrieten ihr, dass auch er sich ernsthaft Sorgen machte. »Wir können die Geschichte auf Eis legen, bis die Polizei …«

»Ich werde auf gar keinen Fall klein beigeben«, unterbrach Sarah ihren Chef. »Der Anruf beweist doch, dass er nervös wird. Das wollten wir doch erreichen.«

»Aber nicht auf deine Kosten«, erwiderte Gruber.

»Ich glaube nicht, dass er mir was antun wird«, behauptete sie, obwohl sie in Wahrheit anders dachte.

»Und warum nicht?«

»Weil er mich …« Sie überlegte. Ihr fiel aber kein glaubhaftes Argument ein. »Egal. Ich werde jedenfalls dranbleiben.«

»Wir werden ihn aber nicht mit weiteren Berichten über einen Serientäter reizen, Sarah. Hast du verstanden? Nicht, solange wir die Behauptung nicht mit Beweisen untermauern können.«

»Das Haus in der Laxenburgerstraße. Vielleicht hat doch irgendwer was gesehen. Ruhig dasitzen ist nicht so meines. Ich muss etwas tun«, sagte Sarah, so als habe sie den letzten Satz ihres Vorgesetzten nicht gehört. Wie in Trance griff sie nach ihrer Handtasche. In diesem Moment stürmte Conny herein.

»Gott sei Dank, ich hab dich gefunden«, keuchte sie. »Hab dich im ganzen Haus gesucht!« Sissi war ihr wie immer dicht auf den Fersen, hatte das Laufen ihres Frauchens als neues Spiel angesehen. Jedenfalls hüpfte sie aufgeregt um Conny herum. »Jetzt nicht, Sissi. Geh!« Der Mops versuchte sein Glück bei Kunz.

»Sarah, wir haben unsere Geschichte«, sagte sie, als sie wieder einigermaßen Luft bekam. Auf Stöckelschuhen durch ein Gebäude zu laufen, war eine sportliche Meisterleistung. »Sie haben einen Verdächtigen im Fall Mohn festgenommen. Die Meldung kam gerade über die APA rein. Ich hab gleich auch noch die Pressestelle der Polizei angerufen, die haben mir das bestätigt.«

»Wann?«, fragte Sarah erstaunt.

»Vor fünf Minuten.«

»Ich meine, wann haben sie den Verdächtigen festgenommen?«

»Keine Ahnung. Er wird seitdem verhört.«

»Und mit welcher Begründung?«

»Die Polizei gibt noch keine nähere Auskunft.«

»APA?«

»Nichts. Nur die Meldung über die Festnahme.«

»Wissen wir, wer festgenommen wurde?«

»Halt dich fest! Oliver Wallner. In einer Stunde ist eine Pressekonferenz in der Bundespolizeidirektion. Da kommen sicher jede Menge Leute. Du solltest sofort los. Ich schau mal im Archiv, ob wir passende Fotos haben.«

Man konnte zu ihr stehen wie man wollte, eines war die Löwin allemal: ein Medienprofi.

*

Der Raum war bis auf den letzten Platz gefüllt. Mikrofone verschiedener Radio- und Fernsehsender zierten eine lange Tischreihe. Rechts und links von den Sitzreihen für die Journalisten waren Kameras dicht gedrängt aufgebaut. Einige der Redakteure begrüßten sich mit Handschlag oder Küsschen auf die Wange. Neue wie Sarah wurden ignoriert.

Der Medienrummel war keine Überraschung. Die Festnahme war die Meldung des Tages. Oliver Wallner, der Neffe von Bernhard Freudmann, eine angesehene Familie in Wien. Das Kaufhaus war seit Jahrhunderten in Familienbesitz, und nachdem den Freudmanns keine Nachkommen vergönnt waren, hatte man sich entschlossen, den Neffen als Nachfolger einzusetzen. Auch wenn man sein Leben als schillernde Figur in der High-Society-Szene nicht billigte. Doch wichtiger war, dass das Unternehmen in der Familie blieb.

Sarah nahm in den hinteren Reihen Platz. Sie wollte vermeiden, dass Martin Stein sie gleich zu Beginn entdeckte. Niemand sonst kannte sie hier, niemand brachte sie mit dem Artikel über den Serienkiller in Verbindung. Darüber war sie sehr froh. Sie hatte nämlich keine Lust, ihren Kollegen von der Konkurrenz Rede und Antwort zu stehen. Auch wollte sie nicht an dem Frage-und-Antwort-Spiel teilnehmen, sondern nur zuhören, wie viel die Polizei preisgab und in welche Richtung sie die Ermittlungen führten.

Den Unterlagen entnahm sie, dass neben Martin Stein auch noch eine Staatsanwältin und Wallners Anwalt an der Pressekonferenz teilnahmen. Wie klein die Welt doch war. Niemand Geringerer als Dr. Gerald Lackner vertrat den Kaufhausinhaber. Jener Jurist, der auch für den Wiener Boten arbeitete und neben dem sie auf den Boden gekotzt hatte, als sie Hildes Leiche gesehen hatte. Vielleicht konnte er ihr ein Interview mit Wallner verschaffen.

Die Tür ging auf, und die drei betraten den Raum, augenblicklich begann ein Blitzlichtgewitter. Sarah stellte ihr Handy auf lautlos. Martin Stein machte den Eindruck, als käme er gerade von einem Kaffeekränzchen und nicht von einer Vernehmung. Seine Kleidung war makellos, seine sonst oft grimmige Miene drückte Hoffnung aus. Zuversicht, endlich einen Erfolg verbuchen zu können, obwohl ihn die Öffentlichkeit aufgrund der Frauenmorde noch keineswegs unter Druck setzte. Niemand interessierte sich für das gewöhnliche Fußvolk. Ihr Tod war höchstens ein oder zwei aktuelle Meldungen wert, und dann verschwanden sie wieder in der Bedeutungslosigkeit. Kaum jemand außer den Hinterbliebenen interessierte sich dafür, ob der Täter gefunden wurde. Das Leben hatte fünf Minuten später schon wieder die nächste Sensation zu bieten, und mit etwas Glück traf es diesmal einen Prominenten.

Auch Gerald Lackner hatte die Lederjacke gegen einen dunklen Anzug mit dunkelgrauem Hemd und hellgrauer Krawatte getauscht. Er sah um zehn Jahre älter aus als vor der leeren Fabrikhalle in der Per-Albin-Hansson-Siedlung. Um den Sensationslüsternen nicht die Möglichkeit zu bieten, zu dem heimlichen Freudenhaus in die Laxenburgerstraße zu pilgern, gab die Polizei die genaue Adresse des Tatortes nicht bekannt, und soweit Sarah von ihren Kollegen erfahren hatte, die regelmäßig den Polizeifunk abhörten, mussten die Meldungen über die Tote und die Festnahme Wallners über eine verschlüsselte Frequenz gelaufen sein. Wieder ein Vorteil für Sarah. Aber auch sie würde sich hüten, die Hausnummer zu verraten. Vielmehr wollte sie gleich nach der Pressekonferenz versuchen, mit dem alten Mann zu sprechen. Sollte doch Kunz Stein über den Anruf von Albo informieren. Plötzlich fühlte sie sich stark, unverletzbar.

Die Staatsanwältin informierte die im Saal versammelten Journalisten, dass über Oliver Wallner noch keine Untersuchungshaft verhängt worden sei. Bei Strafsachen ist laut Gesetz eine Verwahrung von bis zu 48 Stunden aus Ermittlungsgründen gestattet, wusste Sarah.

»Daher gilt für meinen Mandanten die Unschuldsvermutung«, ergänzte Lackner die Ausführungen.

Man habe zwar einige wenige Spuren gefunden, sprach die Staatsanwältin weiter, die aber derzeit noch ausgewertet werden mussten. Weitere Details dieser Art lieferte sie allerdings keine.

Eine ältere Reporterin aus der zweiten Reihe wollte wissen, welche Hinweise zu Wallners Verhaftung geführt hatten.

»Ein Tipp aus der Bevölkerung«, erläuterte Stein. »Es gibt Anhaltspunkte, dass Wallner die Tote kannte.«

Allgemeines Gemurmel breitete sich im Saal aus.

Wer hat die Polizei benachrichtigt?, überlegte Sarah. Der alte Mann? Ein Passant oder ... Es lief ihr kalt über den Rücken. War es vielleicht Albo? Er hatte Katharina Mohn garantiert beobachtet, so wie er sie beobachtet hatte, von ihrem Bruder wusste. Die Morde passierten nicht im Affekt, sondern ihres Erachtens präzise geplant. Da kam ihr Sabine Bender in den Sinn. Wusste sie Bescheid?

»Was ist an dem Gerücht dran, dass Wallner ein regelmäßiger Kunde der Toten war?«, hörte sie einen Kollegen aus der vierten Reihe fragen. Die Kameras blieben starr auf die Gesichter der Dreiergruppe gerichtet. Keine Zwischenschnitte, keine Schwenks. Diese Antwort musste festgehalten werden. Obwohl jeder auf die Bestätigung wartete, schien es niemanden im Raum ernsthaft zu überraschen, dass Wallner mit Nutten verkehrte. Derartige Stillschweige-Agreements waren etwas Alltägliches im Journalismus und funktionierten so lange, bis derjenige, über den geschwiegen wurde, einen kleinen Fehler machte. Im Verdacht zu stehen, eine Prostituierte getötet zu haben, war mehr als ein Fehler.

Die drei Angesprochenen schwiegen einen Moment. Es war Stein, der das Schweigen brach und schließlich antwortete: »Ja, Herr Wallner war Kunde bei Frau Mohn«, wobei er eines der Mikrofone zurechtrückte. Auf Sarah wirkte die Bewegung wie eine Geste des Unbehagens.

Die Menge wurde unruhig, die ersten Journalisten verließen eilig den Saal, um die Meldung gleich durchzustellen. Wahrscheinlich Radio und Fernsehredakteure, die auf Sendung gehen mussten. Der Skandal war soeben um eine Facette reicher geworden, Wallner war zum Freiwild erklärt worden, und das gehörte unter die Leute.

»High Society von Wien. Bekannter Geschäftsmann unter Mordverdacht. Kunde bei Geheimprostituierten ...«

Medienwelt, was willst du mehr?

Sehr gut, dachte Sarah. Nun konnte man im Wiener Boten über Wallners und Mohns Verhältnis – wenn man es so nennen wollte – berichten, ohne dass Wallners Anwalt ihnen ans Zeug konnte. Obwohl Lackner hier hundertprozentig einen Gewissenskonflikt haben würde. Jedenfalls würde er abwägen, welcher Kunde ihm mehr Geld einbringen würde. Wiener Bote gegen Oliver Wallner. Da musste man nicht lange überlegen. Wallner würde das Rennen machen.

Sarah holte ihr Handy hervor, schrieb Conny eine diesbezügliche SMS mit der Bitte, gleich zu schreiben zu beginnen und bei Kunz den Titel und die Seite drei zu reservieren. Sicher fand die Society-Reporterin genug Fotomaterial von Wallner.

»Im Wiener Boten war heute Morgen etwas von einem Serientäter zu lesen, der angeblich für mehrere Frauenmorde in Wien verantwortlich ist. Unter anderem auch für den Mord an Hilde Jahn. Bisher haben Sie dem ja widersprochen. Wie denken Sie jetzt darüber? Ich frage, weil das letzte Mordopfer wieder eine Frau war. Ermitteln Sie auch in diese Richtung? Oder anders gefragt: Werden Sie Oliver Wallner zu den anderen Morden befragen?«

Sarahs Kopf schnellte hoch. Wer hatte da gefragt? Es war eine junge Kollegin. Sie musste vom Fernsehen sein, denn sie gab einem der Kameramänner ein Zeichen. Steins Blick wanderte zur Staatsanwältin, dann zu Wallners Anwalt, bevor er antwortete. »Bisher hat sich diese Vermutung noch nicht bestätigt. Wir ermitteln aber in alle Richtungen, werden selbstverständlich Oliver Wallner auch in diese Richtung befragen.«

»Haben Sie es schon getan?«, hakte die Journalistin nach.

»Nein, denn im Moment sind wir noch dabei, die Beweislage im Fall Katharina Mohn zu bearbeiten. Und wenn Sie den Artikel im Wiener Boten genau gelesen haben, dann wissen Sie, dass die Vermutung der Redakteurin, die den Bericht geschrieben hat, dahin geht, dass dieser vermeintliche Serientäter ausschließlich arbeitslose Frauen tötet. Und mit Verlaub, unter diese Kategorie fällt meines Wissens Hilde Jahn auf keinen Fall, und auch Katharina Mohn hat, entschuldigen Sie, wie soll ich es sagen, ohne …« Er wedelte hilflos mit den Händen in der Luft, beendete den Satz nicht, sondern lächelte die Redakteurin herausfordernd an.

Allgemeines Gelächter war die Antwort.

»Sie wissen ja alle selbst, wie manche Geschichten zustande kommen«, ergänzte er grimmig.

Arschloch, dachte Sarah, überlegte den Bruchteil einer Sekunde, ob sie aufstehen und sich zu erkennen geben sollte. Sie verwarf den Gedanken aber wieder. Sie musste sich hier nicht rechtfertigen.

»Also keine allgemeine Warnung der Polizei an arbeitslose Frauen über 40.«

Stein schüttelte den Kopf. »Wir mahnen immer zur Vorsicht, wollen aber diese Art der Panikmache nicht unterstützen. Also um Ihre Frage präzise zu beantworten: nein, keine allgemeine Warnung.«

»Hatte Hilde Jahn Kontakt zu Oliver Wallner?«

»Die Ermittlungen laufen noch«, sagte die Staatsanwältin. Die junge Kollegin setzte sich, und ein Mann in der ersten Reihe hob die Hand.

Stein gab ihm mit einem Kopfnicken das Zeichen zu sprechen.

»Wie geht es Oliver Wallner?«

Jetzt ergriff Gerald Lackner das Wort. »Den Umständen entsprechend. Er ist bei guter Verfassung und wird alles dransetzen, die Polizei bei ihren Ermittlungen, den wahren Täter zu finden, zu unterstützen.«

PR-Gelaber, dachte Sarah.

»Mit anderen Worten, Herr Dr. Lackner, Sie sind von der Unschuld Ihres Mandanten überzeugt.«

»Ja, das bin ich«, kam es spontan zurück.

Was auch sonst, ergänzte Sarah stumm.

»Aber der bisherige Lebenswandel Ihres Mandanten lässt möglicherweise auf etwas anderes schließen.«

»Wie ich schon sagte, es gilt die Unschuldsvermutung, Herr ...?«

»Neugebauer. ORF. Aktueller Dienst.«

ORF. Aktueller Dienst, wiederholte Sarah in Gedanken. Wenn Hilde noch leben würde, wäre der Mann jetzt wahrscheinlich ihr Kollege oder gar Konkurrent?

»Herr Neugebauer. Der Lebenswandel meines Mandanten ist nicht Gegenstand der Ermittlungen und damit für die Wahrheitsfindung irrelevant. Ich hoffe, dass Sie das auch in Ihrer Berichterstattung berücksichtigen und keine Vorverurteilung eines möglicherweise Unschuldigen verursachen.«

Klar werden das alle hier sicher berücksichtigen, dachte Sarah zynisch.

»Gibt es im Fall Hilde Jahn neue Anhaltspunkte?«, fragte Neugebauer, ohne auf Lackners Bitte einzugehen.

»Nein, gibt es nicht«, antwortete Stein.

Die drei erhoben sich.

»Mehr können wir Ihnen im Moment nicht sagen. Sobald die Spuren ausgewertet wurden und wir mehr wissen, werden wir Sie benachrichtigen. Wir danken für Ihr Kommen.«

Die Kameramänner schalteten ihre Kameras aus, klappten die Stative zusammen, während die Assistenten die Mikrofone abbauten. Die Reporter verließen bereits den Saal. Nur die Berichterstatter der Privatsender mussten sich selbst um das technische Equipment kümmern. Sarah machte sich noch einige Notizen, als ihr Handy vibrierte. Ihr Puls beschleunigte augenblicklich. Aber es war nur Conny. Sarah hob ab.

»Ist die Pressekonferenz schon vorbei?«, fragte sie.

»Ja, ist vorbei. Über Wallner wurde noch keine U-Haft verhängt. Sie warten die Untersuchungsergebnisse ab. Sehr viel mehr haben sie nicht gesagt, außer dass sie meine Theorie mit dem Serientäter noch immer für Schwachsinn halten.«

»Hat Stein dich gesehen?«

»Nein. Ich bin ganz hinten gesessen. Hast du gewusst, dass Dr. Lackner auch der Anwalt von Wallner ist? Setzt doch unseren lieben Chef mal auf ihn an. Ich will ein Interview mit Wallner. Die behalten ihn vielleicht die gesetzlich erlaubten 48 Stunden in Gewahrsam. Da muss doch was zu machen sein.«

»Geht klar. Wann kommst du ins Büro?«

»Weiß nicht. Vielleicht in einer Stunde. Kommst du mit dem Artikel bis dahin allein klar?«

»Kein Problem.«

»Ich will nämlich noch in die Laxenburgerstraße und bei Sabine Bender vorbei. Vielleicht krieg ich noch irgendwo Hintergrundstoff her.«

»Apropos Stoff. Der Grund, warum ich dich anrufe, ist: Ich habe Fotos gefunden. Wallner und Katharina Mohn. Zusammen in einer Bar.«

»Das ist ja großartig«, rief Sarah euphorisch.

»Und jetzt halt dich fest.«

»Ich klebe quasi auf dem Stuhl«, erwiderte Sarah.

»Das Foto wurde im Panorama aufgenommen.«

»O Gott. Warum ausgerechnet das Panorama? Es gibt Dutzende Bars in Wien!«

19

Auf dem Weg zur U-Bahn entschied Sarah, dass es nichts Negatives auf der Welt gab, das nicht auch eine positive Seite hatte, und sie rief ihren Bruder an. Chris nahm nach dem dritten Läuten ab. »Was gibt's, Schwesterherz?«

»Sagt dir der Name Oliver Wallner etwas?«

»Wem sagt der nichts? Das ist doch dieser steinreiche Typ aus dem Kaufhausclan Freudmann.«

»War der oft bei euch in der Bar?«

»Ja. Aber bei uns sind viele Leute. Kannst du mir mal sagen, worauf du hinauswillst, Sarah?«

»Er wurde festgenommen. Man vermutet, dass er Katharina Mohn umgebracht hat.«

»Mal langsam«, sagte ihr Bruder. »Wer hat wen umgebracht? Und wer zum Teufel ist Katharina Mohn? Sag mal, mit welchen Themen setzt du dich eigentlich auseinander beim Wiener Boten? Machst du nur noch Mord und Totschlag, oder wie? Muss ich mir Sorgen machen, große Schwester?«

Sarah informierte ihn mit wenigen Worten und erzählte, was sie soeben von Conny erfahren hatte.

»Und was willst du jetzt genau von mir?«

»Ich will wissen, was der Wallner für ein Typ ist.«

»Schwer zu sagen. Vielleicht der Gönnerhafte. Ist ja nun nicht gerade der Frauentyp, wenn du weißt, was ich meine?«

»Nein, weiß ich nicht. Erklär's mir!«

»Also gut. Er ist klein, hat schütteres Haar und sieht ziemlich mittelmäßig aus. Absolut kein Al-Pacino-Typ. Eher wie … na ja … eher so ein Beamtentyp.«

»Kann ihn mir lebhaft vorstellen«, sagte Sarah und dachte an Brenneis.

»Außerdem sah er immer aus, als wäre ihm seine Kleidung zu groß. Wahrscheinlich gleicht er deshalb sein Aussehen und seinen nicht vorhandenen Charme mit Geld aus. Weißt ja, Geld macht auch sexy.«

»Da hast du aber Glück, dass du dein Geld behalten kannst«, sagte Sarah zynisch.

»So ist es, Schwesterherz. Wallner spendiert Lokalrunden, trägt ständig viel Bargeld mit sich herum. Dass den noch keiner überfallen hat … Wo war ich stehengeblieben?«

»Trägt ständig viel Bargeld mit sich herum.«

»Wer genug Geld hat, dem liegen die Frauen zu Füßen, vor allem ab einer gewissen Promillegrenze.«

»Klingt widerlich.«

»Ja, meine große unschuldige Schwester. So ist das Leben da draußen. Hart, aber ungerecht.« Er lachte.

»Und warum nimmt er dann ausgerechnet eine Prostituierte mit in die Bar, wenn er eh alle haben kann?«

»Da bin ich leider überfragt. Vielleicht gefiel es ihm, oder er wollte ganz einfach nur provozieren. Mit einem Wort: Ich weiß es nicht.«

»Das waren jetzt vier Wörter. Musst du heute zur Arbeit?«

»Ja, leider. Kommst du?«

»Nein. Werde mir einen gemütlichen Abend mit Marie machen.«

»Lass sie aber nicht Universum mit Raubkatzen schauen. Du weißt, dass sie dann nicht gut schlafen kann.«

»Keine Angst. Wir schauen Aristocats, das hat ein Happy End. Du, Chris. Tu mir einen Gefallen und hör dich wegen Wallner um. Vielleicht erzählt eine seiner Damen eine nette Bettgeschichte. Natürlich unauffällig. Würde mich interessieren, was mit dem Kerl nicht stimmt.«

»Glaubst du, dass dich das weiterbringt?«

»Keine Ahnung. Im Moment klammere ich mich an jeden Strohhalm. Tu's einfach für mich.«

»Für dich tu ich eh alles«, kam es in spöttischem Ton aus der Leitung.

»Opfere dich aber bitte nicht auf. Du musst nicht mit allen schlafen. Ein einfaches Frage-Antwort-Spiel genügt mir in diesem Fall.«

»Ich opfere mich doch gern auf.« Er legte auf, bevor sie noch reagieren konnte.

Sarah grinste. Ihr kleiner Bruder, ein Don Juan.

Am liebsten wäre sie jetzt gleich nach Hause gefahren, hätte sich mit Marie aufs Sofa gelegt und nachgedacht. Ihre Gedanken drehten sich wie ein Karussell, immer schneller.

*

Sabine Benders Kaffee in der Tasse wurde kalt. Sie hatte ihn nur gekocht, um irgendetwas zu tun und um Sarah etwas anbieten zu können. Natürlich hatte sie von dem grausamen Mord an ihrer Freundin schon erfahren. Die Radiosender überschwemmten die Stadt mittlerweile mit Meldungen über Wallners Verhaftung im Zusammenhang mit dem Tod einer Prostituierten. Sarah dachte eine Sekunde lang nach, bis sie beschloss, auf das höfliche Vorgeplänkel zu verzichten und ohne Umschweife zum Punkt zu kommen.

»Frau Bender, erzählen Sie mir endlich, was Sie wissen.«

Sabine Bender strich eine Strähne ihres Haares zurück und seufzte.

»Was wollen Sie wissen?«, fragte sie schließlich.

»Alles. Wie kamen Sie auf die Idee, dass jemand da draußen aufräumt, wie es Frau Mohn so schön formuliert hat?«

»Ich wollte sie doch heute Morgen noch anrufen«, jammerte Sabine Bender, »und ihr erzählen, dass es jetzt bergauf geht.«

»Wie meinen Sie das?«

»Heute Morgen kam ein Anruf vom AMS. Ich soll am Montagnachmittag zu einem Vorstellungsgespräch gehen. Ist das nicht wunderbar, Frau Pauli? Nach fast einem Jahr Arbeitslosigkeit kann ich vielleicht endlich wieder …«

Sie brach den Satz ab, seufzte wieder laut und begann zu weinen. »Es sollte doch ein schöner Tag werden.« Sie schnäuzte sich. »Und dann das.«

»Das freut mich für Sie, Frau Bender. Was ist es denn für ein Betrieb?«, lenkte Sarah die Frau ab.

»Haushaltswaren. Der Mann verkauft Haushaltswaren und sucht eine Verkäuferin in meinem Alter. Eine, die etwas davon versteht. Außerdem, hat der vom AMS gesagt, geht es auch irgendwie ums Alter. Der Mann will in fünf Jahren in Pension gehen, und jetzt sucht er halt … eben auch deshalb … eine ältere Angestellte, die mit ihm dann … Sie verstehen?«

»Verstehe«, bestätigte Sarah.

»Ist kein großer Laden, hat man mir gesagt. Der Chef ... wo hab ich denn nur seinen Namen?«

Sabine Bender stand auf, ging ins Vorzimmer und kam wieder zurück. »War in meiner Handtasche«, erklärte sie. »Ich habe mir nämlich schon alles zusammengepackt. Man muss ja vorbereitet sein.« Sie sah auf das Blatt. »Franz Münch. So heißt der Besitzer des Ladens, bei dem ich mich melden soll.« Allein der Gedanke an das bevorstehende Gespräch zauberte Farbe in ihr Gesicht. Die Wangen glühten, und ihre Augen strahlten für kurze Zeit. »Das wollte ich Katharina heute erzählen. Sie hätte sich sicher mit mir gefreut. Sie war so. Missgunst oder Neid kannte diese Frau nicht, obwohl sie wirklich nicht auf die Sonnenseite des Lebens gefallen ist.«

»Haben Sie gewusst, dass sie ...«

»Ja.«

»Frau Bender, was ist passiert? Warum hat Katharina Mohn als Prostituierte gearbeitet?«

»Geldsorgen. Sie hatte ja nicht mal genug zum Überleben, wie sollte sie da auch noch Schulden zurückzahlen?«

»Schulden?«, fragte Sarah.

»Das Gasthaus ihrer Eltern war hoch verschuldet, als sie es übernommen hat. Katharina glaubte daran, es weiterführen zu können, aber die Bank hat es sich sofort unter den Nagel gerissen, als sie einige Male mit den Rückzahlungen in Verzug kam. Die kennen da nichts. Setzen dich einfach von heute auf morgen auf die Straße.« Ihr Blick schweifte ab. »Jedenfalls blieb Katharina auch die nächsten Jahre von ihrem Lohn nur ein Teil.

Der Rest ging für Rückzahlungen drauf. Das Gasthaus hatte nicht genug eingebracht, um die ganzen Schulden zurückzuzahlen. Es blieb nach dem Verkauf ein ganz schöner Batzen übrig, und als Katharina aufgrund der Arthritis mit der Arbeit aufhören musste, ließ sie sich eben etwas einfallen.«

»Prostitution.«

»Richtig. Darin sah sie die einzige Möglichkeit. Sie kannte das Haus in der Laxenburgerstraße. Fragen Sie mich nicht, woher. Ich habe sie nie danach gefragt.« Sabine Bender schlug die Hände vors Gesicht. »Glauben Sie mir, wenn ich das Geld gehabt hätte, ich hätte ihre Schulden zurückbezahlt. Aber mein Mann und ich haben auch nicht viel. Es reicht mal eben so.«

»Sie trifft keine Schuld, Frau Bender. Warum haben Sie und Katharina geglaubt, dass da draußen ein Wahnsinniger rumläuft?«

»Wallner hat Katharina gegenüber so komische Andeutungen gemacht.«

»Was für Andeutungen? Kommen Sie«, sagte Sarah.

Sabine Bender zögerte.

»Wenn Sie nicht wollen, dass noch mehr Frauen sterben, dann müssen Sie mir erzählen, was Sie wissen.«

»Wir wollten doch nicht, dass Ihnen auch noch was passiert. Hilde Jahn …«

Sarah machte eine wegwerfende Handbewegung. »Dafür ist es jetzt zu spät. Er hat mich angerufen und mich bedroht. Wenn Sie so wollen, Frau Bender, sitze ich jetzt mit Ihnen und zigtausend anderen Frauen in einem Boot.«

»Um Gottes willen, das wollten wir nicht.«

»Ist auch nicht Ihre Schuld.«

Sabine Bender nahm einen Schluck von ihrem kalten Kaffee. Angeekelt verzog sie das Gesicht und schluckte. »Na schön. Wallner war Kunde bei Katharina. Das wissen Sie ja jetzt. Jedenfalls hat er ihr gesagt, dass sie nichts zu befürchten hat, denn sie hat ja einen Job. Einen sehr guten Job, und deswegen würde er sie beschützen. Als Katharina nachgefragt hat, was er damit meinte, hat er gelacht und ihr gesagt, dass man diese Arbeitslosenzahlen doch endlich in den Griff bekommen muss, und jeder, der keinen Zweck auf dieser Welt erfüllt, müsste … na ja, müsste eben getötet werden, und dass Brigitte nicht die Erste war.«

Sarah schnappte nach Luft. »Aber das ist ja … Warum sind Sie damit nicht zur Polizei gegangen?«

»Sind wir doch. Aber dieser Stein hat uns ja nicht geglaubt.«

»Haben Sie ihm das erzählt, was Sie gerade mir gesagt haben?«

Sabine Bender hob die Augenbrauen. »Natürlich nicht. Stellen Sie sich mal Folgendes vor: Eine arbeitslose Kellnerin, die nebenbei anschaffen geht, marschiert mal eben so zur Polizei und erzählt, dass einer ihrer Freier, übrigens ein sehr angesehener Geschäftsmann, gestanden hat, dass er Menschen tötet, die seiner Meinung nach für die Gesellschaft ausgedient haben? Träumen Sie weiter, Frau Pauli. Wallner hätte … Nur mal angenommen, Stein wäre dem Hinweis tatsächlich nachgegangen, was ich an und für sich schon nicht glaube. Jedenfalls hätte Wallner natürlich alles abgestritten. Vielleicht hätte er noch zugegeben, bei Katharina Kunde gewesen zu sein, aber mehr … nein. Diese Geschichte hätte uns niemand geglaubt. Immerhin haben wir beide in dem Kaufhaus gearbeitet, und er hat uns rausgeschmissen. Brigitte und mich zumindest. Katharina ist gegangen, weil sie mit Arthrose im Knie nicht mehr so lange stehen konnte und ständig Schmerzen hatte.«

»Moment mal. Sie glauben, dass Wallner der Killer ist?«

»Wer denn sonst?«

»Keine Ahnung.«

»Ach, ich weiß es doch auch nicht«, gab Sabine Bender zu.

Sarah grübelte eine Weile. »Ich habe Ihnen vorhin erzählt, dass dieser Killer mich angerufen und bedroht hat. Er nennt sich übrigens Albo, nur falls Ihnen der Name mal unterkommt.«

Sarah stand auf und begann, auf und ab zu gehen. Das half ihr beim Denken. »Ich weiß nicht, ob mit Wallners Festnahme die Sache zu Ende ist. Vielleicht sind sie ja zu zweit. Überlegen Sie mal. Warum sollte Wallner Katharina Mohn gegenüber behaupten, dass sie nichts zu befürchten hat, wenn er sie dann doch umbringt?«

Sabine Bender zuckte mit den Schultern. »Ich weiß es nicht, Frau Pauli. Ich weiß nur, dass ich unglaublich müde und verzweifelt bin.«

Sarah ging auf die Frau zu und legte ihr den Arm um die Schultern. Sie schien zu frieren. Sarah sah sich um, entdeckte eine Wolldecke, holte sie und legte sie Sabine Bender um die Schultern. Dann sah sie ihr fest in die Augen. »Frau Bender. Wir kriegen ihn«, behauptete sie, ohne zu wissen, ob das der Wahrheit entsprach. Denn im Grunde genommen war sie genauso müde und verzweifelt wie ihr Gegenüber.

»Frau Bender, eine Frage habe ich da noch, eine sehr

persönliche, die Katharina Mohn betrifft. Darf ich sie stellen?«

Sabine Bender nickte. »Wenn ich sie beantworten kann?«

»Weshalb war Frau Mohn auf der Baumgartner Höhe in Behandlung?«

Die ehemalige Verkäuferin lächelte. »Sie wissen davon? Klar. Sie sind ja Journalistin.«

»Wir sind nicht allwissend, Frau Bender.«

»Depressionen. Es waren ganz normale Depressionen. Sie fiel einfach in ein schwarzes Loch, und ihr Hausarzt hatte Angst, dass sie sich etwas antun würde.«

»Und warum hat sie mir nichts davon erzählt?«

Sabine Bender sah Sarah überrascht an. »Warum hätte sie das tun sollen? Das war vor einigen Jahren und hatte absolut nichts mit der Geschichte zu tun. Sie hatte sich im Griff. Hätten Sie ihr etwa geglaubt, wenn sie Ihnen erzählt hätte, dass sie in einer Nervenheilanstalt in Behandlung war?«

»Wahrscheinlich nicht«, gab Sarah zu.

»Sehen Sie! Haben Sie schon mal an Depressionen gelitten oder kennen Sie jemanden, der darunter leidet?«

Sarah schüttelte den Kopf. Plötzlich fiel ihr die CD mit Hildes Fotos ein. Verdammt. Sie hatte völlig vergessen, die Bilder anzusehen. Plötzlich fühlte sie sich vollkommen überfordert mit Hilde Jahns Erbe.

»Ich muss jetzt in die Redaktion. Wenn etwas passiert, das Ihnen eigenartig vorkommt, dann rufen Sie sofort an, entweder Martin Stein oder mich. Bitte, Frau Bender. Und sprechen Sie mit niemandem von der Presse, außer mit mir. Versprechen Sie mir das!«

Ein schwaches Nicken war die Antwort.

»Kann ich Sie allein lassen, oder muss ich mir Sorgen machen?«

Sabine Bender nahm Sarahs Hand, drückte sie leicht. »Sie sind ein wunderbarer Mensch. Es geht mir gut. Ich werde mich jetzt um Katharinas Begräbnis kümmern. Sie hat ja niemanden mehr.«

»Tun Sie das. Ich wünsche Ihnen für Montag alles Gute und drücke Ihnen die Daumen, dass Sie den Job bekommen, und ich bin mir sicher, wo immer Ihre Freundin jetzt ist, sie drückt Ihnen ebenfalls die Daumen.«

Sabine Benders Augen füllten sich mit Tränen. »Daran glaube ich auch.«

Sarah verließ die Wohnung.

»Ein Anruf in Abwesenheit«, stand in weißen Buchstaben auf dem Display ihres Handys. Conny hatte versucht, sie zu erreichen. Sie hatte nach der Pressekonferenz vergessen, ihr Mobiltelefon wieder auf normale Lautstärke zu stellen, und rief Conny zurück.

»Sarah! Wo bist du?«

»Ich war gerade bei Sabine Bender, bin jetzt auf dem Weg in die Laxenburgerstraße.«

»Kannst du vergessen. Den haben sie ebenfalls gerade hopsgenommen.«

»Warum?«

»Steuerhinterziehung. Illegales Betreiben eines Puffs. Such dir's aus.«

»Aber das alles hat die Polizei doch schon vorher gewusst, sagt zumindest Stein. Warum lassen sie ihn ausgerechnet jetzt auffliegen?«, rief sie so laut, dass eine vorbeigehende Passantin erschrocken zusammenfuhr.

»Entschuldigung«, flüsterte Sarah. Die Frau schüttelte erbost den Kopf und ging weiter.

»Weil's jetzt offiziell geworden ist. Eine Tote unter der Dusche wirbelt halt ordentlich Staub auf, und die Polizei befürchtet natürlich, von der Presse unangenehme Fragen gestellt zu bekommen: warum jemand in Wien ohne Genehmigung ein Puff führen kann, ohne Konsequenzen befürchten zu müssen. Was glaubst du, was da in der Szene los wäre. Vielleicht wollen sie den Alten auch nur schützen und lassen ihn in einigen Tagen wieder frei? Woher soll ich wissen, warum sie ihn festgenommen haben? Bin ich bei der Polizei?«

»Hast ja Recht. Ist nur blöd, weil ich unbedingt mit dem Alten reden wollte. Der hat sicher was gesehen. Du, laut Bender hat Wallner zu Katharina gesagt, diejenigen, die in der Gesellschaft nichts leisten, müssten getötet werden, es gehe mit der Arbeitslosigkeit so nicht weiter. Die Bender fürchtet, Wallner ist der Mörder. Hat David bei Gerald Lackner schon einen Interviewtermin für mich erreicht?«

»Nein. Aber er ist dran. Ich wollte dir nur sagen, dass ich fertig bin. Wir haben genug Material. Wenn du reinkommst, gehen wir den Artikel noch mal durch. David will ihn bis vier auf dem Tisch haben.«

»Ich komme sofort, beeile mich.«

Im Büro sprachen Conny und Sarah das Notwendigste durch. Sissi schlief zusammengerollt in ihrem Körbchen. Sarah hoffte, dass Chris Marie genügend Futter gab, bevor er zur Arbeit ging. Denn wie es im Moment aussah, würde sie direkt vom Büro aus ins Panorama fahren.

Die Löwin hatte beste Vorarbeit geleistet, mit Simon

die Fotos ausgesucht und bereits das Layout erstellt. Sarah und sie hatten nur noch an einigen Details herumgefeilt und dann den Artikel fertiggestellt. Die Headline der Titelseite war auch schon gesetzt: »Geheimprostituierte nach Sexspielen ermordet.«

Conny und sie hatten lange über die Schlagzeile diskutiert. Sarah mochte derartig reißerische Aufmacher nicht. Auch hätte sie gern das Wort Geheimprostituierte Katharina Mohn zuliebe weggelassen. Aber Conny hatte sie schließlich überzeugt, das Kind beim Namen zu nennen. Die Marketingabteilung würde sie beide lieben. Wörter wie »Sex« oder »Skandal« auf der Titelseite versprachen eine Auflagensteigerung von bis zu 30 Prozent. Conny hatte mit der Pressestelle der Polizei telefoniert und gefragt, ob sie das Detail mit der Ganzkörperrasur veröffentlichen durften. Die Pressesprecherin hatte sie gebeten, noch abzuwarten. Also stellten sie es zurück für eine der nächsten Ausgaben. Gleichzeitig hoffte Sarah jedoch, dass diese Information nicht ein Kollege zu hören bekam, dem derartige Bitten der Polizei gleichgültig waren und der mit allem, was er hörte, an die Öffentlichkeit ging.

Conny wollte sich bis zur Besprechung um vier Uhr noch um ihre Society-Seite kümmern, Sarah sich um die Foto-CD.

Schon nach den ersten Bildern war ihr klar, dass Stein Recht gehabt hatte. Hilde hatte tatsächlich eine größere Geschichte über Geheimprostitution in Wien vorbereitet. Jedenfalls bewiesen das die Fotos. Katharina Mohn im Arbeitsdress vor einem mit roten Laken überzogenen Bett. Sie hätte ihr Gesicht garantiert mit schwarzen Balken überlegt. Es folgten weitere in dem Stil. Erst die letzten Bilder hatten wieder Sarahs volle Aufmerksamkeit. Eines von ihnen zeigte Oliver Wallner, wie er das Haus betrat, die anderen zeigten Brenneis. Es schien, als beobachte er das Haus, wissend, was sich dahinter abspielt. Die Fotos waren an unterschiedlichen Tagen aufgenommen worden. Was Wallner dort getan hatte, war inzwischen hinlänglich bekannt. Aber Harald Brenneis? Wollte er die Frauen überführen, ihnen das Arbeitslosengeld streichen lassen? War das der Grund für sein mehrmaliges Auftauchen?

Dann war da noch ein Foto. Wieder ein Gebäude. Diesmal in der Landstraßer Hauptstraße. Sarah musste nicht lange überlegen, um das Haus zuordnen zu können. Die Adresse stand am unteren Bildrand. Sie kramte in ihrer Handtasche nach der Visitenkarte, die ihr Brenneis von der Agentur gegeben hatte. Ihre Vermutung war richtig. Das Bild zeigte eine Außenaufnahme der Arbeitsvermittlungsagentur. Sie griff zum Telefon auf ihrem Schreibtisch, legte wieder auf. Die Agentur würde sofort die Nummer der Redaktion auf dem Display sehen und im Bedarfsfall den Anruf zurückverfolgen können.

Sie nahm ihr Handy, das auf dem Tisch lag. Mit wenigen Handgriffen hatte sie die Rufnummernkennung ihres Handys umgestellt. Auf dem Display der Firma würde nun »Unbekannter Anrufer« erscheinen. Sie wählte die Nummer.

Kurz darauf hörte sie eine freundliche Stimme den Namen der Agentur flöten. Sarah nannte ihren Namen, verlangte die Geschäftsleitung, erwähnte aber nicht, dass sie Journalistin war. Die Kunst des Weglassens.

Sie erfand einen Chef, in dessen Auftrag sie anrief.

»Einer Ihrer Kunden hat Sie uns empfohlen.« Auch Notlügen waren manchmal erlaubt, um ans Ziel zu kommen. »Er war sehr zufrieden.«

Das hörten Unternehmen besonders gern. Manche Telefonistinnen fragten in so einem Fall nach, aber diese schien der Name des Kunden nicht zu interessieren. Sie stellte Sarah durch. Einige Sekunden hing sie in der Warteschleife, hörte »Oh Happy Day«, dann meldete sich eine Männerstimme.

»Wie kann ich Ihnen behilflich sein?«

Blöd stellen, Sarah. Das klappt bei den meisten Männern. Sie entwickeln dann so eine Art Ich-erklär-dir-jetzt-mal-die-Welt-Kleines-Syndrom.

»Ich habe von einem Partner von uns gehört, dass wir über Sie speziell ausgebildete Arbeitskräfte bekommen können.«

Der Mann lachte rau. »Das klingt ja so, als könnte man die bei uns bestellen wie ein Produkt. Ganz so einfach ist das nicht. Erste Voraussetzung dafür wäre mal, dass Ihr Firmensitz in Wien ist.«

»Simmering«, log Sarah.

»Gut. Die Personen, die wir vermitteln, müssen beim AMS arbeitslos gemeldet sein.«

»Kein Problem«, erwiderte Sarah. Das klang jetzt wirklich nach einer Bestellung.

»Ich gehe davon aus, dass Ihre neuen Mitarbeiter spezielle Kenntnisse mitbringen müssen. Welche wären denn das? Dann kann ich Ihnen nämlich gleich sagen, ob wir die Schulungskurse bei uns im Haus anbieten.«

Spezielle Kenntnisse, schoss es Sarah durch den Kopf. Welche speziellen Kenntnisse könnten das sein? Scheiße. Das hätte sie sich vorher überlegen sollen.

»Kommunikation und Rhetorik«, sagte Sarah, ohne weiter darüber nachzudenken. Es war das Erste, was ihr in den Sinn gekommen war. Hoffentlich reichte es.

»Das sind Kurse, die wir direkt anbieten.«

Glück gehabt. »Wie funktioniert das genau?«, fragte sie.

»Zwei Drittel der Arbeitszeit wären die Personen bei Ihnen im Betrieb, und ein Drittel würden sie in Kursen verbringen. Das Ganze läuft drei bis sechs Monate, wird vom AMS gefördert, und nach spätestens sechs Monaten haben Sie Mitarbeiter, die Ihren Anforderungen gerecht werden. Aber am besten wäre, Sie kommen zu uns in die Agentur, dann kann ich Ihnen das genau erklären. Wer hat uns denn empfohlen?«

»Freudmann & Co«, log Sarah und hoffte, dass er das jetzt nicht vertiefen wollte.

»Ah. Das freut uns aber. Herr Wallner hat unsere Dienste ja schon einige Male in Anspruch genommen.«

Sarah kritzelte schnell eine Notiz auf einen Zettel, »Freudmann – Kunde bei Agentur«.

»Von welcher Firma sind Sie noch mal?«

»Bösendorfer.« Scheiße. Was Blöderes war ihr wohl nicht eingefallen? Bösendorfer war eine der bekanntesten Klaviermanufakturen der Welt. Die riefen sicher nicht so nebenbei bei einer Arbeitsvermittlungsagentur an, um auf diese Art neue Mitarbeiter zu bekommen.

Der Mann räusperte sich. »Na dann, wie gesagt. Am besten, Sie kommen her. Aber vereinbaren Sie vorher einen Termin mit meiner Sekretärin.« Dann legte er einfach auf.

Wenn sie noch mal so was tun wollte, musste sie sich besser vorbereiten. Sie wusste aber jetzt immerhin, was sie wissen wollte. Wallner hatte mit dieser Agentur zu tun.

Um vier Uhr versammelten sie sich in Grubers Büro. Gabi war bereits nach Hause gegangen.

»Sarah«, kam David sofort zur Sache, »es tut mir leid. Der Untersuchungsrichter und Martin Stein haben dein Ansuchen um ein Interview abgelehnt. Keine Presse. Aber ich habe Gerald bearbeitet. Er ist bereit, mit dir zu reden und eventuell deine Fragen zu beantworten bzw. sie Wallner vorzulegen. Ihr trefft euch morgen um acht Uhr im Café Eiles. Er hat dann eine Stunde Zeit, bevor er zum Gericht muss.«

»Danke.«

»Keine Ursache. Was haben wir bis jetzt?«

Sarah legte ihm den Ausdruck des Artikels hin, berichtete über das Gespräch mit Sabine Bender und vom Telefonat mit der Agentur.

»Und warum steht davon nichts in dem Artikel?«

»Weil ich der Meinung bin, dass es noch zu früh dafür ist. Wir gefährden die Frau nur unnötig.«

»Dann ändere ihren Namen.«

»David«, sagte Sarah. »Ich glaube, dass wir erst die Spitze des Eisbergs haben. Unter uns liegt noch viel mehr. Deshalb will ich ja mit Wallner reden, bevor es die Konkurrenz macht. Im Moment haben wir einen Vorsprung. Niemand weiß von Sabine Bender. Die Agentur kannst du meiner Meinung nach vergessen. Das scheint mir absolut seriös zu sein, was die da machen. Versteh doch. Wenn wir jetzt schon die ganzen Informationen, die nur wir haben, ausplaudern, verpulvern wir zu viel Munition auf einmal. Abgesehen von der Klage wegen

Rufschädigung, die uns dein Freund Gerald anhängen kann. Denn ich glaube nicht, dass Sabine Bender für uns gegen Wallner aussagen wird. Dazu hat sie viel zu viel Angst, dass der Richter einer ehemaligen Angestellten glauben …«

»Kannst du mal Luft holen, Sarah?«, unterbrach Gruber. »Ich hab schon begriffen. War nur eine einfache Frage.«

»Wie groß spielen wir die Sache?«

Davids Frage ging diesmal an Kunz.

»Titel und Seite drei. Das Übliche. Porträt, Fakten, Analyse. Füllmaterial.«

»Conny und ich haben übrigens toll zusammengearbeitet«, sagte Sarah. Das war sie der Löwin schuldig. Auch wenn sie nicht die besten Freundinnen waren und wohl auch nie sein würden. Gemeinsam arbeiten konnten sie gut, verdammt gut.

»Ich habe in der morgigen Ausgabe Wallner die Hälfte meiner Society-Seite gewidmet. Tut mir leid, wenn ich nicht die besten Fotos im Archiv gefunden habe.« Conny lächelte zynisch und legte ein Layout vor. Es zeigte Wallner zu später Stunde. Nicht einmal ein Blinder konnte übersehen, dass der Mann, der sich umringt von halbnackten Schönheiten in Pose setzte, betrunken war.

»Woher haben wir das?«, fragte Kunz.

»Sagen wir mal, ein Freund von Wallner hat es mir zur Verfügung gestellt.«

»Namen?«

»Gibt es keinen«, sagte Conny.

»Der Mann scheint gern im Rotlichtmilieu zu verkehren. Na, uns soll's recht sein.« Gruber klatschte in die Hände. »Gute Arbeit. Aber jetzt ist Schluss.«

Sarah sah auf die Uhr. Halb sieben. Sie räumte ihre Unterlagen zusammen.

»Sarah, ich muss in deine Richtung. Wenn du willst, nehme ich dich mit und setze dich zu Hause ab.«

Sie blickte hoch, sah gerade noch, wie Conny ihr einen raschen Blick zuwarf.

»Das ist nett, David. Aber ich kann schon …«, sagte sie, obwohl sie es genoss, einige Minuten mit ihm allein zu sein.

»Keine Widerrede. Ich fahr dich. Vergiss nicht, du wurdest heute Vormittag bedroht.«

»Bedroht?«, fragte Conny ungläubig.

»Unser Freund hat mich angerufen und mir mitgeteilt, dass er mich netterweise auf seine Todesliste geschrieben hat.«

»Das ist nicht lustig«, sagte Kunz scharf. »Da fällt mir ein, Stein hat noch nicht zurückgerufen. Er weiß also noch nichts von Albos Anruf. Scheiße.«

»Brauchst es ihm auch nicht zu sagen«, meinte Sarah.

»Doch. Herbert hat Recht. Das muss Stein wissen. Das ist wirklich nicht lustig«, bestätigte Conny. »Du solltest ihn informieren.«

»Ich bin einfach zu müde. Irgendwie kann ich nicht mit ihm reden. Herbert?«

»Gut. Ich mach's für dich. Aber nur, wenn du dich jetzt heimfahren lässt und mir versprichst, dich bis morgen fest einzusperren.«

»Versprochen.«

»Willst du nicht für ein paar Tage zu mir ziehen? Ich hätte Platz«, bot Conny an.

Das fehlte noch.

»Das ist ganz lieb von dir, Conny«, säuselte Sarah.

»Aber das bringt nichts. Der Typ beobachtet mich, und wenn ich zu dir ziehe, gefährde ich dich womöglich auch noch. Außerdem ist ja noch Chris da.«

»Wenn er nicht gerade im Panorama hinter der Bar steht«, wandte Conny ein.

»Ausdiskutiert«, beendete Gruber die Debatte. »Ich fahr dich jetzt heim, und morgen kommst du mit dem Taxi zur Arbeit.«

»Ich kann sie auch mitnehmen«, erwiderte Conny.

Gruber warf ihr einen Blick zu.

Conny hob die Arme in die Luft und drehte die Handflächen nach oben.

»War nur ein Angebot«, sagte sie schnippisch.

Kunz nahm Conny am Arm und zog sie aus dem Büro. Sarah und Gruber blieben allein zurück. Damit schürte David die Gerüchteküche ordentlich. Denn eines war Sarah klar: Die Löwin würde sie, bei aller professionellen Arbeit, ungerührt vom Podest stoßen, wenn sich die Gelegenheit dazu bot. Einen Sonderstatus beim Chef zu haben, half Sarah garantiert nicht dabei, in Zukunft von den Kollegen ernst genommen zu werden. »Die hat sich doch nur hochgebumst«, war schnell unter die Leute gebracht.

Zum ersten Mal, seit sie beim Wiener Boten arbeitete, fiel ihr auf, wie eng der Lift war. Normalerweise ging sie zu Fuß. Aber David war bei der Aufzugstür stehengeblieben, hatte den Knopf gedrückt, und sie waren eingestiegen, noch bevor Sarah etwas einwenden konnte. Maximal drei Personen fanden in der Kabine Platz, auch wenn er für vier zugelassen war.

Übereinandergestapelt. Vielleicht.

Die Tür schloss sich.

»Ich wollte dir nur sagen, dass ich unglaublich stolz auf dich bin.« Er sah ihr fest in die Augen. Sarah spürte ein Kribbeln in der Magengegend. Er roch gut. Verlegen wandte sie ihren Blick ab und starrte zu Boden. Er sollte nicht sehen, dass sie leicht errötete. Gruber war ganz Gentleman, ließ die Spannung einfach im Raum stehen.

»Was du innerhalb kürzester Zeit aus dir gemacht hast, ist beachtlich.«

»Danke«, sagte sie und hoffte, dass er dieses Thema nicht vertiefen würde. Der Lift stoppte. Maria, eine Kollegin von der Kultur, presste sich in die Kabine. »Ah, David. Gut, dass ich dich noch treffe. Ich habe morgen ein Interview mit Anna Netrebko. Sie singt endlich wieder nach ihrer Babypause. Da wollte ich dich fragen, ob wir nicht mal eine Doppelseite Kultur machen können, dann hätte ich eine ganze Seite für die Diva.«

Es schien, als überschlage er in Gedanken die nächsten Ausgaben. Konnte es wirklich sein, dass er die Seitenaufteilung im Kopf behielt?

»Wann hast du das Interview?«

»Um eins.«

»Gut, dann ruf morgen früh bei mir durch. Wenn mich nicht alles täuscht, könnten wir in der Samstagsausgabe eine Doppelseite mehr drucken, ohne viel Mehraufwand.«

»Die Samstagsausgabe? Das wäre toll!«, jubelte die Kulturredakteurin.

Der Lift hielt an. Erster Stock. Maria stieg aus. Die Tür ging wieder zu, sie waren wieder allein.

»Ich bin beeindruckt. Du hast tatsächlich die Ausgaben im Kopf«, sagte Sarah anerkennend.

»Ich bin der Herausgeber.«

Der Lift setzte sich wieder in Bewegung. Sarah hatte schon andere Herausgeber erlebt. Solche mit Koks in der Nase, die sich ohne das weiße Pulver nicht einmal den Namen ihrer Zeitung merken konnten.

Die Tiefgarage war menschenleer. Grubers Wagen stand in der Nähe des Aufzugs.

Die Autofahrt glich einem Spießrutenlauf. Betretene Stille wechselte sich ab mit krampfhafter Suche nach neutralen Themen. Sie versuchten beide die Anziehungskraft zueinander zu überspielen.

Als sie den Yppenplatz erreichten, blieb er direkt vor ihrem Wohnhaus stehen.

»Danke.«

Sie meinte damit mehr, als sich nur dafür zu bedanken, dass er sie nach Hause gebracht hatte.

»Bitte.«

Sie warf die Autotür zu. Sie wussten beide, dass es noch zu früh für alles andere als eine Freundschaft war.

Er wartete, bis sie in der Haustür verschwunden war.

Niemand achtete auf den dunklen Kombi, der nur wenige Meter weiter weg parkte. Er stand gut getarnt auf der anderen Straßenseite zwischen einer Reihe von Autos. Drinnen saß ein Mann und beobachtete, bevor er sich etwas notierte.

Mit dem Alleinsein kam die Angst.

Sarahs Herz pochte wild, sie atmete flach und schnell. Sie stand im Schutz der Dunkelheit hinter vorgezogenen Gardinen in der Küche und starrte auf den Yppenplatz, auf der Suche nach etwas Ungewöhnlichem. Wovor hatte sie eigentlich Angst? Davor, wie Brigitte Hauser sterben zu müssen, aus dem Fenster zu stürzen? Stand er vielleicht jetzt irgendwo da unten, verborgen hinter einem der Marktstände, beobachtete das Haus, wartete auf den idealen Augenblick? Hatte sie die Haustür abgeschlossen?

Eine Art Schwindelgefühl ließ sie einen halben Schritt zurücktreten.

Wovor hatte man eigentlich mehr Angst? Vor dem Tod oder vor dem Sterben? Wie war es, wenn man getötet wurde? Hörte das Leben bereits dort auf, wo der Kampf ums Überleben begann, oder erst dort, wo das Leben den Körper verließ? Hatten ihre Eltern realisiert, dass sie sterben würden, oder war alles so schnell gegangen, dass sie erst dort, wo sie jetzt waren, bemerkt hatten, nicht mehr in ihren Körpern zu sein? Realisierte man Sterben, realisierte man den Tod? War es nicht vielmehr so, dass man Angst davor hatte, Schmerzen ertragen zu müssen? Davor, danach einfach nicht mehr da zu sein?

Aus.

Vorbei.

Schwarzblende.

Keine Erinnerung, keine Gefühle, keine Gedanken mehr. Alles weg.

Angst war so gesehen der natürliche Schutz vor dem Unerklärlichen. Wieder ein Teil des Lebens, den man nicht rational erklären konnte. Die Zersetzung des Körpers, der Verwesungsgrad, die Verflüssigung des Gewebes. Das alles konnte logisch begründet werden. Aber nicht der Übergang vom Hier ins Dort. Genau davor hatten die Menschen wohl Angst, war sich Sarah sicher. »Wenn man den Kopf in den Sand steckt, bleibt doch der Hintern zu sehen. Also was soll's«, sagte sie laut und beschloss, sich nicht verrückt machen zu lassen.

Sie schaltete das Licht an, ging ins Wohnzimmer und legte eine CD ein. Lateinamerikanische Rhythmen machten sich in der Wohnung breit. »Mi Buenaventura.« Mit der Musik verschwand auch die Angst, und das Leben kam zurück. Sarah tanzte in ihr Schlafzimmer, zog sich einen grauen Jogginganzug an, tanzte über den Flur zurück in die Küche, holte den Pastatopf aus dem Küchenschrank, füllte Wasser ein und stellte ihn auf den Herd, behielt den Takt in den Beinen. Augenblicklich gesellte sich Marie zu ihr und setzte sich neben sie. »Okay«, sagte sie zu der Katze. »Ich, Spaghetti mit Pesto und ein Glas Weißwein.« Sie beugte sich zu ihr hinunter. »Ich weiß, Marie, Alkohol ist keine Lösung, aber manchmal einfach notwendig. Aber davon verstehst du nichts. Du bist eine Katze, mein Schatz. Für dich gibt's Rind mit Herz aus der Dose und frisches Wasser.«

Freitag, 16. April

20

Der Freitagmorgen präsentierte sich grau und regnerisch.

Um halb acht verließ Sarah die Wohnung. Sicherheitshalber zog sie ihren Sommermantel über und nahm einen Schirm mit. Chris war nicht nach Hause gekommen. Dem Kalender in der Küche konnte sie entnehmen, dass er heute Abend nicht arbeiten musste. Sie würde später versuchen, ihn zu erreichen.

Sie selbst hatte schlecht geschlafen. Drei Mal war sie aufgestanden und hatte sich vergewissert, dass die Wohnungstür fest verschlossen war. Nach dem letzten Mal konnte sie nicht wieder einschlafen. Die Angst war zurückgekommen. Schließlich war sie ganz aufgestanden, hatte überall in der Wohnung Licht gemacht und begonnen aufzuräumen, Maries Katzenklo gesäubert, lange geduscht und Haare gewaschen. Dabei war ihr Shampoo ins Auge gekommen und sie hatte minutenlang einfach nur unter dem warmen Wasserstrahl gestanden und gewartet, bis der brennende Schmerz nachließ. Dabei war ihr die Filmszene aus Hitchcocks »Psycho« eingefallen, wie der Psychopath die attraktive Sekretärin mit dem Messer unter der Dusche ersticht. Es war wie mit Flugzeugkatastrophenfilmen, an die erinnerte man sich auch immer genau dann, wenn man in einem Flugzeug saß.

Sie hatte das Wasser abgedreht und sich angezogen.

Kurz vor acht betrat sie das Eiles auf der Josefstädter Straße. Das Café war ein traditionelles Wiener Kaffeehaus.

Lackners Kanzlei lag ums Eck, er wollte noch frühstücken, bevor er sich auf den Weg zum Gericht machte. Sarah sah sich um, konnte den Anwalt jedoch nirgends entdecken. Eine Kellnerin in weißer Bluse und schwarzem Rock kam auf sie zu.

»Kann ich Ihnen helfen?«

»Einen Tisch für zwei Personen.«

»Raucher- oder Nichtraucherbereich?«

Sie überlegte kurz, ob Lackner Raucher war. »Nichtraucher«, sagte sie dann. Es war ihr nämlich egal, ob er rauchte oder nicht, sie hasste Rauch beim Frühstück. Die Kellnerin führte sie in den Nichtraucherteil und zeigte auf einen Fensterplatz, von dem aus man auf die Landesgerichtsstraße blicken konnte. Sie hängte ihre Jacke an die Garderobe. Kaum hatte sie vor dem kleinen, rötlich strukturierten Marmortisch Platz genommen, betrat Lackner das Café. Er sah sie sofort.

»David hat Ihnen hoffentlich gesagt, dass ich nicht viel Zeit habe«, meinte er und ließ sich auf den freien Platz ihr gegenüber fallen. Er trug Anzug und Krawatte.

»Hat er.«

Die Kellnerin kam, und sie bestellten zwei Mal Wiener Frühstück. Sarah nahm eine Melange, Lackner einen Verlängerten dazu.

»Ein Interview mit Wallner ist wirklich nicht möglich?«, fragte sie.

»Das habe ich David gestern schon erklärt. Im Moment ist gar nichts möglich. Die Beweisaufnahme läuft. Sie müssen schon mit mir vorliebnehmen, und das mache ich nur David zuliebe, denn eigentlich sollte ich auch mit Ihnen nicht sprechen. Mit der Presse zu plaudern, ist im Moment kontraproduktiv. Also, bringen wir's hinter uns. Was wollen Sie wissen?«

»Wird über Wallner die Untersuchungshaft verhängt?«

»Wir haben um zehn Uhr einen Termin beim Haftrichter. Danach wissen wir mehr.«

»Was glauben Sie?«

»Ich bin Anwalt und kein Pfarrer, Frau Pauli. Aber die Chancen, nach Hause zu gehen, stehen für meinen Mandanten nicht schlecht.«

»Gegen eine Kaution?«

»Ist wahrscheinlich.«

»Stein hat auf der Pressekonferenz behauptet, dass Wallner auch zu den anderen Frauenmorden befragt wird. War das nur so dahingesagt, oder stimmt es?«

»Sollten Sie das nicht lieber ihn fragen?«

»Mach ich noch. Verlassen Sie sich drauf. Aber sollte das die Verteidigung nicht auch wissen? Juristisch ist es doch sicher ein Unterschied, ob er einen Mord begangen hat, vielleicht sogar im Affekt, oder eine ganze Serie von Morden.«

»Wenn Stein das gesagt hat, wird er es wohl tun«, antwortete Lackner ausweichend.

»Also ja.«

Lackner nickte. Die Kellnerin brachte das bestellte Frühstück. Ei, Marmelade, Butter, Gebäck und Kaffee. Bei dem Anblick knurrte Sarahs Magen.

»Glauben Sie, dass er es getan hat?«

Lackner köpfte sein Ei mit einem Messerhieb. »Moment mal, Frau Pauli. Wer sagt denn, dass mein Mandant irgendwas mit dem Mord an Frau Mohn zu tun hat? Ich würde Sie um eine andere Wortwahl ersuchen.«

Auch Sarah köpfte ihr Ei mit einem Hieb. »Also gut. Was sagt Wallner?«

»Er bestreitet natürlich den Mord.«

»Natürlich?«

»Weil er ihn nicht begangen hat. Und das wird sich auch beweisen lassen.«

»Ich dachte, es gibt einen Zeugen, der ihn kurz vor der Tat in dem Haus gesehen hat.«

»Das ist wohl richtig, und das bestreitet Herr Wallner auch nicht ...«

»Kann ich das schreiben?«

»Können Sie. Aber dann schreiben Sie auch gleich, dass Herr Wallner das Etablissement vor dem Mord verlassen hatte und zum Zeitpunkt des Mordes an Frau Mohn bei sich daheim war.«

»Allein?«

»Nein, er hatte eine Unterredung mit seinem Onkel.«

Etablissement. Unterredung.

Es war doch immer wieder amüsant, wie geschraubt Anwälte sich ausdrücken konnten.

»Und warum wurde er dann in Gewahrsam genommen?«

»Sein Onkel, der die Aussage bestätigen kann, ist in Venezuela und wird erst morgen zurückerwartet.«

»Und jetzt wartet alles auf den Onkel aus Amerika.«

»Wenn Sie so wollen.«

Sarah dachte darüber nach, Gerald Lackner zu erzählen, dass sie von Albo angerufen worden war. »Denkt man eigentlich manchmal darüber nach, ob der Mandant tatsächlich unschuldig ist?«

»Wird das ein Porträt über den Beruf des Strafverteidigers?« Lackner verzog sein Gesicht zu einem Lächeln. »Ich bin sein Verteidiger, nicht sein Richter.«

Widerliches Geschäft, dachte Sarah.

Lackner legte die Serviette auf den Teller, nahm einen Schluck von seinem Kaffee und lehnte sich zurück. »Frau Pauli, David hat mir am Telefon gesagt, dass Sie unbedingt mit Wallner sprechen wollen. Gut, das geht nicht. Jetzt biete ich an, mit Ihnen zu reden, und Sie plaudern mit mir über – na, sagen wir – Belangloses. Allmählich bekomme ich das Gefühl, Sie wollen meine Zeit vergeuden. Haben Sie nun eine wichtige Frage? Andernfalls würde ich mich nämlich noch gern auf den Termin beim Haftrichter vorbereiten.«

Er winkte der Kellnerin. »Zahlen!«

Sarah spürte, wie sich ihre Nackenhaare aufrichteten. Der Kerl war ihr ganz einfach nicht sympathisch.

»Nun gut, Herr Dr. Lackner.« Sie machte eine kurze Pause. »Dann fragen Sie Ihren Mandanten mal, warum er Katharina Mohn von den Morden erzählt hat.«

Lackners Gesicht verfinsterte sich. Ungeduldig wedelte er die Kellnerin wieder weg. Die sah Sarah an und verdrehte die Augen nach oben.

»Welche Morde?«

Sarah zählte die Namen an den Fingern ab. »Brigitte Hauser, Renate Gaber, Monika Breitmann, Inge Dorlosi, und wenn Sie schon dabei sind, fragen Sie ihn doch gleich, ob er Hilde Jahn auch getötet hat.«

»Was behaupten Sie da?«, fragte Lackner mit drohender Stimme. Sein Gesicht lief rot an vor Zorn.

Lass dich nicht einschüchtern, Sarah. »Dass Ihr Mandant gegenüber Katharina Mohn die Morde eingestanden hat.« Das stimmte zwar so nicht, aber Sarahs Zweck würde es erfüllen.

»Wer behauptet das?«

»Katharina Mohn.«

»Sagen Sie, wollen Sie mich verarschen? Die Frau ist tot.« Seine Stimme wurde lauter. Köpfe wandten sich ihnen zu. Lackner sprach leiser weiter. »Oder wollen Sie mir sagen, dass Frau Mohn vor ihrem Tod … hat sie es Ihnen gegenüber behauptet?«

Sarah schüttelte den Kopf. Das Spiel gefiel ihr.

»Wem gegenüber dann?«

»Das werden Sie von mir nicht erfahren. Auch wir Journalisten haben eine Art Schweigepflicht. Fragen Sie Wallner und rufen Sie mich dann an.«

Er erhob sich, nahm seine Jacke und zählte neun Euro 60 auf den Tisch. Kein Trinkgeld, registrierte Sarah.

»Einen Scheißdreck werde ich Sie anrufen. Ich warne Sie, Frau Pauli. Wenn ich nur eine Zeile davon im Wiener Boten lese, wird mein Mandant Sie auf Rufmord verklagen.«

Und ob du mich anrufen wirst.

»Da bin ich mir ganz sicher, dass Sie das tun werden, Herr Lackner.«

»Dann haben wir uns ja verstanden.«

»Das haben wir. Sie fragen ihn, rufen mich an, und ich werde dafür keine Zeile schreiben, bevor nicht die Schuld oder Unschuld Ihres Mandanten geklärt ist.«

Lackner wandte sich abrupt ab und verließ das Café, ohne sich noch einmal umzudrehen.

Sarah blieb sitzen und starrte ihm nach. Als er durch die Tür verschwunden war, kam die Kellnerin an ihren Tisch.

»Ich hätte noch gern einen Kräutertee«, sagte Sarah. Sie hätte jetzt unmöglich zahlen, aufstehen und gehen können. Ihre Knie zitterten, ihr Herz pochte und Kopfschmerzen kündigten sich an. Sie war einfach nicht geschaffen für derartige Machtspiele.

Die Kellnerin brachte den Tee. Sarah trank ihn in kleinen Schlucken. Es schien eine kleine Ewigkeit zu dauern, bis sie sich so weit beruhigt hatte, um sich in die Redaktion aufzumachen.

Das Café Eiles war nicht weit vom Medienhaus entfernt. Obwohl es inzwischen zu regnen begonnen hatte, beschloss Sarah, zu Fuß zu gehen. Die Großstadtluft roch bei Regen sauber, und Bewegung würde ihr guttun, den Kopf frei machen.

Vor dem Volkstheater bog sie in die Neustiftgasse ein. Gerade als sie die Straße überqueren wollte, blieb neben ihr ein großer schwarzer Wagen stehen.

»Kann ich Sie mitnehmen?«

»Herr Brenneis. So ein Zufall«, sagte Sarah erstaunt. »Ich dachte, Sie sind krank.«

»Bin ich auch. Aber finden Sie heutzutage noch einen Arzt, der Hausbesuche macht. Diese Mediziner erwarten von den Patienten, dass sie in die Praxis kommen. Auch mit Fieber.«

»Dann gehe ich wohl besser zu Fuß, sonst stecke ich mich noch an.«

»Keine Angst. Ich bin vollgepumpt mit Antibiotika, kann also niemanden mehr anstecken. Ich würde Sie nur gern etwas zu dem Artikel fragen, den Sie geschrieben haben.«

»Ich habe versucht Sie anzurufen. Aber eine Kollegin

sagte mir, dass Sie krank sind, und Ihre Privatnummer wollte sie mir nicht geben.«

»Oh! Das ist streng verboten.« Er winkte ihr. »Steigen Sie ein. Bei dem Sauwetter jagt man doch keinen Hund auf die Straße. Ich fahre Sie. Wohin wollen Sie? In die Redaktion? Für einen Besuch im Kaffeehaus bin ich noch nicht fit genug.«

Er grinste. »Und Sie wissen ja, wie das ist, wenn man während eines Krankenstandes …« Er brach ab und lachte laut.

Sarah spannte den Schirm zu, schüttelte das Regenwasser ab, stieg in den Wagen, und Brenneis reihte sich wieder in den Verkehr ein.

»Jetzt mache ich Ihr Auto ganz nass«, sagte sie entschuldigend und deutete mit dem Kopf auf den Schirm.

»Das trocknet wieder.«

»Haben Sie schon von Wallners Festnahme gehört?«, fragte sie.

»Wer hat das nicht? Die Sender im Radio bringen es bereits halbstündlich. Ist ja auch spektakulär, wenn jemand wie Wallner festgenommen wird.«

»Freuen Sie sich eigentlich über so etwas? Immerhin macht Ihnen jemand wie Wallner ziemlich viel Arbeit.«

Brenneis sah sie von der Seite an. »Und was wollen Sie mir damit sagen?«

»Ich meine halt nur … eigentlich weiß ich selbst nicht so genau, wie ich das meine«, ergänzte Sarah. »Aber Sie wollten ohnehin mit mir über den Artikel reden.«

»Genau, der Artikel«, sagte Brenneis, so als erinnerte er sich gerade eben wieder daran. »Also, die Behauptungen in diesem Artikel sind doch etwas an den Haaren herbeigezogen, Frau Pauli.«

»Glaube ich nicht«, erwiderte Sarah. »Aus den Unterlagen von Hilde Jahn geht das eindeutig hervor«, behauptete sie.

»Aus den Unterlagen?«, fragte er überrascht.

»Die Polizei hat Aufzeichnungen im Safe ihrer Wohnung gefunden.«

»So so«, sagte Brenneis. »Und was genau steht in diesen Unterlagen?«

»Wieso wollen Sie das wissen?«

»Weil Frau Jahn und ich gemeinsam an einem Projekt gearbeitet haben.«

»Projekt? An was für einem Projekt?«, fragte Sarah.

Er räusperte sich. »Wie soll ich sagen … es ist eine etwas delikate Angelegenheit.«

Sarah fiel das Foto ein. »Meinen Sie vielleicht die Sache mit den Geheimprostituierten in der Laxenburger Straße?«

»Genau die«, sagte Brenneis, sichtlich erleichtert darüber, dass sie Bescheid wusste und er somit nicht viel erklären musste.

»Was wissen Sie darüber?«

Sie waren vor dem Medienhaus angekommen. Er stoppte seinen Wagen vor dem Eingang. »Einiges. Hilde Jahn wusste, dass dort sehr prominente Personen ein- und ausgehen. Nicht nur Leute wie Wallner, denen man so etwas zutraut. Auch Menschen, die einen sehr großen Einfluss haben in diesem Land.«

»Mir wurde gesagt, dass Hilde eine Geschichte über Geheimprostitution in Wien plante.«

»Sicher. Das wäre sozusagen ihr Beiwerk gewesen. Oder glauben Sie, dass Hilde lediglich an einigen armen Frauen interessiert war, die ihren Körper verkaufen, um ein paar Euro zu verdienen? Nein. Sie wollte eine große Nummer daraus machen.«

Hilde Jahn, die mächtige Enthüllungsjournalistin, als Stimme für eine sozial benachteiligte Schicht. So richtig hatte Sarah nie daran geglaubt.

»Die Freier sind allesamt Männer aus der besseren Gesellschaft. Anwälte, Großunternehmer, Politiker. Alles Männer, die in der Öffentlichkeit über Gerechtigkeit, über das reiche Österreich und unser großartiges Netz für sozial Schwächere reden. Genau die gehen nach getaner Arbeit hierher, um sich zu vergnügen.«

»Das mag moralisch bedenklich oder gar verwerflich sein, aber nicht strafbar.«

»Wenn Hilde mit ihnen fertig gewesen wäre, hätte sich die Frage womöglich nicht mehr gestellt.«

»Wie meinen Sie das?«, fragte Sarah.

Brenneis sah sie direkt an. »Ich meine, dass das hier keine Frage von Moral ist, sondern eine Frage der Glaubwürdigkeit. Und genau darum ging es Hilde.«

Sie starrte Brenneis sekundenlang schweigend an, registrierte auch, dass er zum ersten Mal Hilde Jahn nur beim Vornamen nannte.

»Und noch etwas weiß ich. Hildes Theorie über den Serientäter.«

Sarahs Mund klappte nach unten. »Und warum haben Sie mir nichts davon gesagt?«

»Ich kannte Sie nicht, Frau Pauli, wusste also nicht, ob ich mit Ihnen über Hildes Vorhaben reden konnte, ob Sie stark genug sind, die Sache zu Ende zu bringen.«

»Und jetzt wissen Sie's?«

Er wiegte den Kopf, als müsse er noch einmal über seine Entscheidung, ihr zu vertrauen, nachdenken.

»Wissen Sie auch, wer es ist?«, hakte Sarah nach. Plötzlich fröstelte sie. Der Stress der letzten Tage und die Aufregung begannen ihr den Rücken hinaufzukriechen.

Er schüttelte den Kopf. »Nicht jetzt. Nicht hier. Schauen Sie, Frau Pauli. Mit diesem Artikel ... oder sagen wir lieber so ... dadurch, dass Sie die Sache veröffentlicht und damit publik gemacht haben, haben Sie bewiesen, dass Sie inzwischen ähnlich denken wie Hilde. Sie sind die Richtige dafür. Deshalb komme ich jetzt zu Ihnen.«

»Glauben Sie, dass es Wallner war?«, stieß sie hervor.

Er gab ihr keine Antwort. »Ich kann Ihnen die Namen der Personen geben, die dort ein- und ausgehen.«

Deshalb stand er auf dem Foto vor dem Haus, dachte Sarah. Sie lächelte innerlich. Hilde Jahn und ihre Spione. Hätte einen guten Titel für eine schwarze Komödie abgegeben.

»Und warum gehen Sie damit nicht zur Polizei?«

Er sah sie an, als hätte sie etwas Unanständiges gesagt, überreichte ihr eine Visitenkarte und sagte: »Kommen Sie heute Abend zu mir, dann gebe ich Ihnen die Unterlagen, die eigentlich für Hilde bestimmt gewesen wären.«

Sarah nahm die Karte und warf einen Blick darauf. »Ist das Ihre Privatadresse?«

»Ist es.«

»Das ist doch ...«

»In Hütteldorf.«

»So ein Zufall. Am Hütteldorfer Friedhof liegen meine Eltern begraben.«

»Ihre Eltern sind tot?«

»Autounfall.«

»Das tut mir leid«, sagte Brenneis. »Dass Sie die Dokumente offiziell nicht von mir haben, brauche ich Ihnen hoffentlich nicht zu erklären.«

Sarah öffnete die Beifahrertür, blieb aber sitzen.

»Ist Wallner ein Mörder?«

»Heute Abend, Frau Pauli.«

Sie stieg aus. »Danke fürs Mitnehmen.«

»Bis heute Abend.«

Sarah warf die Tür zu, und Brenneis fuhr ab. Sie stand noch lange auf dem Gehsteig und starrte in die Richtung, in die das Auto verschwunden war.

Hütteldorf.

Die Welt war ein Dorf.

21

Conny kam Sarah auf dem Flur entgegen, im typischen Styling: hochhackige schwarze Schuhe, Jeans, enges weißes T-Shirt mit Dekolletee. Ihr Lippenstift in grellem Pink. Sarah fand ihre Art sich aufzutakeln inzwischen amüsant. Wahrscheinlich musste man so sein, um in der Glitzer- und Glamourwelt Fuß zu fassen. Conny wedelte mit einem Kuvert, das sie in der Hand hielt. »Simon hat das Fotoarchiv durchwühlt und noch einige unschöne Bilder von Wallner gefunden. Die hatten wir bis jetzt unter Verschluss. Weißt du, woran mich die Bilder erinnern?«

»Nein. Aber du wirst es mir gleich sagen«, sagte Sarah. Sie war in die Knie gegangen und kraulte Sissi hinter dem Ohr. Der Mops grunzte zufrieden.

»An diese Montag- bis Sonntag-Unterhosen.«

»Unterhosen«, wiederholte Sarah. Sie stand auf.

»Du weißt schon … Jede Unterhose hat eine andere Farbe, und der Wochentag ist draufgedruckt.«

»Und was haben die jetzt mit Wallner zu tun?«

»Jeden Tag eine andere Frau an seiner Seite.« Sie wedelte erneut mit dem Kuvert vor Sarahs Nase herum. »Wir können den Damen die Wochentage ja auf die Stirn malen.« Conny grinste breit.

»Du bist eine bösartige Schlange. Hat dir das schon mal jemand gesagt?«, lachte Sarah.

»Schon oft. Das macht manches einfacher in meinem Leben. Gruber erwartet uns in einer Stunde in seinem Büro. Besprechung mit ihm und dem Chef vom Dienst, soll ich dir ausrichten, falls ich dich treffe. Ruf bei Gabi durch und bestätige, sonst macht er noch den ganzen Laden meschugge auf der Suche nach dir. Am Handy warst du angeblich nicht erreichbar.«

Sarah griff in ihre Tasche, holte das Telefon hervor. »Schande. Saft ist alle. Werd es gleich aufladen.«

»Ich werde die Fotos mitnehmen und euch allen zeigen. Vorher will ich sie mir noch mal selbst in Ruhe ansehen. Vielleicht entdecke ich ja noch mehr Schweinereien für meine Society-Seite.«

»Du solltest das Ressort wechseln, Conny. Wärst sicher eine prima Enthüllungsjournalistin.«

»Aber nur, wenn's um schmutzige Details geht. Bis gleich.« Sie verschwand um die Ecke. Sarah holte sich einen Kaffee aus dem Automaten und ging ebenfalls in ihr Büro.

Sie steckte ihr Handy ans Netz und rief vom Festnetz aus Gabi an.

»Bitte sag Gruber, dass ich im Büro bin und in einer Stunde bei der Besprechung.«

»Geht klar. Er hat dich schon gesucht.«

»Er wusste doch, dass ich Lackner treffe.«

»Schon. Aber Gruber hat vor einer halben Stunde mit ihm telefoniert, da war er nicht mehr im Café, und du warst nicht erreichbar. Er ist seit Hildes Tod etwas … wie soll ich sagen … übernervös.«

»Kann ich verstehen. Ich bin zu Fuß gegangen und mein Akku war leer, aber jetzt bin ich ja da. Wie geht's dir?«

»Geht schon.«

»Eigentlich wollte ich dich mal wieder auf einen Kaffee entführen oder ein Abendessen. Was hältst du von einem Weiberabend?«

»Wäre schön, mal einfach abhängen und quatschen. Aber du hängst ganz schön drin in der Sache. Arbeitsmäßig meine ich. Und ich hoffe natürlich auch, dass du bald etwas herausfindest. Du weißt schon, wegen meiner Mutter.«

»Verstehe ich.« Sie seufzte. »Irgendwann muss die Sache ja geklärt sein. Weißt du was? Wenn alles vorbei ist, machen wir uns einen feinen Abend, gehen zu Chris an die Bar und lassen uns so richtig volllaufen. Mein Bruder kann uns dann ja in ein Taxi setzen, wenn's ihm peinlich wird.«

»Das machen wir.«

Als sie aufgelegt hatte, fiel ihr Chris ein. Sie schaute auf die Uhr. Es war kurz nach zwölf. Chris hob nach dem dritten Läuten ab.

»Wollte nur schauen, ob du gut nach Hause gekommen bist.«

»Natürlich, Schwesterherz. Ich komme doch immer nach Hause. Hab mich übrigens die ganze letzte Nacht in deine Dienste gestellt.«

Sarah war verwundert. »Das verstehe ich nicht.«

»Du wolltest doch etwas über Wallner wissen. Na ja, und ich hab mich gestern an eine seiner Bräute herangewagt. Eine von denen, die normalerweise nicht mit einem Barkeeper ... wenn du verstehst. Aber für einen armen Medizinstudenten, der sein Studium mit dem Job finanziert, machte die Dame dann doch eine Ausnahme.«

»Du bist unmöglich, Chris. War sie's wenigstens wert?«

»Sagen wir mal so: Mit etwas Alkohol und geschlossenen Augen war es echt der Hammer. Die Frau ist abgefahren … so was hab …«

»Hallo, Chris. Ich bin's, deine Schwester, nicht Markus. Bitte keine Details. Nur Fakten.«

Sie hörte ihren Bruder laut lachen. »Es ist doch immer wieder schön, wie schnell ich dich schockieren kann. Wird Zeit, dass …«

»Chris.«

»Okay. Also hör zu. Wallner ist impotent.«

»Wirklich?«

»Wenn ich es dir sage. Er bekommt keinen hoch, will immer nur zusehen, wie sich zwei Frauen …«

»Ich kann's mir vorstellen. Aber was hat er dann bei Katharina Mohn gewollt? Bezahlen und dann ist nichts? Eigenartig.«

»Tja, das Leben spielt manchmal ganz schön verrückt. Generell steht Wallner auf Frauen, die um einiges älter sind als er.«

»Conny hat mir erzählt, dass Wallner, wenn er abgefüllt war, ganz gern damit geprahlt hat, dass er sich regelmäßig von einer ehemaligen Angestellten einen blasen lässt. Das geht dann ja nicht.«

»Da hast du die Antwort. Eine Nutte geht mit seinem Problem anders um. Jede andere Frau würde die Sache mit der Impotenz zumindest ihren Freundinnen erzählen. Eine Prostituierte schweigt. Und mal ehrlich, wenn dich einer in der Bar aufreißt oder du ihn, erwartest du schon die volle Leistung, oder?«

»Wahrscheinlich.«

»Das ist nicht wahrscheinlich, das ist sicher so. Jedenfalls meinte meine Bekannte, dass er sich deshalb immer volllaufen ließ, bevor er – zumeist mit zwei oder drei Hasen – abgezogen ist. Weißt schon, der Alkohol war die Ausrede, warum es nicht geht. Aber die Mädels sind ja auch nicht auf der Nudelsuppe dahergeschwommen. Einer 20-Jährigen kann er das noch erzählen, aber einer Frau mit 40 oder 50, die weiß, was läuft.«

»Es gibt doch Tabletten heutzutage.«

»Bin ich sein Hausarzt? Ich kann dir nur sagen, was mir meine Bekannte erzählt hat.«

»Deine Bekannte«, sagte Sarah nachdenklich. »Das heißt die, mit der du gestern …«

»… ist 45«, ergänzte ihr Bruder den Satz. »Aber keine Angst. Ich hab es wirklich genossen.«

»Schön. Und danke noch mal.«

»Keine Ursache. Falls du wieder einmal …«

»Gott bewahre!«

Chris lachte laut auf, bevor er fragte: »Ist bei dir eigentlich alles in Ordnung? Wie kommst du mit der Geschichte voran?«

»Geht so.« Sarahs Handy läutete. Unbekannter Anrufer. Ihr Herz begann wild zu pochen. War er das? Wollte er sie wieder bedrohen?

»Entschuldige, Chris. Mein Handy läutet. Wir sehen uns dann.« Sie legte den Hörer auf und drückte gleichzeitig den grünen Knopf ihres Handys.

»Hallo?«

»Frau Pauli?« Die Stimme gehörte Gerald Lackner.

»Sie rufen mich ja doch an«, konnte sie sich den Triumph, Recht zu haben, nicht verkneifen.

»Oliver Wallner wird wahrscheinlich heute Nachmittag entlassen.«

»Wie das?«

»Sein Onkel ist früher als erwartet angereist und hat seine Aussage gemacht. Herr Wallner hat dem Haftrichter einiges erzählt, was der Aufklärung dient. Das ist auch der Grund, warum ich Sie anrufe. Halten Sie sich bitte zurück mit allem, was meinem Mandanten schaden könnte.«

»Haben Sie ihm meine Frage gestellt?«

Lackner schwieg.

»Geben Sie's zu, Herr Dr. Lackner. Ich hatte Recht. Er weiß etwas über diesen Serientäter.«

Er räusperte sich und schwieg.

»Geben Sie's doch einfach zu. Ein einfaches Ja genügt mir.«

»Ja«, kam es heiser.

»Wer ist es?«

»Es ist bis jetzt nur eine vage Vermutung, aber der Haftrichter glaubt meinem Mandanten. Die Polizeiarbeit läuft im Moment auf Hochtouren. Ich bitte Sie noch einmal, halten Sie sich zurück.«

Sarah lachte leise. »Was krieg ich fürs Stillhalten?«

»Ein Exklusivinterview mit Wallner.«

»Wann?«

»Morgen.«

»Mit allen Details?«

»Von welchen Details sprechen wir?«, fragte Gruber.

»Ich will die Geschichte mit dem Serienkiller bestätigt haben. Ich will Beweise.«

Stille in der Leitung. Lackner dachte offensichtlich nach.

»Ich denke, das kann ich veranlassen. Jedenfalls das, was mein Mandant weiß. Das ist aber leider nicht viel.

Sie müssen mir versprechen, nur so viel zu veröffentlichen, dass die weiteren Ermittlungen nicht gefährdet werden.«

»Das kann ich versprechen. Und Sie versprechen mir dafür, dass exklusiv wirklich exklusiv bedeutet. Keine anderen Medien, bevor wir mit der Meldung draußen sind.«

»Versprochen.«

Er legte auf.

»Wir haben unsere Titelstory«, sagte Sarah fünf Minuten später zu Kunz und Gruber, dann wandte sie sich an Conny. »Leider müssen wir deine Geschichte verschieben. Ich habe soeben ein Exklusivinterview mit Wallner bestätigt bekommen.« Mit einigen Worten informierte sie die anderen über das Gespräch, auch über das mit ihrem Bruder. »Ich weiß, Conny, dass es dir in den Fingern juckt. Aber die einzige Bedingung für das Interview ist: Wir halten uns mit Artikel über Wallner zurück.«

»Verdammt!«, schimpfte die Löwin. »Endlich hätten wir diesem Arschloch mal was Schlechtes tun können.«

»Ein Arschloch zu sein ist nicht strafbar«, sagte Kunz. »Leider«, fügte er hinzu.

»Übrigens treffe ich mich heute Abend mit Brenneis.« Sie legte die Visitenkarte auf den Tisch. »Ich hab ihn zufällig getroffen, und er hat mir erzählt, dass das Haus in der Laxenburger Straße ein beliebter Treffpunkt vieler Prominenter war.«

»Heißt das … schreiben wir doch … hältst du dich nicht an die Abmachung mit Mister Anwalt?«, fragte Conny.

»Vielleicht können wir ja daraus noch was machen.

Ich ruf dich jedenfalls noch vor zehn an. Wenn es die Sache wert ist, dann bringen wir es übermorgen als Einleitung für Wallners Geschichte. Was meint ihr? David? Herbert?«

»Passt nur ja auf, dass die Beweislage hieb- und stichfest ist. Alles andere ist riskant und könnte sehr kostspielig werden. Lackner mag zwar unser Medienanwalt sein, aber er hat keine Skrupel, dich in der Luft zu zerreißen«, sagte Gruber. Kunz nickte bestätigend.

»Was heißt das jetzt?«

»Ich will, dass ihr beide den Beitrag mit Lackner und Stein absprecht und ihn mir danach vorlegt, bevor er rausgeht.«

Sarah starrte den Herausgeber an.

»Seit wann lassen wir uns von Anwälten und Polizisten zensurieren?«

»Nur in diesem Fall, Sarah. Die Sache könnte gefährlich werden«, erwiderte Gruber. »Ich verlang ja nicht, dass du sie umschreibst, wenn die beiden etwas beanstanden. Ich will dich nur aus der Schusslinie bringen, falls du etwas veröffentlichen willst, das den Killer aufscheucht, bevor die ihn noch haben.«

Kunz nickte zustimmend.

»David, Herbert«, sagte Sarah unvermittelt. »Eure Vorsicht und Angst um mich in Ehren, aber eure Zurückhaltung kapier ich nicht. Jetzt haben wir endlich die Geschichte, an der Hilde gearbeitet hat, vor uns liegen, und ihr wollt einen Rückzieher machen und warten, bis Lackner und Stein uns grünes Licht geben? Gerade ihr beide wisst, dass die Geschichte in der Branche schneller rum ist, als es uns lieb ist. Spätestens in vier Tagen ist die Sache Titel sämtlicher Zeitungen. Wenn wir jetzt nicht reagieren, werden wir eines dieser Magazine sein, das danach berichtet. Wenn das, was ich heute Abend erfahre, gut ist, dann schreibe ich heute Nacht den Artikel, und ihr könnt ihn morgen abnehmen, während ich Wallner interviewe. Aber ich werde mich hüten, ihn Lackner und Stern unter die Nase zu halten. Ich schreibe ohnehin nur so viel, dass ich die Arbeit der Polizei nicht gefährde. Wie viel, das müsst ihr aber bitte mir überlassen. Außerdem wird Wallner vom Haftrichter sicher einen Maulkorb verpasst bekommen. Der darf mir gar nicht alles erzählen. Und damit haben wir sowieso schon unsere Zensur.«

»Gute Argumentation«, sagte Gruber anerkennend.

»Und du bist dir sicher, dass er heute Nachmittag entlassen wird?«, hakte Kunz nach.

»Das hat Lackner behauptet.«

Sie warf einen Blick auf die Fotos, die Conny auf dem Konferenztisch verteilt hatte, und entdeckte plötzlich eines, das sie davor noch nicht wahrgenommen hatte.

22

Albo hatte sich zum ersten Mal seit langer Zeit auf seinen Instinkt und nicht auf seinen Plan verlassen. Dennoch war er sicher, richtig zu liegen, weshalb er sich an die Vorbereitungsarbeiten machte. Er hatte vor einigen Tagen das Gelände gründlich erkundet, Daten für seine Statistik und sein Vorhaben gesammelt. 4652 Grabstellen, 49 510 Quadratmeter groß, aufgeteilt auf zwei Flächen. Ein malerischer Teil mit Bäumen, klassizistischen Gräbern, und ein neuer Teil nach dem Vorbild deutscher Waldfriedhöfe.

Er war mit der Gießkanne umhergegangen, als wolle er ein Grab pflegen, bewegte sich also wie jeder andere Besucher. In seiner dunklen Kleidung, mit Hut und Gehstock, war er sicher niemandem aufgefallen. Wer beachtete schon einen alten Mann bei der Grabpflege. Seinen Wagen hatte er jedes Mal in der Linzerstraße geparkt, weit genug entfernt, um zu vermeiden, dass ihn später einmal jemand mit einem Besuch am Friedhof in Verbindung bringen würde. Wahrscheinlich eine unnötige Vorsichtsmaßnahme. Aber sicher war sicher.

Irgendwie war er genauso nervös wie bei dem Mord an Hilde Jahn. Er verstand nicht, warum die anderen Frauen bei ihm keine Emotionen auslösten. Vielleicht lag es daran, dass die beiden Journalistinnen nicht in seinen Plan passten und auch nicht vorgesehen waren.

Und jede Abweichung von seinem Plan barg ein Risiko. Genau wie seine Vermutung, dass sie den Friedhof aufsuchen würde. Aber falls heute etwas schiefging, lag ein Plan B bereits in der Schublade.

Wie die Tage zuvor ging er mit forscher Zielstrebigkeit zum Haupteingang in die Samptwandergasse, betrat den Friedhof, marschierte die wenigen Schritte bis zur Leichenhalle, sah sich um. Er hatte sich den Lageplan des Friedhofs eingeprägt. Gleich hinter der alten Friedhofsmauer waren die Gräbergruppen eins bis vier zu finden. Rund um die Aufbahrungshalle waren fünf, 13 und 15.

Zwei Gräber stachen ihm sofort ins Auge. Sie lagen in Gruppe fünf und zwei, waren übersät mit Kränzen und Blumen. Ehrlich gesagt eine Verschwendung. Da kaufte man teuren Blumenschmuck, der dann doch nur auf dem Kompost landete.

Die beiden Verstorbenen waren mit Sicherheit erst in den letzten Tagen beerdigt worden. Die Gräber waren eine Alternative, aber nicht das, wonach er suchte.

Gruppe sieben. Am Ende der obersten Reihe blieb er stehen, starrte in die leere Grube. Die Bestattung fand morgen früh um zehn Uhr statt. Er hatte sich erkundigt. Die Hinterbliebenen würden sich in der Aufbahrungshalle versammeln, um von dem oder der Verstorbenen Abschied zu nehmen. Der Sarg stand bereit, verschlossen, geschmückt. Sarah Paulis letzte Ruhestätte. Und er würde der Einzige sein, der wusste, wo sie war, wenn die große Suchaktion anlief. In Gedanken konnte er die Schlagzeilen vor sich sehen. »Wieder ist eine Journalistin spurlos verschwunden.« Ihre Kollegen, die Phantasie und einen Hang zum Übersinnlichen besaßen, würden einen Fluch hinter den Recherchen vermuten.

Er machte einen Abstecher zum Grab der Familie Pauli und zündete eine Kerze an. Immerhin würden sie ihre Tochter bald in die Arme schließen können. Dann setzte er sich auf eine Parkbank, von der aus er sowohl den Eingang als auch das Grab im Auge behalten konnte, und machte sich so unsichtbar wie möglich.

Etwa fünf Leute zählte er in der Nähe der Aufbahrungshalle. Zu viele, um sein Vorhaben durchziehen zu können. Die Totengräber räumten Gerätschaften ins Verwaltungsgebäude neben dem Eingang. Er schaute auf die Uhr. Zwanzig vor sieben. Bald war Feierabend, und die Besucher würden verschwinden. Zeit, sich an die Arbeit zu machen.

Wenn alles nach Plan lief, würde er die nächsten Wochen abwarten, vielleicht Monate, vielleicht sogar ein halbes Jahr. Danach konnte er weitermachen wie bisher.

Sarah musste sich beeilen, in wenigen Minuten würden die Tore geschlossen, und sie wollte das Grab ihrer Eltern besuchen, bevor sie sich auf den Weg zu Brenneis machte. Es war noch hell, als sie den Friedhof betrat. In einer guten Stunde würde die Sonne untergehen.

Sie war allein, andere Besucher waren nirgends zu sehen. Auch von der Friedhofsverwaltung konnte sie niemanden entdecken. Das Gefühl des Verlassenseins ließ sie frösteln. Sie zog den Sommermantel enger um ihren Körper und spannte den Schirm auf. Der Regen war stärker geworden, und der für Wien typische Wind ließ die Luft frischer wirken, als sie tatsächlich war.

Sarah bog gleich nach der alten Friedhofsmauer links ab, ging schnell an der Leichenhalle vorbei die Grabreihen entlang und stand kurz darauf vor dem Grab ihrer

Eltern. Jemand hatte gelbe Schlüsselblumen zu den Tulpen in die Vase gesteckt. Chris? Er hatte ihr gar nicht gesagt, dass er die Eltern besuchen wollte. Sie schüttelte den Kopf. Warum sollte er das auch tun? Er hatte wahrscheinlich genauso oft das Bedürfnis herzukommen wie sie. Nur sprach er einfach nicht darüber. Sie führte sich auf wie eine hysterische Mutter, die über jeden Schritt ihres Kindes wachen wollte. Chris war 20 Jahre alt, und sie war seine Schwester. Er musste ihr nicht über jede Handlung Rechenschaft ablegen. Sie nahm die verwelkten Blumen aus der Vase.

Plötzlich beschlich sie das eigenartige Gefühl, beobachtet zu werden. Augenblicklich drückte ihr die Angst die Kehle zu. Was, wenn Albo ihr gefolgt war? Sie sah sich um. War da ein Schatten? Sie schärfte ihren Blick. Nein, da war niemand. Wahrscheinlich machte ihr die Atmosphäre auf dem Friedhof Angst, und ihre lebhafte Phantasie spielte ihr einen Streich. So wie damals, als sie sich mit 15 im Kino heimlich einen dieser Zombiefilme angesehen hatte. Am nächsten Abend waren ihre Eltern ausgegangen, und sie musste auf Chris aufpassen. Damals vermutete sie in jeder Ecke der Wohnung einen Untoten. Sie war noch nie in ihrem Leben so froh gewesen, als ihre Eltern endlich nach Hause kamen. Bis heute machte sie einen großen Bogen um Horrorfilme. Lächelnd wandte sie sich wieder dem Grab zu, schloss für einen kurzen Moment die Augen, inhalierte die durch den Regen gereinigte Luft. Als sie die Augen wieder öffnete, sah sie erneut auf ihre Armbanduhr. Sie hatte nur noch drei Minuten, wandte sich zum Gehen, wollte die verwelkten Blumen noch schnell auf den dafür vorgesehenen Kompost werfen. Wieder kam es ihr so vor, als beobachte sie jemand. Als sie sich umdrehte, sah sie einen älteren Herrn auf seinen Gehstock gebückt dort stehen. Er hielt irgendetwas in der Hand, das wie ein nasses Tuch aussah. Er lächelte sie freundlich an. Sie lächelte zurück. Plötzlich richtete er sich auf, machte einen großen Schritt auf sie zu und drückte ihr das Tuch auf die Nase. Sekunden später wurde es schwarz um sie herum.

Als Sarah zu sich kam, bemerkte sie zuerst, dass sie ihre Hände nicht bewegen konnte. Sie waren gefesselt. Erst allmählich bekam sie mit, dass auch ihre Augen verbunden waren. Sie lauschte in die Stille. Wo war sie?

»Na, aufgewacht?«, hörte sie eine bekannte Stimme flüstern.

Sie drehte den Kopf hin und her, hatte Schwierigkeiten, die Stimme einer bestimmten Richtung zuzuordnen. Nachwirkungen des Betäubungsmittels?

»Wo bin ich?«, fragte Sarah krächzend.

Stille.

»Wo bin ich?«, wiederholte Sarah ihre Frage.

»Raten Sie. Mit etwas Phantasie kommen Sie ganz schnell drauf.« Der Ton der Stimme klang ruhig und tief. Es war eindeutig ein Mann, der sie hier gefangen hielt. Sarah versuchte sich zu konzentrieren. Sie hatte früher oft mit Chris Blinde Kuh gespielt, war gut gewesen, hatte sich rein auf ihr Gehör verlassen. Sie versuchte, Geräusche aus der Stille zu filtern. Von weiter Ferne hörte sie Autolärm. Sonst war da nichts. Keine Stimmen, keine Tierlaute, nichts. Sie nahm einen feinen Hauch von Weihrauch wahr und einen intensiven Kerzenduft. Blitzschnell kombinierte sie. Die Aufbahrungshalle des Friedhofs.

Als hätte der Mann erraten, dass sie die Lösung gefunden hatte, sagte er mit eisiger Stimme:

»Eine Aufbahrungshalle ist doch ein wunderbarer Ort, um zu sterben, finden Sie nicht auch?« Dann lachte er laut auf.

Sarah schwieg, versuchte der Stimme ein Gesicht zu geben. Sie hatte zwar inzwischen eine Ahnung, das Foto auf dem Schreibtisch hatte sie darauf gebracht. Sie war sich jedoch nicht sicher. Es konnte auch ein Zufall gewesen sein.

»Ich kenne Sie. Ich kenne Ihre Stimme«, sagte sie.

Sie hörte, wie ein Stuhl auf Steinboden verrückt wurde. »Ja, das tun Sie in der Tat«, erwiderte Albo mit leicht spöttischer Stimme. »Sie kennen sogar mein Gesicht.«

»Brenneis«, flüsterte sie.

Er blieb ihr die Antwort schuldig.

»Warum?«

»Welche Warums hätten Sie denn gern erklärt? Warum Sie hier sind, oder warum ich tue, was ich getan habe und nach Ihrem Tod wieder tun werde?«

Sarah brummte der Kopf. »Beide.«

Wieder lachte er, nur diesmal bösartig. »So unbescheiden, Frau Journalistin. Gleich beide. Nun gut, es ist Ihre Entscheidung, und wir beide haben ja noch ein bisschen Zeit vor uns. Meine Arbeit wird etwa zwei Stunden in Anspruch nehmen, Ihr Tod wird etwas länger dauern.« Er schaute auf die Uhr. »Sagen wir, eine Stunde. Ich gebe Ihnen eine Stunde Zeit, bevor wir die Sache zu Ende bringen. Der Friedhof öffnet seine Tore um sieben Uhr, bis dahin muss alles erledigt sein. Vor den Öffnungszeiten müsste ich über die Mauer steigen, um diese heilige Stätte zu verlassen, und das ist nicht mein Stil.«

»Was ist denn Ihr Stil? Menschen kaltblütig zu ermorden?«, blaffte Sarah in die Richtung, in der sie Albo vermutete.

»Frau Pauli, kaltblütig ermorden, also wissen Sie, kaltblütig war das nicht, ich habe mir für jede meiner Klientinnen etwas ausgedacht. Kein Tötungsdelikt gleicht dem anderen. Sie können mir nicht vorwerfen, dass ich meine Klientinnen alle über einen Kamm schere.«

»Pah, Klientinnen!« Sarah zerrte an ihren Fesseln. Es fühlte sich an, als wären ihre Hände mit einem Strick zusammengebunden worden. »Ein brutales Arschloch sind Sie!«

»Driften wir in die Fäkalsprache ab, Frau Pauli? Sie sollten lieber Haltung bewahren, dann kann ich Ihnen den Sachverhalt besser erklären. Ich mag nämlich keine unnötigen Unterbrechungen.«

Sarah war überrascht. Sogar in dieser Situation klang Brenneis wie ein Beamter. Amtsrat Harald Brenneis, dachte sie. Wenn er mit mir fertig ist, wird er aus dem Krankenstand an seinen Schreibtisch zurückkehren, und niemand wird vermuten, dass sich hinter der Fassade des engagierten und fleißigen Beamten in Wahrheit ein Serienkiller verbirgt. Wahrscheinlich würde man ihn sogar noch vor seiner Pensionierung mit einer Beförderung ehren.

Panikartig kroch die Angst ihr den Rücken hoch und biss sich in ihrem Nacken fest wie ein Raubtier, das seine Beute erlegte. Niemand würde sie hier suchen. Sie hatte Conny, Kunz und Gruber die Adresse genannt, die auf der Visitenkarte stand. Nur dort würde sie nicht sein. Kunz hatte Stein angerufen, aber nur seine Sekretärin erreicht und ihm ausrichten lassen, dass Sarah sich ab zwanzig Uhr bei jener Adresse mit einem Informanten treffen würde. »Sie haben gar kein Haus in Hütteldorf. Die Adresse war eine Falle«, flüsterte Sarah. »Sie haben gewusst, dass ich das Grab meiner Eltern besuchen würde, wenn ich einen Termin in der Nähe habe.«

»Menschen zu analysieren ist mein Hobby. So wie Ihres der Aberglaube ist.«

»Woher …?«

»Woher ich das weiß? Frau Pauli, Sie unterschätzen mich schon wieder. Ich brauche Sie doch nur anzusehen. Ihr Schmuck allein verrät schon sehr viel über Sie. Jeder Mensch verrät sich durch Äußerlichkeiten, Tätigkeiten, Aussagen. Man muss nur hinschauen und zuhören. Der böse Blick. Im Internet kann man alles über diese lächerlichen Schmuckgegenstände nachlesen.«

Sarah fuhr sich mit den gefesselten Händen an den Hals. Ihre Kette mit dem Corno war weg. Auch ihre Ohrringe. Er musste sie ihr abgenommen haben.

»Und woher wussten Sie, dass meine Eltern in Hütteldorf begraben sind?«

»Das ist doch die einfachste Übung. Sie finden jedes Grab in Wien ganz einfach übers Internet, das sollte ich Ihnen, einer Journalistin, nicht erklären müssen. Außerdem bin ich Beamter, habe also Zugang zu allen Daten, die ich brauche. Wissen Sie noch? Datenmissbrauch. Was für ein hässliches Wort.« Er machte eine kurze Pause. Fast feierlich fuhr er fort:

»Hier wird Sie niemand suchen, und falls doch, wird man Sie nicht finden. Glauben Sie mir, ich habe mir für Sie etwas besonders Schönes ausgedacht. Leider können Sie nichts sehen, sonst hätten Sie es schon längst erraten.«

Er klopfte auf etwas, das sich wie Holz anhörte.

Sarah hielt die Luft an.

»Ein Sarg ist doch wahrlich eine wunderbare Idee für eine Schönheit wie Sie es sind, Schneewittchen. Nur dass Ihr Sarg leider nicht aus Glas ist und auch die sieben Zwerge Sie nicht retten können.«

»Was haben Sie …«

»… mit der Leiche getan?«, vollendete er ihre Frage. »Oder wollen Sie wissen, was ich mit Ihnen vorhabe? Ich nehme an, Letzteres wird Sie mehr interessieren.« Er lachte kurz auf, bevor er fortfuhr. »Der alte Mann wird leider ohne Sarg beerdigt werden, auch wird er auf die Begräbniszeremonie verzichten müssen. Die dürfen nämlich Sie miterleben. Lauter liebe Menschen, die um jemand anderen trauern.« Er lachte heiser auf. »Wie gut, dass niemand in den Sarg sehen wird. Das wäre eine Überraschung, was, Sarah? Ich darf Sie doch Sarah nennen, jetzt, wo wir ein gemeinsames Geheimnis haben?«

Es war nahezu aussichtslos. Wie um Himmels willen sollte sie sich aus dieser Situation befreien? Der Friedhof war menschenleer. Niemand würde sie hören, wenn sie um Hilfe rief.

Reden. Sie musste Brenneis am Reden halten und versuchen, irgendwie aus dieser Nummer rauszukommen. Und sie musste ihm dabei in die Augen sehen können.

»Also gut, Herr Brenneis«, lenkte sie ein, mit Betonung auf den Namen. Sie horchte auf seine stumme Antwort, bevor sie ihn zum Reden aufforderte. »Erzählen Sie mir, warum.«

Sie hörte, wie er Platz nahm. »Würden Sie mir bitte die Augenbinde abnehmen, Harald? Ich darf Sie doch so nennen, oder soll ich Albo sagen?«

»Zynisch bis zum Schluss.«

Sie hörte, wie er wieder aufstand, dann spürte sie seine Hände an ihrem Hinterkopf, und kurz darauf waren ihre Augen frei. Sie blinzelte. In der Leichenhalle war es dunkel, nur ein paar Kerzen auf dem Einsegnungsaltar spendeten Licht. Sarah war sich sicher, dass Brenneis sie angezündet hatte. In der Mitte stand ein Sarg, dekoriert mit Blumenschmuck, rundherum lagen Kränze. Alles war für eine Verabschiedung vorbereitet. Für die Angehörigen waren Sesselreihen aufgestellt worden. Brenneis nahm wieder Platz, saß vorgebeugt in der ersten Reihe, seine Ellbogen auf die Knie gestützt.

Sarah rührte sich nicht, besah ihre Fesseln. Ein blaues gedrehtes Seil. Sie sah hoch, starrte Brenneis nur an. Er war ernst, verbissen, es schien, als wären seine Haare grauer geworden. Er hatte den Mantel abgelegt und trug einen dunklen Anzug wie ein Trauergast. Der Anblick schnürte ihr den Hals zu. Sie spürte, wie sich ihre Augen mit Tränen füllten.

Nicht weinen.

»Warum?«

»Sie wollen wissen, warum ich das mache? Bevor ich Ihnen eine Antwort gebe, möchte ich Sie etwas fragen. Glauben Sie daran, dass die Politik in diesem Land etwas verändern kann?« Er wartete keine Antwort ab. »Ich habe lange genug zugesehen, wie diese Herren und Damen im Parlament versucht haben, den Karren aus dem Dreck zu ziehen, von Aufschwung gesprochen haben, davon, dass spätestens in einem Jahr die Krise ausgestanden wäre.«

Er machte eine wegwerfende Handbewegung, sprang auf und durchquerte sichtlich erregt die Halle. »So ein

Blödsinn. Nichts, absolut nichts können diese Idioten tun. Sie sitzen die Krise in ihren teuren Wohnungen und großen Autos aus«, sagte Brenneis sichtlich angewidert.

»Das alles hat aber nichts mit Ihren Opfern zu tun«, erwiderte Sarah. »Sie haben unschuldige Menschen auf dem Gewissen. Ist Ihnen das überhaupt bewusst?«

Brenneis zuckte mit den Achseln. »Niemand ist unschuldig auf dieser Welt. Natürlich könnte man jetzt sagen, die Frauen waren Opfer des Systems, sind durch den Rost unseres Sozialsystems gefallen. Aber glauben Sie wirklich, Frau Pauli, mein Plan würde so gut funktionieren, wenn ich begonnen hätte, Politiker zu töten? Zu viel Publicity. Außerdem, was ist das für ein hässliches Wort: töten. Ich habe den Frauen den Weg in eine bessere Welt ermöglicht. Eine Welt ohne Sorgen, Sozialhilfe und Notstand.«

»Das glauben Sie jetzt aber selber nicht.«

Er lachte heiser. »Natürlich nicht. Aber es klingt doch gut, finden Sie nicht?«

»Warum nur Frauen?«

Brenneis schüttelte den Kopf, als hätte er ein kleines Kind vor sich. »Ganz einfach. Weil Frauen nun mal schwieriger zu vermitteln sind. Das ist doch ein Grund, finden Sie nicht auch? Aber Sie haben Recht. Warum sollte ich mich nur auf Frauen beschränken? Ist Ihnen wohler, wenn ich Ihnen verspreche, ab sofort auch Männer auf meine Liste zu setzen?«

»Sie sind wahnsinnig.«

Seine Augen funkelten Sarah bösartig an. »Nein, Frau Pauli. Ich bin nicht wahnsinnig. Ich bin Realist. Wie lange, glauben Sie, können wir uns die vielen Arbeitslosen noch leisten? Ihre Krankheiten? Ihre nicht vorhandene Produktivität? Wie lange kann sich das ein Staat wie Österreich leisten? Ich sage es Ihnen. Gar nicht mehr. Das Land geht vor die Hunde.«

»Daran sind aber nicht die arbeitslosen Menschen schuld!«, schrie Sarah.

»Opfer müssen gebracht werden. So ist das nun mal, in jeder Krise.«

»Du lieber Himmel! Was Sie hier tun, ist nichts anderes als simpler Mord, begreifen Sie das doch.«

Brenneis packte Sarahs Haare, zog ihren Kopf nach hinten und beugte sich über sie. Ihre Gesichter waren nur noch wenige Zentimeter voneinander entfernt. Sie konnte seinen Atem riechen – Thunfisch mit Zwiebeln – und die Schweißperlen auf seiner Stirn sehen. »Wissen Sie, wer nach Ihnen auf der Liste steht?«

Sarah starrte ihm angstvoll in die Augen. Sie wollte den Namen nicht hören.

»Sabine Bender. Morgen Nachmittag. Sagt Ihnen der Name Franz Münch etwas? Die gute Dame hat ein Vorstellungsgespräch bei mir.« Er ließ ihre Haare los, führte seine Lippen nah an ihr Ohr heran und flüsterte: »Ich werde mir für sie etwas Besonderes ausdenken. Ein langsamer Tod wird es sein. So wie bei Ihnen, meine Liebe. Ersticken. Das dauert seine Zeit. Kennen Sie den Ablauf des Erstickens? Zuerst werden Sie panisch um sich schlagen, danach kommt die Erkenntnis, dass Sie auf alle Fälle sterben werden und nichts dagegen tun können, und schließlich schnappen Sie nur noch nach Luft wie ein Fisch auf dem Trockenen. Da haben Sie dann schon fast das Finale erreicht.« Brenneis lehnte sich wieder zurück und musterte sie.

»Das ist doch krank«, krächzte Sarah. Ihre Stimme versagte. Tränen liefen über ihre Wangen.

Brenneis sah auf die Uhr. »Was, so spät ist es schon? Jetzt hätten wir beide uns doch tatsächlich verplaudert. Na ja, das Thema ist ja auch unerschöpflich, finden Sie nicht?« Er schien für einen kleinen Moment ein wenig zu zittern. »Bringen wir das Spiel zu Ende.« Er griff in die Jackentasche, holte ein Tuch und eine Flasche hervor, tränkte das Tuch. »Schlafen Sie schön. Wenn Sie das nächste Mal aufwachen, liegen Sie auf weißem Samt gebettet, nur der Prinz, der Sie rettet, wird leider fehlen.« Er stand auf und ging auf Sarah zu.

»Hilfe!«, brüllte sie verzweifelt.

23

Sarah nahm all ihre verbliebene Kraft zusammen, sprang auf, war mit wenigen großen Schritten beim Sarg und hielt ihre gefesselten Hände über die Flammen einer Kerze.

Bitte, bitte, geh auf!, betete sie stumm. Sie spürte die Hitze auf ihrer Haut, die Tränen auf ihren Wangen. Ihr war schlecht. Sie beugte sich nach vorne, erbrach sich, richtete sich auf, hielt die Fesseln wieder über die Flamme.

»Na, da ist ja jemand ziemlich aufgeregt«, sagte Brenneis kalt. »Jetzt müssen wir etwas schneller machen, denn die Sauerei muss ich ja noch wegwaschen, bevor die Trauergäste kommen.« Er schüttelte den Kopf, als habe er soeben ein unartiges Kind getadelt, das sich verbotenerweise den Bauch mit Süßigkeiten vollgestopft hatte, bevor das Mittagessen auf dem Tisch stand. »Haben Sie schon einmal etwas von feuerfesten Stricken gehört?«

Sarah starrte auf ihre Fesseln, behielt sie dennoch über der Flamme.

»Sparen Sie sich die Kraft. Bleiben Sie ganz ruhig, atmen Sie flach. Das wird Ihnen später im Sarg garantiert um ein paar Minuten das Leben verlängern.«

»Hilfe!«, schrie Sarah noch einmal laut.

Heißes Wachs tropfte auf ihre Hände.

Brenneis stand vor ihr, hatte die Hände verschränkt und beobachtete, wie sie verzweifelt um ihr Leben kämpfte. Offensichtlich genoss er das Schauspiel. Sollte sie betteln? War es das, was er wollte?

Langsam begann Brenneis, Sarah und den Sarg zu umkreisen, das Tuch hielt er fest in der Hand. Automatisch wich sie einen Schritt zurück, stieß die Kerze um. Die Flamme erlosch.

Scheiße.

Sie lief zur nächsten Kerze, zerrte an ihren Fesseln. Nichts bewegte sich. Woraus waren diese Dinger gemacht?

Schweigend trat Brenneis ganz dicht an Sarah heran, legte die Finger um ihren Unterarm. Er ergriff ihren Zeigefinger und hielt ihn direkt in die Flamme. Sarah schrie laut auf. Der Schmerz fuhr ihr bis unter die Kopfhaut. Sie versuchte seinem Griff zu entkommen. Aber er drückte nur umso fester zu, zog den Finger aus der Flamme und führte sie zurück zu ihrem Stuhl.

»Hat man Ihnen nicht erklärt, dass man nicht mit Feuer spielt, dass so etwas gefährlich ist?«

»Warum tun Sie das?«, fragte Sarah tonlos, und plötzlich fiel ihr etwas ein. Warum sie nur nicht gleich daran gedacht hatte. »Die Polizei wird uns schon suchen. Wallner hat heute ausgepackt. Er weiß von den Morden, er hat Katharina Mohn alles erzählt.«

Doch Brenneis reagierte nicht.

»Haben Sie gehört, Brenneis? Sie haben keine Chance! Die Polizei sucht schon nach mir.«

»Und wo wird sie suchen?«, fragte er mit zynischem Unterton. »Wenn sie zu jener Adresse fährt, die auf der Visitenkarte steht, wird sie ein leeres Haus vorfinden.

Die Besitzerin ist vor wenigen Monaten gestorben. Sie kennen übrigens ihren Namen.«

Sarah sah ihn fragend an.

»Renate Gaber. Der Zusammenstoß mit einem Auto hat die arme Frau aus dem Leben gerissen.« Er schüttelte den Kopf. »Ist das nicht ein böser Zufall? Ihre Eltern sind doch auch bei einem Autounfall ums Leben gekommen.«

Sarah erinnerte sich an den Namen der Frau. Sie war laut Hilde Jahns Aufzeichnungen sein erstes Opfer gewesen: Unfall mit Fahrerflucht.

Die Situation wurde immer aussichtsloser. Natürlich würde die Polizei zuerst an der von ihr angegebenen Adresse suchen und erst danach Brenneis' Wohnung auf den Kopf stellen. Nur würde sie dann schon tot sein.

»Sie können nicht in Ihre Wohnung zurück, das muss Ihnen klar sein. Der Mord an mir wird Ihr letzter sein, Brenneis. Ganz Wien ist hinter Ihnen her«, behauptete sie.

Er grinste bösartig. »Lassen Sie das mal meine Sorge sein.«

»Sie sind ein Monster.«

Sarah ließ den Kopf hängen. Sie dachte an Chris, der jetzt auch seine große Schwester verlieren würde, an ihre Eltern, die zwar auf demselben Friedhof, aber in einem anderen Grab als sie beerdigt waren, an Gabi, die nie von ihr den Namen des Mörders ihrer Mutter erfahren würde. Sie würde nie wieder den Sonnenaufgang sehen, nie wieder auf dem Brunnenmarkt einkaufen, nie wieder Marie streicheln. All diese Gedanken legten sich schwerer auf ihre Brust als der Gedanke an den Tod selbst. Sie begann hemmungslos zu weinen.

Durch den Weinkrampf verlor Brenneis die Geduld. Er riss sie grob an ihrem Arm in die Höhe.

»Jetzt reicht's. Zeit zu sterben, immerhin muss ich den armen Mann, der im Moment in Ihrem Sarg liegt, auch noch würdig bestatten.« Er zerrte sie in Richtung Sarg und hob den Deckel an. »Bedanken Sie sich bei dem netten Herrn dafür, dass er Ihnen Platz macht.«

Sarah wollte nicht hineinsehen. Eine Leiche im Leben reichte völlig. Aber Brenneis packte sie am Hinterkopf und drehte sie so herum, dass sie gezwungen war, in den Sarg zu sehen.

Der Mann schien lediglich zu schlafen. Er sah fast wie eine blasse Kunstfigur aus. Das Bestattungsinstitut hatte gute Arbeit geleistet.

In diesem Augenblick glaubte Sarah ein Geräusch zu hören. Es klang, als würde draußen jemand umhergehen, um das Gebäude herumschleichen.

»Hilfe!«, schrie sie, so laut sie konnte. Brenneis schien eine Sekunde überrascht. Ihre Chance. Sie wandte sich aus seinem Griff, warf dabei eine weitere Kerze um. Sie fiel auf einen Kranz. Die Flamme erfasste den Trauerflor. Sarah rannte auf die andere Seite des Sarges. Brenneis folgte ihr, versuchte sie zu fassen. Sie wirbelte herum, holte aus und trat ihm, so fest sie konnte, in die Leistengegend. Brenneis schrie auf und ging in die Knie.

»Hilfe!«, schrie sie noch einmal.

In diesem Moment wurde die Tür der Aufbahrungshalle aufgestoßen. Schwarz vermummte Männer mit Helmen stürmten die Halle, einer packte sie um die Hüfte und riss sie zur Seite. Seine Kollegen zielten auf den am Boden liegenden Brenneis. Die Polizisten der Cobra legten dem Amtsrat Handschellen an. Der Mann, der sie zur Seite gezogen hatte, machte sich an ihren Fesseln zu schaffen. Wenige Augenblicke später waren ihre Hände frei.

»Um ein Haar hätte ich Sie doch noch vom Gehsteig gekratzt.«

Sarah drehte den Kopf. Neben ihr stand Martin Stein. Er fuhr sich mit der Hand über seine Glatze. Sie fiel ihm um den Hals und brach erneut in heftiges Weinen aus. Schweigend hielt er sie fest, bis der erste Anfall von Erleichterung vorbei war.

»Wie haben Sie mich gefunden?«

Ein Arzt des Roten Kreuzes kam auf sie zu, zwang sie auf einen Stuhl in der ersten Reihe, legte eine Blutdruckmanschette an, fühlte ihren Puls und leuchtete ihr in die Augen. Erst jetzt bemerkte sie, dass sie am ganzen Körper zitterte. Brenneis wurde hinausgeführt. Der Arzt spritzte ihr etwas.

»Nun, geht es wieder?«, fragte Stein und setzte sich neben sie.

Sarah nickte stumm.

»Sie zu finden, war anfangs nicht ganz einfach. Nachdem Sie sich bei Conny nicht wegen des Artikels gemeldet haben, hat diese bei Gruber und Kunz Alarm geschlagen. Und die haben dann uns alarmiert. Wir hatten Brenneis zu diesem Zeitpunkt bereits im Visier.«

»Wallner«, unterbrach Sarah.

»Genau. Wallner. Er hat eine umfassende Aussage gemacht. Die Überprüfung der Adresse auf der Visitenkarte hat uns verraten, dass das Haus seit Jahren leer steht und der Tante von Brenneis gehörte.« Sarah kannte die Geschichte, hörte nicht mehr zu, sah nur noch Chris, der sich durch die Polizisten zu ihr durchkämpfte. Er war blass, hatte rot geheulte Augen. Stein nickte mit dem Kopf in Richtung Chris. »Ihr Bruder hat gemeint, dass Sie sicher am Friedhof vorbeisehen würden, wenn Sie einen Termin in Hütteldorf haben.«

Chris riss Sarah vom Sessel hoch und umarmte sie fest. »Mein Gott, Schwester. Was machst du für Sachen?«

Sarah begann wieder zu weinen. Chris sah Stein an, und als dieser nickte, umfasste er ihre Hüfte und führte sie nach draußen.

»Mein Schmuck«, sagte Sarah plötzlich. »Er hat meinen Schmuck. Irgendwo.«

Ein Polizist hielt den Trenchcoat in die Höhe, griff in die Taschen und holte die Ohrringe und Kette hervor. Chris nahm sie entgegen, gab sie Sarah, die den Schmuck fest mit ihrer Hand umschloss.

Vor der Aufbahrungshalle kam ihr Simon entgegen. »Ich soll hier Fotos machen. Auftrag von Kunz. Entschuldige.« Er zuckte gleichmütig mit den Schultern, und kurz darauf blendete Sarah das Blitzlicht seiner Kamera. Simon zog ab. Mehr Reporter waren zum Glück nicht zu sehen.

Stein stand abseits und telefonierte. Er winkte Sarah zu sich.

»Ich hab David gesagt, dass es Ihnen gut geht und Sie sich am Montag bei ihm melden. Okay?«

»Okay.«

Montag, 19. April

24

Es war knapp vor Sonnenaufgang, als Sarah wach wurde. Marie hatte die letzten Nächte bei ihr im Bett verbracht. Sie streichelte die Katze, die augenblicklich mit geschlossenen Augen zu schnurren begann. Sie betrachtete den schwarzen Stubentiger. Im alten Ägypten verehrt, im Mittelalter verdammt.

Katzen waren wunderbare Wesen. Sanfter Schmuser einerseits und unabhängiger Charakter andererseits, und wenn man nicht aufpasste, sogar gefährliche Gegner. Was hätte Marie getan, wenn sie an ihrer Stelle gewesen wäre und ihr Gegenüber ein böser Kater? »Das werden wir wohl nie erfahren, was, Marie?« Sarah strich der Katze ein letztes Mal übers Fell, dann stand sie auf.

Nach der Befreiung hatte sich Sarah nur noch unter die Dusche gestellt und das warme Wasser genossen, danach hatte sie etwas gegessen. Chris hatte Wiener Schnitzel mit Kartoffelsalat gemacht. Dazu hatten sie gemeinsam einige Biere getrunken, und Sarah hatte ihm von den letzten Stunden erzählt. Dann war sie ins Bett gegangen und augenblicklich eingeschlafen. Vorher hatte sie sich fest vorgenommen, ab sofort jede Sekunde ihres Lebens zu genießen, sofern ihr das gelingen würde. Der Arzt, der ihr die Spritze gegeben hatte, hatte Chris noch einmal zur Seite genommen und ihm erklärt, dass die Alpträume noch kommen würden und er auf sie einwirken sollte, einen Psychologen aufzusuchen. Vielleicht würde sie das ja tun. Mal sehen.

Jedenfalls hatte Chris das ganze Wochenende mit ihr verbracht und sie hatten viel geredet, auch über den Tod ihrer Eltern. Es waren gute Gespräche gewesen. Zwischendurch war Gabi gekommen. Auch mit ihr hatte sie über den Verlust von geliebten Menschen sprechen können. Gabi hatte mit Chris geschlafen, und Sarah hatte es nicht gestört.

Sie ging in die Küche und schaute aus dem Fenster. Der Brunnenmarkt lag verlassen vor ihr. Vereinzelt stolzierten Tauben umher, auf der Suche nach Futter, das ihnen zuweilen von frechen Spatzen gestohlen wurde.

Sie duschte, zog sich an, schrieb Chris eine Nachricht und verließ die Wohnung. Sie wollte früh in der Redaktion sein. Sie hatte beschlossen, Conny das Exklusivinterview mit Wallner zu überlassen. Sie hatte keine Lust mehr, sich mit ihm auseinanderzusetzen, und die Löwin würde sich garantiert darüber freuen, einige unangenehme Fragen stellen zu dürfen.

Noch am Vormittag wollte sie bei Sabine Bender vorbeisehen. Irgendwie hatte sie das eigentümliche Gefühl, dass sie es sein sollte, die ihr mitteilte, dass aus dem heutigen Vorstellungstermin nichts werden würde.

Vor dem Spiegel im Badezimmer legte sie mit Bedacht ihre Halskette und ihre Ohrringe an. Warum hatte Brenneis ihr den Schmuck abgenommen? Hatte er vielleicht befürchtet, dass das Corno seine Macht schwächen könnte?

Es war halb acht, als Sarah das Medienhaus betrat. Die Räume der Redaktion waren menschenleer. Auch die beiden Telefonistinnen waren noch nicht da. Genauso wollte sie es. Sie ging die Stufen zu ihrem Büro hinauf.

Kaum hatte sie es sich hinter ihrem Schreibtisch gemütlich gemacht, läutete ihr Handy. Es war Stein. Sie hob ab.

»Ich hoffe, ich habe Sie nicht geweckt? Wie geht es Ihnen?«

»Ich glaube gut. Mein Bruder und ich haben gestern Abend noch lange über den Vorfall geredet. Das hat mir geholfen.«

»Gehen Sie trotzdem zu einem Psychologen. Das Unterbewusstsein wird Sie irgendwann quälen. Nicht morgen oder übermorgen, aber irgendwann, glauben Sie mir.«

»Wahrscheinlich werde ich das tun. Vielleicht hätte ich das schon nach dem Tod meiner Eltern tun sollen. Aber warum rufen Sie mich an? Doch nicht, um mit mir über einen Psychologen zu reden.«

Sarah hörte ein Räuspern in der Leitung. »Nein. Ich wollte es Ihnen persönlich sagen, bevor ich jetzt endlich schlafen gehe.«

Sarah vermutete, dass er die ganze Nacht auf war, um Brenneis zu vernehmen. »Was wollten Sie mir persönlich sagen?«

In Gedanken malte sich Sarah aus, dass Brenneis geflohen war, dass er nach ihr suchte, dass er vielleicht sogar schon im Haus war. Ihr Herz begann zu rasen, Schweiß brach ihr aus allen Poren.

In diesem Moment hörte sie ein Geräusch, und ein Schatten kam um die Ecke. Sarah schrie auf.

Als David Gruber ihr Büro betrat, sagte Stein: »Brenneis hat sich umgebracht.«

»Umgebracht?«, wiederholte Sarah ungläubig. »Wie? Ich dachte, er ist im Gefängnis.«

»Er hatte in seinem Brillengestell Zyankali verborgen. Er hat die Bügel aufgebohrt und das Gift hineingegeben. Bei einem erwachsenen Menschen reichen 140 Gramm. Wahrscheinlich, um für allfällige Eventualitäten gewappnet zu sein. Das wollte ich Ihnen sagen, und jetzt gehe ich schlafen.« Sie legten beide auf.

»Brenneis ist tot«, sagte sie zu Gruber.

»Wie fühlst du dich?«

Sarah sah ihn einige Sekunden nachdenklich an. »Ich glaube gut.« David umrundete den Schreibtisch und nahm sie stumm in den Arm. Sie schloss die Augen und genoss das Gefühl, von David gehalten zu werden.

Sie blieben für einige Zeit einfach so stehen, Sarah konnte im Nachhinein nicht mehr sagen, wie lange. Aber irgendwann hatte David sie auf die Stirn geküsst und war gegangen.

Sie grübelte eine Weile nach. Brenneis hatte im Büro, wenn sie bei ihm war, nie eine Brille getragen. Auch in der Aufbahrungshalle hatte er keine gehabt. Woher kam dieses Ding? Ein Requisit? Sie verdrängte den Gedanken. Es war ihr egal. Brenneis war tot, und das allein zählte.

Die folgenden Stunden hatte sie damit zugebracht, Menschen zu umarmen, mit ihnen zu weinen und eine Story über die Ereignisse der letzten Tage zu schreiben. Simon steuerte gutes Fotomaterial bei. Zuerst wollte Sarah das Bild mit Chris und ihr vor der Aufbahrungshalle nicht veröffentlichen lassen, aber nachdem es nicht auf den Titel kam, sondern auf eine der Innenseiten, hatte sie zugestimmt. Conny war überglücklich, das Interview mit Wallner übernehmen zu können. Es schien, als wollte die Löwin mit dem Kaufhausbesitzer eine private Angelegenheit austragen. Aber Sarah hatte nicht nachgefragt. Danach bat sie David um ein anderes Ressort. Er versprach es ihr. Welches, wusste sie noch nicht. Sie wollte nachdenken.

Dann hatte Sarah sich vorläufig von allen verabschiedet und sich zu Sabine Bender aufgemacht.

Sie fühlte sich seltsam, so, als überbringe sie eine extrem traurige Nachricht. Und irgendwie tat sie das ja auch, wenngleich diese Nachricht gleichzeitig bedeutete, dass Sabine Bender vermutlich heute Nachmittag ihr Leben verloren hätte.

Der Weg von der U-Bahn-Station zu Sabine Benders Wohnhaus kam ihr endlos vor. Mit jedem Schritt wogen Sarahs Schuhe mehr. Wie sehr hatte sich diese Frau auf das Gespräch mit einem vermeintlichen neuen Arbeitgeber gefreut, und sie würde ihr in wenigen Minuten diesen Traum zerstören. Aber sie würde sie trösten, mit ihr auf Katharina Mohn und auf das Leben anstoßen, auf das von Sabine Bender und auf ihr eigenes.

Mit einer Flasche Sekt in der Hand klingelte sie an der Tür.

Sabine Bender öffnete. Sie war dezent geschminkt, trug Jeans und eine weiße Bluse. Sie sah um einiges jünger aus als bei ihrem letzten Besuch. Als sie Sarah sah, zog sie die Journalistin einfach an ihr Herz. »Ich habe es im Radio gehört. Gott, bin ich froh, dass es gut ausgegangen ist!« Sie gab Sarah wieder frei und führte sie ins Wohnzimmer. Eine junge Frau saß am Tisch. Sie sah Sabine Bender ähnlich. »Darf ich vorstellen? Bettina, meine Tochter.«

Dann wandte sie sich an ihre Tochter. »Das ist die Journalistin, von der ich dir gerade erzählt habe. Sarah Pauli.«

Sarah schüttelte Benders Tochter die Hand.

»Ich wollte nur …« Sarah hielt ihr die Flasche entgegen. Sabine Bender nahm sie ihr ab. »Die leg ich sofort in den Tiefkühler, dann können wir sie gleich trinken.«

Als Sabine Bender zurück war, rückte Sarah sofort mit der Nachricht heraus. »Brenneis ist tot. Hat sich in der Zelle das Leben genommen«, fügte sie hinzu.

Die ehemalige Verkäuferin nickte, setzte sich neben ihre Tochter, die sofort nach ihrer Hand griff.

»Franz Münch, das war er?«, fragte Sabine Bender.

Sarah nickte.

Sabine Bender überlegte einige Sekunden.

»Das ist nicht das Ende«, sagte sie schließlich.

»Nein. Das ist nicht das Ende«, bestätigte Sarah.

Dank

Ein großer Dank gilt Angela Eßer, Heidi Rehn, Ilona Mayer-Zach, Claudia Rossbacher und Jeff Maxian. Sie haben mich stets angetrieben, an der Geschichte dranzubleiben.

Bedanken möchte ich mich auch ganz herzlich bei meiner Agentin Lianne Kolf, die den richtigen Verlag für meine Sarah Pauli gefunden hat. Weiters danke ich Almuth Andreae vom Goldmann Verlag für ihre herzliche Betreuung und meiner Lektorin Karin Ballauff für ihre wertvollen Tipps und Änderungsvorschläge.

Dank

[illegible]

Autorin

Beate Maxian lebt mit ihrer Familie in Oberösterreich und Wien und arbeitet neben dem Schreiben als Journalistin sowie als Dozentin. Ihre in Wien angesiedelten Krimis um die Journalistin Sarah Pauli haben eine treue Leserschaft erobert und sind Bestseller in Österreich. Des Weiteren ist Beate Maxian die Initiatorin und Organisatorin des ersten österreichischen Krimifestivals.
Weitere Informationen zu Beate Maxian unter: www.maxian.at und www.moerderischer-attersee.at

Beate Maxian im Goldmann Verlag:

Tödliches Rendezvous. Ein Wien-Krimi
Die Tote vom Naschmarkt. Ein Wien-Krimi
Tod hinter dem Stephansdom. Ein Wien-Krimi
Der Tote vom Zentralfriedhof. Ein Wien-Krimi
Tod in der Hofburg. Ein Wien-Krimi
Mord in Schönbrunn. Ein Wien-Krimi
Die Prater-Morde. Ein Wien-Krimi
Tod in der Kaisergruft. Ein Wien-Krimi
Mord im Hotel Sacher. Ein Wien-Krimi
Der Tote im Fiaker. Ein Wien-Krimi
Die Tote im Kaffeehaus. Ein Wien-Krimi

(alle auch als E-Book erhältlich)

GOLDMANN
Lesen erleben

Um die ganze Welt des
GOLDMANN Verlages
kennenzulernen, besuchen Sie uns doch
im Internet unter:

www.goldmann-verlag.de

Dort können Sie
nach weiteren interessanten Büchern ***stöbern***,
Näheres über unsere ***Autoren*** erfahren,
in ***Leseproben*** blättern, alle ***Termine*** zu Lesungen und
Events finden und den ***Newsletter*** mit interessanten
Neuigkeiten, Gewinnspielen etc. abonnieren.

Ein ***Gesamtverzeichnis*** aller Goldmann Bücher finden
Sie dort ebenfalls.

Sehen Sie sich auch unsere ***Videos*** auf YouTube an und
werden Sie ein ***Facebook***-Fan des Goldmann Verlags!

www.goldmann-verlag.de
www.facebook.com/goldmannverlag

GOLDMANN
Lesen erleben